BIANCA

KIM LAWRENCE

TORMENTA EN LOS CORAZONES

Editado por Harlequin Ibérica.
Una división de HarperCollins Ibérica, S.A.
Avenida de Burgos, 8B - Planta 18
28036 Madrid

© 2024 Harlequin Ibérica, una división de HarperCollins Ibérica, S.A.
N.º 469 - 20.2.24

© 2010 Kim Lawrence
Tormenta en los corazones
Título original: Stranded, Seduced...Pregnant

© 2011 Kim Lawrence
Un hombre arrogante
Título original: The Thorn in His Side
Publicadas originalmente por Harlequin Enterprises, Ltd.
Estos títulos fueron publicados originalmente en español en 2011

I.S.B.N.: 978-84-1180-619-0
Depósito legal: M-34757-2023
Impreso en España por: BLACK PRINT
Fecha impresión para Argentina: 18.8.24
Distribuidor exclusivo para España: LOGISTA
Distribuidor para México: Distibuidora Intermex, S.A. de C.V.
Distribuidores para Argentina: Interior, DGP, S.A. Alvarado 2118.
Cap. Fed./Buenos Aires y Gran Buenos Aires, VACCARO HNOS.

MIXTO
Papel procedente de
fuentes responsables
FSC® C159065

Capítulo 1

LEVANTANDO las tazas sobre su cabeza para evitar una colisión, Neve sonrió con gesto de disculpa a la mujer con la que había estado a punto de chocar y miró alrededor buscando a Hannah, que no estaba donde la había dejado.

El error había sido decirle: «no te muevas» antes de ponerse a la cola para conseguir un taza de chocolate caliente

Neve suspiró. ¿Cuándo iba a aprender?

Cualquier orden, por inocua que fuera, y Hannah haría exactamente lo contrario. Las posibilidades de que pasar juntas la Semana Blanca sirviera para unirlas un poco más habían sido poco realistas, pero en aquel momento le parecían risibles.

Neve miró entre la gente que llenaba el refugio de montaña, gente como ella que había allí para escapar de la tormenta. Y cuando miró por ventana emplomada sintió un escalofrío; la tormenta de nieve que había dejado en ridículo a los meteorólogos y detenido la mitad del país seguía golpeando con la misma fuerza que antes.

Metió la tripa para hacerle sitio a una persona que intentaba pasar a su lado y, por el rabillo del ojo, vio algo azul. Las mechas azules eran de su hijastra, que se había sentado en un banco de madera cerca de la ventana.

Neve respiró mientras se abría paso entre la gente y consiguió llegar al banco sin quemar a nadie con el chocolate caliente.

–Creí que te había perdido –Neve intentó sonreír mientras dejaba las tazas en el alféizar de la ventana y se quitaba el gorro, sacudiendo sus rizos pelirrojos.

La chimenea estaba encendida y se estaba bien allí, pensó, quitándose el chaquetón.

–He pensado que una taza de chocolate caliente nos animaría un poco. Y lleva nata.

Incluso ella se daba cuenta de que sus intentos por forjar cierta camaradería sonaban falsos y ligeramente desesperados.

Hannah parecía pensar lo mismo porque la miró con ese gesto de desprecio tan típico de los adolescentes antes de encogerse de hombros.

–¿Tú sabes cuántas calorías tiene una taza de chocolate? Deberías estar gorda como una vaca.

Muy bien, no había cese de hostilidades.

Neve se preguntó si engordar veinte kilos haría qué su hijastra la odiase menos. Probablemente no. Además, sería muy difícil porque comiera lo que comiera no engordaba nunca. Habría cambiado su figura adolescente por unas curvas femeninas en un segundo, pero eso no iba a pasar.

Hannah se apartó un poco, como para evitar cualquier contacto con ella y Neve sacudió la cabeza.

–No te preocupes, seguro que tarde o temprano dejará de nevar.

Aunque no parecía que eso fuese a ocurrir pronto y hasta entonces estaban atrapadas allí. Pero había cosas peores, pensó. Podían haberse quedado atrapadas en el coche o en el monte Devon.

Hannah giró la cabeza. Los mechones azules responsables de que Neve hubiera sido llamada al colegio Devon bailaron a su alrededor.

Neve había acudido a la llamada de la directora y se había sentado en su despacho, con las manos elegantemente colocadas sobre el regazo, escuchando más como una alumna que como una adulta mientras la directora le hablaba de su preocupación por Hannah. Una preocupación que ella compartía.

–No es sólo el pelo, señora Macleod, o los cigarrillos. Yo creo que esta situación requiere atención inmediata.

Preguntándose si notaría lo inadecuada que se sentía, Neve asintió con la cabeza, demasiado preocupada como para enfadarse por el tono condescendiente. Necesitaba toda la ayuda posible.

–Ha habido varios incidentes y, como usted sabe, no todos tan pequeños. Hemos tenido suerte de que los propietarios de la furgoneta de reparto no hayan presentado una denuncia. Imagino que sabrá que, de no ser por las tristes circunstancias de Hannah, eso habría significado la expulsión automática del colegio.

–Y le estamos muy agradecidas –Neve no le dijo que la «gratitud» de Hannah consistía en no abrir la boca y fulminarla con la mirada cada vez que volvía a casa.

–La actitud de Hannah es lo que más nos preocupa. Es muy agresiva con las demás niñas.

«Dígamelo a mí».

–Imagino que es algo temporal.

–Y sus notas han empeorado.

–Lo está pasando mal, quería mucho a su padre –dijo Neve.

–Sí, lo sé. Es muy triste perder a un padre e imagino que tiene que haber sido muy duro para las dos.

Neve se quedó horrorizada cuando empezaron a temblarle los labios. Y ella esperando dar una imagen serena y madura...

La simpatía en el tono de la directora había roto el escudo protector que los rumores y las cámaras de los paparazis no habían conseguido romper.

Neve sacó un pañuelo del bolso y se sonó la nariz.

–Gracias.

Simpatía no era algo a lo que ella estuviera

acostumbrada desde que las revistas empezaron a describirla como una buscavidas fría y avariciosa que se había casado con un moribundo por su dinero. Y la habían apodado «la viuda alegre».

Podría haber sido peor, solía bromear su hermano Charlie, podrían haberla llamado «la viuda negra».

En principio, algunas personas parecían dispuestas a concederle el beneficio de la duda, pero cuando un periodista descubrió que Charlie había estafado dinero a la empresa de James, esas personas desaparecieron.

Neve no había intentado defenderse. ¿Cómo iba a hacerlo? La verdad era que se había casado con un moribundo y que Charlie había estafado una pequeña fortuna.

Nadie quería creer que ella no había tocado el dinero o que había aceptado la proposición de James como agradecimiento por lo bien que se había portado siempre con Charlie y con ella.

—Y hemos hecho todo lo posible por Hannah —seguía diciendo la directora—. Pero hay un límite. Los niños necesitan límites, señora Macleod.

Neve aceptó la poco sutil reprimenda pensando que los límites sólo servían de algo si el niño en cuestión estaba dispuesto a escuchar. Y si ella tuviera la autoridad que tenía la directora del colegio, no habría ningún problema.

—Tengo la impresión de que Hannah ve esta expulsión temporal como una broma. ¿Puedo hacer una sugerencia?

–Sí, por supuesto.

–¿Va a pasar la Semana Blanca esquiando con la familia Palmer?

Neve asintió con la cabeza, pero tenía la impresión de que su vida iba a complicarse en un segundo.

Y así fue. La respuesta de su hijastra a la noticia de que iba a pasar las vacaciones en casa con ella y no esquiando con su amiga fue la que Neve había temido: gritos, insultos y, por fin, silencio total.

Se había convertido en el enemigo número uno. Bueno, en eso no había ningún cambio. Ella era para Hannah la causa de todos los males que en el mundo eran, de todos los problemas que había tenido en su vida. La responsable de todo, incluido el mal tiempo.

Debía de estar haciendo algo mal, pensó.

¿Que había dicho James?

«A los veintitrés años, tú no has olvidado lo que es ser una adolescente».

No, pero ella nunca había sido una adolescente como Hannah.

«No te estoy pidiendo que seas su madre, Neve, pero sí su amiga. Mi hija necesita una buena amiga».

Ella no compartía el optimismo de James. Pero, aunque no había esperado que Hannah la viese como una amiga, tampoco había anticipado que la odiase a muerte.

Era agotador y muy deprimente.

Tal vez la relación era tan difícil por culpa del dinero que James le había dejado en su testamento. Ella había tenido que aceptarlo, pero eso se volvió en su contra incluso antes de que la prensa se hiciera eco de la noticia.

Hannah siempre la había considerado una buscavidas y el dinero había confirmado sus sospechas.

Neve se sentía fatal, pero la verdad era que no estaba cualificada para cuidar de una adolescente. No sabía por qué había aceptado casarse con James.

—No estoy preocupada, estoy aburrida. De ti —le espetó en esos momentos Hannah, en caso de que no hubiera entendido el mensaje.

—Tengo algunas cosas interesantes planeadas para las vacaciones. Podríamos ir de compras y tal vez, si te apetece…

—Gracias pero yo no voy a tiendas de segunda mano —la interrumpió su hijastra—. Por cierto, el rosa no pega nada con ese pelo de color zanahoria —añadió, señalando el jersey y los rizos de Neve.

Neve, que era la propietaria de una tienda de ropa vintage, se negó a sentirse ofendida. Además, la crítica era, hasta cierto punto, válida. Antes de su matrimonio, ella compraba en tiendas de segunda mano y tenía lo que los amigos más amables llamaban un estilo «especial» y los menos amables «raro».

Aunque su estilo no había cambiado después de su matrimonio. James había insistido en darle tarjetas de crédito y una generosa pensión mensual, pero a ella le incomodaba aceptar el dinero. Al fin y al cabo, el suyo sólo era su matrimonio de nombre.

—La ropa vintage se lleva mucho, ¿no lo sabías?

Era cierto, su negocio iba viento en popa.

—Eso no se ha llevado nunca —replicó Hannah, señalando su jersey.

—¿Ah, no? Bueno, a lo mejor podrías ayudarme a elegir lo que debo ponerme.

—Mira, aquí no hay nadie para quien tengas que hacerte la santa, así que déjalo. Todo el mundo sabe por qué te casaste con mi padre.

—Yo apreciaba mucho a tu padre, Hannah.

—Apreciabas su dinero. ¿O vas a decirme que te casaste con él por amor?

—Tu padre era una persona estupenda.

—¡Y tú eres una aprovechada que sólo busca dinero!

Lo había dicho tan alto, que la gente de la mesa de al lado se volvió para mirarlas. Y, mientras Hannah se levantaba del banco, Neve sólo deseó que se la tragase la tierra.

Cuando quedó claro que sólo un milagro haría que llegase a tiempo a la reunión, Severo se lo tomó con filosofía. La posibilidad de tener que pasar la noche en el cuatro por cuatro no era agradable pero, en su opinión, era un inconveniente más que un desastre.

Estaba tomando una curva en ese momento y masculló una palabrota cuando tuvo que pisar el freno a toda prisa para no chocar con un coche que estaba en medio de la carretera.

Suspirando, bajó del cuatro por cuatro y, agachando la cabeza para evitar el viento y la nieve, se acercó al coche abandonado. Estaba cerrado, de modo que los ocupantes debían haber buscado refugio en algún sitio.

Seguir viajando en esas condiciones era un riesgo innecesario. Según el último boletín meteorológico, la mitad del país estaba cubierta de nieve, y la policía rogaba a los automovilistas que se quedaran en casa.

Pero para quedarse en casa uno tenía que llegar a casa antes, pensó.

Diez minutos después, vio un refugio de montaña. Y, a juzgar por la cantidad de coches que había en el aparcamiento, él no era el único que había decidido parar allí.

Iba a salir del coche cuando sonó su móvil y, al ver el número de su madrastra en la pantalla, Severo estuvo a punto de no contestar. La última vez que se puso en contacto con él fue para decirle que la habían detenido por robar en unos grandes almacenes.

Y en una ocasión que no contestó al teléfono,

su madrastra consiguió el dinero que iba a pedirle a él vendiendo una joya familiar que no era suya.

Livia era agotadora, pero ignorarla era muy peligroso.

Cuando él era un crío y Livia disfrutaba enfrentando a padre e hijo, Severo se había consolado a sí mismo con pensamientos vengativos.

Ahora podría vengarse, pero sus prioridades habían cambiado. Su padre estaba en un sitio donde la buscavidas de su mujer ya no podía hacerle daño y lo único que podía hacerle a él era avergonzarlo. Bueno, a él no, a su familia.

A él ya no lo avergonzaba nada. Y en cuanto a la honra del apellido, Severo pensaba que con menos orgullo, menos romanticismos sobre triunfos pasados y menos miedo de ensuciarse las aristocráticas manos trabajando, los cofres de la familia Constanza seguirían intactos.

La verdad era que había perdido el deseo de vengarse. No porque la hubiese perdonado o porque le diese pena. Aunque Livia, que una vez había sido una de las mujeres más elegantes de Londres, se había convertido en objeto de pena para muchos.

¿Para qué malgastar energía cuando ella misma estaba destrozando su vida sin ayuda de nadie? Lo único que quería era alejarse de Livia todo lo posible, que se quedara en una de esas clínicas de rehabilitación que visitaba tan frecuentemente.

—Dime, Livia.

Severo apartó el móvil de su oreja, haciendo una mueca al escuchar la chillona voz de su madrastra, que lo acusaba de no tener sentimientos.

–¿Cómo voy a vivir con la miseria de pensión que me pasas? ¡Tú tienes más dinero del que necesitas! –se quejó amargamente–. Todo lo que tocas se convierte en oro.

Severo se pasó una mano por la cara y siguió fingiendo escuchar mientras pensaba en otra cosa. Era la charla de siempre y una que no cambiaba le diese el dinero que le diese. ¿Pero cuál era la alternativa?

–Sólo sería un préstamo.

Él suspiró. Había habido muchos préstamos y no tenía la menor duda de que habría muchos más.

–Te lo devolveré, con intereses. Sé que eso es lo que tu padre hubiera querido y… –la comunicación se cortó y Severo guardó el móvil en el bolsillo.

Volvería a llamar, no tenía la menor duda.

Estaba llegando a la entrada del refugio cuando una mujer salió a toda velocidad, tropezando con él. No llevaba abrigo ni gorro, como si no notase el frío polar que llegaba de las montañas. Sólo unos vaqueros y un jersey de color rosa con margaritas.

–¿La ha visto?

–¿Perdón?

Tenía el pelo rojo y los ojos enormes, azules, tan azules que, por un momento, se quedó como hipnotizado.

La joven lanzó un grito al ver que un coche salía del aparcamiento.

—¡Oh, no, Dios mío!

Aunque Severo no era un hombre dado a ayudar a damiselas en apuros, casi sin darse cuenta se volvió para preguntar si podía ayudarla.

Pero no pudo hacerlo porque la pelirroja subió a un coche y arrancó a toda velocidad. Y él tardó unos segundos en darse cuenta de que los faros que se alejaban eran los de su cuatro por cuatro.

¡Había dejado las llaves puestas!

Y dentro del coche había un ordenador que contenía información financiera de carácter privado. Se había quedado mirando como un tonto mientras alguien le robaba el coche, hechizado por un par de ojos azules…

Severo cerró los suyos mientras se llamaba de todo, pero como eso no servía de nada, decidió entrar en el refugio.

Capítulo 2

LAS conversaciones y las risas cesaron cuando Severo entró en el refugio, inclinando la cabeza para no golpearse con el quicio de la puerta.

La mayoría de los que estaban allí iban en vaqueros o con ropa informal, pero él parecía un modelo de una revista para ejecutivos... siempre que esos ejecutivos tuvieran el perfil de un dios griego y el cuerpo de un remero olímpico.

La única señal de que acababa de atravesar una tormenta era la nieve que llevaba en el pelo y en el cuello del abrigo de cachemira. Sus ojos oscuros, rodeados de largas pestañas, recorrieron la estancia antes de dirigirse a la barra.

Y las conversaciones se reanudaron mientras la gente se apartaba automáticamente a su paso.

—Me acaban de robar el coche —le dijo al encargado—. Una mujer, una pelirroja.

—Pues con esta tormenta no creo que llegue demasiado lejos. Y me temo que nosotros no podemos hacer nada —dijo el hombre con lo que a Severo le pareció una sonrisa muy poco apropiada en esas circunstancias–. ¿Había algo de valor en el coche?

Severo negó con la cabeza. ¿Para qué iba a contarle la verdad? Llevaba el pasaporte, las tarjetas de crédito y, sobre todo, un ordenador con información sobre una fusión comercial que sus rivales considerarían si no fabulosa, sí de gran valor.

–Pues ha tenido suerte. ¿Dice que era pelirroja?

–Así es.

–Tal vez alguien la conozca pero, como ve, aquí hay mucha gente –el encargado golpeó la barra con la mano para llamar la atención de los clientes–. ¿Alguien ha visto a una pelirroja?

No fue una sorpresa para Severo que varios hombres dijeran haberse fijado en ella porque la ladrona de coches no era una mujer que pasara desapercibida. Pero, lamentablemente, nadie sabía quién era.

–No puedo ofrecerle habitación, pero la chimenea está encendida y tenemos mantas y una despensa llena.

Severo, que no compartía la actitud relajada del encargado, propietario del refugio o lo que fuera, negó con la cabeza cuando el hombre sacó una botella de whisky.

–No creo que haya ido muy lejos con esta tormenta. Pero mañana, cuando hayan limpiado las carreteras…

–Deberíamos informar a las autoridades.

–Las líneas telefónicas están cortadas y no hay

cobertura para los móviles. Tome algo, no puede hacer otra cosa.

Severo aceptó un café, pensativo. Tenía que haber alguna otra opción.

–Esos esquíes que he visto en la puerta, ¿de quién son?

El hombre señaló un grupo de jóvenes.

–Son estudiantes, de Aviemore.

Luego sugirió, de broma, que reuniese un grupo de gente para ir a buscar a la pelirroja. Y, aunque era una broma, le dio una idea.

Quince minutos después, resistiéndose a los intentos de convencerlo para que no lo hiciera, Severo se ponía unos esquíes y cambiaba su abrigo de cachemira por el grueso chaquetón de uno de los estudiantes.

Seguía nevando, pero el viento había amainado un poco, de modo que tomó la carretera, siguiendo la dirección en la que su coche había desaparecido.

Y habría pasado de largo sin ver el vehículo abandonado si no se hubiera detenido un momento para mirar el horizonte. La luz de un faro medio enterrado en la nieve llamó su atención y, un segundo después, comprobó que era su coche. Volcado en el arcén.

La puerta estaba abierta, pero la ladrona había desaparecido, demostrando que era estúpida y suicida, además. Con aquella nevada, cualquier persona con dos dedos de frente se habría quedado dentro del coche.

Sus cosas seguían en el interior, afortunadamente, y lo más sensato sería tomarlas y volver al refugio. Aquella loca no era responsabilidad suya. Y si acababa en la estadística de muertos debido a la tormenta sería problema suyo. Claro que él moriría de culpa pensando que podría haberla salvado.

Tras un breve debate interno, Severo suspiró, resignado. No le gustaría nada que la gente sospechase que tenía conciencia.

Después de una rápida mirada alrededor descubrió huellas en la nieve, de modo que la ladrona no estaba muy lejos.

Neve hacía un esfuerzo por seguir adelante, pero estaba asustada. El paisaje blanco se había tragado todos los sonidos salvo sus propios jadeos. No le quedaba energía y estaba muerta de frío, pero la desesperación y el miedo la obligaban a seguir adelante.

–Me gusta la nieve –murmuraba para sí misma–. Me encanta la nieve.

Si algún día tenía nietos los aburriría de muerte con aquella historia. Aunque una historia que empezaba con «el día que la abuela robó un coche» podría no ser un gran ejemplo.

Neve tropezó en la nieve y creyó que no le quedaban fuerzas para levantarse. Descansaría un momento, pensó, y luego se levantaría porque, si no lo hacía, no habría nietos a los que contarles la historia.

Se levantaría porque James había confiado en ella y no podía defraudarlo.

Casi podía escuchar su voz…

—Tengo que pedirte un favor, Neve.

—Cualquier cosa —había dicho ella.

James Macleod había sido compañero de universidad de su padre y por eso le había dado un puesto de trabajo a Charlie. Pero su hermano le había devuelto el favor estafando a sus clientes para seguir jugando en el casino.

Sabiendo que estaban a punto de descubrirlo, Charlie, que pensaba huir del país, se lo había confesado todo. Y Neve, angustiada, había ido a hablar con James para suplicarle que no llamase a la policía.

Afortunadamente, James no lo hizo. Al contrario, ocultó el robo con su propio dinero, poniendo como única condición que Charlie buscase ayuda para su problema.

De modo que Neve no iba a negarle ningún favor.

—Cásate conmigo.

Ningún favor salvo ése.

—Te ha sorprendido.

—No, no —mintió Neve, atónita. Nada en el trato de James la había hecho pensar nunca que la viera de ese modo y ella jamás lo había considerado como un posible pretendiente—. Es muy amable por tu parte, pero…

–No me quieres, lo sé. Tengo edad suficiente para ser tu padre.

–No es eso, es que…

–Nuestro matrimonio no sería permanente, Neve. Sí, sé que suena extraño, pero confía en mí. No digas nada todavía, deja que te explique –James dejó escapar un suspiro–. Verás, la cuestión es que… ha vuelto.

Neve supo inmediatamente que se refería a la enfermedad contra la que llevaba años luchando.

–Y esta vez el diagnóstico no es bueno. Tengo dos meses de vida como máximo… no llores, Neve. He tenido tiempo para acostumbrarme a la idea y, si quieres que te diga la verdad, estoy muy cansado. Mi única pena es dejar a Hannah. Mi hija se quedará sola y es tan joven que podría convertirse en objetivo para gente interesada sólo en su dinero. Cuando yo muera, Hannah lo heredará todo, pero si nos casamos, tú te convertirás en su tutora legal. Sé que puedo confiar en ti y sé que tú la protegerás.

Los ojos de Neve se llenaron de lágrimas.

–Y mira cómo estoy protegiéndola –murmuró, golpeando la nieve con el puño–. Venga, no seas patética. Levántate de una vez.

Tuvo que apretar los dientes para luchar contra el deseo de cerrar los ojos y quedarse allí. Se tumbó de espaldas, pero el esfuerzo la dejó agotada y cuando estaba intentando reunir fuerzas le pareció escuchar un grito… sí, era un grito, no el viento. Alguien estaba gritando.

–¡Aquí! –consiguió responder, casi sin voz–. ¡Estoy aquí!

Cuando logró sentarse en la nieve vio una sombra a unos metros de ella.

–¿Hannah?

Pero no, no era una chica sino un hombre muy alto… con esquíes. Un hombre que, por la velocidad a la que iba, sabía lo que estaba haciendo.

No era Hannah, pensó, pero sí alguien que podía ayudarla a encontrarla.

El hombre estaba a punto de pasar a su lado sin verla y, con el corazón encogido, Neve empezó a gritar y a mover los brazos para llamar su atención hasta que, por fin, el hombre pareció fijarse en ella.

Casi llorando de alivio, abrió la boca para avisarlo de que había una pendiente, pero el hombre estaba quitándose los esquíes para hacer los últimos metros caminando. Al contrario que ella, no iba resbalando y tropezando sino moviéndose con la gracia de una pantera.

–No se puede imaginar cuánto me alegro de verlo.

Él podría alegrarse también o sentirse aliviado, pero Neve no tenía manera de saberlo porque su rostro estaba oculto bajo un pasamontañas negro. Lo único que podía ver eran sus ojos oscuros.

Sin decir una palabra, el extraño alargó una mano enguantada y Neve se agarró a ella como a un salvavidas.

–Muchísimas gracias –tenía que inclinar la cabeza hacia atrás para mirarlo a la cara. Y mucho porque el hombre era muy alto–. ¿Ha visto a alguien por aquí, una chica de catorce años? Tiene el pelo oscuro y lleva un chaquetón rojo.

–No.

–Pero tenemos que encontrarla.

–¿Encontrar a quién?

–¿A quién? –repitió Neve, sorprendida–. A Hannah. Tiene catorce años y…

–¿También es pelirroja? –la interrumpió él, quitándose el chaquetón para ponerlo sobre sus hombros.

–No, es morena y lleva un chaquetón rojo. Pero no es muy grueso y… no hace falta que me deje el suyo. Se lo agradezco, pero no puedo dejar…

–No le he pedido permiso.

–Pero usted tendrá frío.

Cuando empezó a quitárselo, Severo la tomó por los hombros. Aquel no era momento para tacto o diplomacia. ¿La mujer que le había robado el coche se negaba a aceptar un simple chaquetón?

Lo que necesitaba, en su opinión, era ir a un psiquiatra. Y él también por estar allí.

–Me encantaría quedarme charlando con usted, pero no tenemos tiempo. Y, para su información, no estoy siendo caballeroso, sino práctico. Yo llevo un jersey grueso y usted no.

Aunque el frío se le colaba hasta los huesos.

Y el frío aumentaba al pensar en lo que podría haberle ocurrido de no haberla encontrado. ¿Cuánto tiempo habría aguantado con ese frío… una hora, menos?

—Va vestida para dar un paseo por la ciudad, no para estar en plena montaña. Las personas como usted, sin respeto por la naturaleza y los elementos, siempre esperan que otros arriesguen sus vidas para salvarlos.

—¿De qué está hablando? —exclamó Neve.

—Déjelo, estamos perdiendo el tiempo.

—Tiene razón. Creí que había llegado a una zona alta desde la que podría ver la carretera…

—Tenemos que buscar un refugio, no una zona alta.

—No, tenemos que buscar…

—¿Buscar qué? —la interrumpió Severo.

—A Hannah —dijo ella.

—¿Quién es Hannah?

—¿No la ha visto? Si viene de la carretera tiene que haberla visto.

—No he visto a nadie —Severo hizo un esfuerzo para controlar su impaciencia–. Y no vamos equipados para organizar una expedición de rescate.

Un poquito tarde para darse cuenta de eso. Además, la tal Hannah podría ser un invento de la pelirroja. Y si no lo era, esperaba que hubiese encontrado refugio en algún sitio. Si seguían allí mucho más tiempo acabarían en la lista de muertos por la tormenta.

—Esa mujer, si existe, tendrá que cuidar de sí misma.

—¡No es una mujer, es una niña! Tenemos que…

—¿Tenemos?

Neve hizo una mueca al darse cuenta de que el hombre no iba a ayudarla.

—Muy bien, no se preocupe, lo haré yo sola. Por favor, informe a las autoridades de que se ha perdido una niña de catorce años… si no es mucha molestia.

—Puede contárselo usted misma cuando volvamos al refugio.

—¿Es que no lo entiende? No puedo volver, no puedo dejar a Hannah sola… tengo que encontrarla.

—Lo que tenemos que hacer es encontrar un refugio lo antes posible.

Aunque no sería tan fácil como había pensado porque la tormenta golpeaba con más fuerza que antes. Media hora más y se habría hecho de noche, de modo que lo mejor sería volver al coche abandonado, así al menos estarían a salvo de los elementos.

Pero ni siquiera volver sobre sus pasos sería fácil porque la nieve había borrado sus huellas. Él tenía buen sentido de la orientación, pero en esas condiciones sería muy fácil desorientarse.

–No, no –dijo ella, apartándose cuando volvió a agarrarla del brazo–. Usted no lo entiende, yo…

–Puede que usted quiera morirse de frío, pero yo no.

–Pues muy bien, márchese. Yo no pienso moverme de aquí.

Severo la miró y en aquel momento, cuando todos sus sentidos deberían estar concentrados en sobrevivir, no pudo dejar de pensar en lo guapa que era.

Pero tenían que buscar un refugio a toda prisa, no había tiempo para tonterías.

–¿Qué está…? –Neve lanzó un grito cuando el extraño se la colocó al hombro–. ¡Suélteme ahora mismo!

Él lanzó un gruñido cuando le dio la primera patada, pero no dijo nada. Siguió caminando, con la cabeza agachada para evitar el viento.

Capítulo 3

SEVERO depositó su carga en el suelo.

–¿Se encuentra bien?

Parecía más irritado que preocupado y Neve le dio un manotazo cuando intentaba sujetarla. ¿Si se encontraba bien? Qué mala suerte que la rescatase precisamente él… ¿o la había secuestrado? Un hombre de pocas palabras y todas ellas estúpidas.

–¡No, no me encuentro bien!

La había llevado al hombro como un saco de patatas contra su voluntad. Estaba dolorida, helada y, sobre todo, muerta de miedo por lo que pudiera haberle pasado a Hannah.

Pero, respirando profundamente, se dijo a sí misma que ella no era una cobarde. Podía tener tendencias cobardicas, pero no era una cobarde.

Severo movió los hombros doloridos, percatándose del esfuerzo que hacía aquella mujer para no desmoronarse. La pelirroja podía ser tonta, pero era valiente.

–Está viva, así que deje de quejarse.

–No sé quién cree que es… –Neve no terminó

la frase al darse cuenta de que no sabía quién era o qué era salvo grosero, insensible y egoísta. Y muy fuerte. Después de quince minutos llevándola al hombro sobre la nieve debería estar agotado, pero no lo parecía. Ni siquiera respiraba con dificultad.

–¿Quién es usted?

–El hombre que le ha salvado la vida. Puede darme las gracias más tarde, cuando le cuente la historia de mi vida.

–Un nombre sería suficiente y yo no le he pedido que me salvara –replicó Neve–. No necesitaba que me salvase.

Él sonrió, irónico, mientras sacaba el móvil del bolsillo.

–Ya, me di cuenta de que tenía la situación totalmente controlada.

–¿Hay cobertura?

–No.

Suspirando, Neve miró alrededor. Aquel no era momento de deprimirse. A unos metros de ellos veía luces y si había luces habría gente.

–¿Qué es ese sitio?

Necesitaba pedir ayuda urgente. Claro que el equipo de rescate ya habría salido si se hubiera parado a pensar antes de subir a ese coche y Hannah estaría a salvo… Neve sacudió la cabeza, angustiada.

Encontraría a Hannah como fuera.

–No lo sé, parece una casa. En cualquier caso, es un refugio.

Severo se preguntaba si aquella mujer sabía el

peligro que había corrido. Por su actitud, no parecía tener ni idea.

Afortunadamente para ella, él parecía haber desarrollado una repentina fascinación por el pelo rojo y los ojos azules.

–Con un poco de suerte, los de la casa no serán de los que sólo quieren salvar su pellejo. Al contrario que otros.

–¿Le importaría dejar de insultarme hasta que estemos a salvo? Los cobardes no entablamos conversación en medio de una tormenta. Y no intente correr porque iré a buscarla.

–¿Me está amenazando? –exclamó Neve. Le castañeteaban los dientes de frío, pero no pensaba dejar que aquel grosero la tratase de esa forma.

–Tómeselo como quiera.

Unos minutos después, llegaban a la casa. Podía ver luz tras el cristal emplomado de la puerta y Severo la golpeó con el puño varias veces. Cuando no recibió respuesta, siguió golpeando y llamando al timbre. Hizo ruido suficiente para despertar a los muertos, pero nadie salió a abrir. O eran sordos o no tenían intención de abrirle la puerta a un extraño.

Daba igual. Si estaba asustando a alguien, se disculparía más tarde. No necesitaba un termómetro para saber que la temperatura había descendido y su prioridad era entrar en la casa antes de que la situación empeorase.

Claro que no sabía cómo podía empeorar la situación si estaba en medio de una tormenta de nieve con una loca que robaba coches y luego se perdía en medio del campo.

El chaquetón le llegaba por las rodillas y tenía un aspecto frágil, vulnerable. Era la clase de mujer que despertaba el instinto protector en los hombres… o al menos los que no habían sufrido sus patadas.

Él no era uno de esos hombres. Le había pateado bien. Menos mal que, afortunadamente, no llevaba botas, sino unos zapatos totalmente inadecuados para andar por la montaña.

—¡Quédese ahí! —le gritó, antes de dar la vuelta al edificio. Estuvo a punto de no ver una puerta lateral, casi por completo oculta por la nieve, pero un rápido vistazo le dijo que no era tan gruesa como la puerta principal. Estaba teniendo suerte y ya era hora, pensó, mientras empezaba a apartar la nieve.

—¿No le había dicho que no se moviera?

Era increíble. El tipo ni siquiera se había dado la vuelta. Parecía tener ojos en la nuca, pensó Neve.

—Sí, me lo ha dicho —contestó, disimulando un escalofrío cuando metió las manos en la nieve.

—¿Se puede saber qué está haciendo?

—Ayudarlo.

Al menos no había salido corriendo en dirección contraria, pensó él, conteniendo un suspiro de irritación. Cuando iba a apartar sus manos comprobó que tenía las muñecas muy delgadas y los dedos azules.

Pero no tan azules como sus ojos. Claro que nada era tan azul como esos ojos.

Irritado con ella, y consigo mismo, cubrió sus

manos con la mangas del chaquetón antes de reto-
mar la tarea de apartar la nieve.

–No se mueva. Y no saque las manos de las
mangas.

–Soy perfectamente capaz de…

–Ya sé de lo que es capaz.

–Sólo intento ayudarlo.

Cualquier otra persona se sentiría agradecida,
pero aquel hombre era un ogro.

–No me ayudará si se le congelan las manos.

En eso tenía razón, pensó Neve, que ya no sentía los dedos. ¿Llevaría Hannah puestos los guan-
tes?, se preguntó. Imaginó a su hijastra perdida en
la nieve, a merced de los elementos, y el miedo se
le agarró a la garganta.

–¿Qué puedo hacer entonces? Tengo que hacer
algo, no puedo quedarme mirando.

–Pues creo que sería lo más seguro.

Afortunadamente, tardó sólo dos minutos en
apartar la nieve que tapaba la puerta y luego miró
alrededor, buscando un objeto contundente. Al
contrario que el cristal de la puerta principal, el de
aquella no parecía muy grueso.

Severo encontró una piedra.

–Dese la vuelta y tápese la cara.

–¿Va a romper el cristal?

–Ah, ya veo que va en contra de sus conviccio-
nes. Un poco hipócrita, ¿no le parece?

Tan críptico comentario dejó a Neve boquiabierta. Debía estar loco, pensó.

–¿No podría llamar de nuevo? A lo mejor ahora nos oyen.

–O podríamos volver mañana –dijo él, sarcástico. Pero cuando puso la mano en el pomo, la puerta se abrió–. Bueno, parece que al final no hemos tenido que romper nada.

Estaban en un cuarto de lavar o algo así, con una encimera de acero y varios armarios. Severo buscó el interruptor con la mano y parpadeó varias veces cuando la habitación se llenó de luz.

–¿Viene o no?

Tenía dos opciones: morirse de frío o aceptar la invitación. Neve entró en la casa, pensando que a él no parecía importarle que eso fuera allanamiento de morada.

Tal vez había estado en situaciones similares, pensó. Y parecía un hombre con muchos recursos. Seguramente se negaría a volver a salir para buscar a Hannah, pero tal vez si le ofrecía dinero…

Bueno, con su ayuda o sin ella, pensaba salir a buscar a Hannah en cuanto hubiese entrado en calor. No lo necesitaba.

Bajo la tormenta, su estatura y su formidable presencia le habían parecido consoladoras, aunque no quisiera reconocerlo. Pero en aquella habitación su presencia le parecía opresiva. No sabía si era guapo, feo o normal, pero con un cuerpo como el suyo era imposible que pasara desapercibido.

–¿Qué?

–He dicho que cerrase la… –el hombre dio un

paso adelante y Neve dejó escapar un gemido sin darse cuenta de que sólo iba a cerrar la puerta.

–¿Qué le pasa?

–Nada –murmuró ella, avergonzada.

Pero no porque hubiera sentido miedo, sino porque sentía el extraño impulso de apoyarse en ese torso tan ancho. Cuanto más tiempo permanecía cerca de ella, proyectando una especie de campo magnético, más difícil era resistirse a esa extraña compulsión.

–¿Qué pensaba que iba a hacer?

Neve sacudió la cabeza. ¿Qué iba a decir: «pensé que iba a besarme»?

Atónita por tal pensamiento, dejó escapar un suspiro de alivio cuando él se apartó.

–Relájese, está a salvo conmigo –dijo él, burlón.

–Me alegro.

–Admito que es usted más guapa de lo que había pensado, pero ahora mismo, *cara*, no va a volver loco de pasión a ningún hombre, se lo aseguro.

A ningún hombre cuerdo, pero Severo empezaba a dudar de su cordura.

La cuestión no era que le pareciese guapa, sino por qué demonios estaba allí. Él valoraba la sensatez y se enorgullecía de su buen juicio, pero sólo un loco arriesgaría su vida en medio de una tormenta de nieve.

Capítulo 4

EL salón era una zona amplia dominada por una estufa de leña a un lado y una cocina ultramoderna al otro.

Severo había pensado que las luces estaban puestas en automático para evitar a los ladrones, pero sobre la mesa vio el periódico de la mañana, de modo que alguien había estado allí ese mismo día.

–No podemos entrar en una casa que no es nuestra y tocarlo todo –lo regañó Neve al ver que levantaba un ordenador portátil.

Severo cerró la tapa y se volvió para mirarla, pensando en lo irónico que era su repentino respeto por la propiedad de los demás.

–¿Y qué sugiere que hagamos, apretar la nariz contra los cristales mientras nos helamos de frío?

–No, pero tampoco me parece bien lo que estamos haciendo –contestó ella, agarrándose al respaldo de un sillón. Nunca había perdido el conocimiento, pero se sentía tan mareada, que temía estar a punto de hacerlo.

–Es mejor que morirse de frío. Siéntese –dijo él al verla tan pálida–. Y respire despacio.

Su serenidad la ayudó a recuperarse y, afortunadamente, en unos minutos el mareo había pasado. Pero cuando iba a decírselo, vio que él estaba mirando hacia la galería del piso de arriba.

–¿Ha oído algo?

–No, nada. ¿Se encuentra mejor?

–Sí, estoy mejor. El teléfono…

–No funciona.

No podía ser una sorpresa, pero la pelirroja hizo una mueca, como un niño al que le hubieran quitado un helado de la mano.

Aquella chica no debería jugar al póquer.

Las mujeres que él conocía rara vez decían lo que pensaban de verdad. En general, usaban métodos menos directos para conseguir lo que querían, de modo que estar con alguien tan directo, alguien cuyo estado ánimo se reflejaba en su cara, era una novedad.

Pero sin duda se cansaría de la novedad, como se cansaría de esos ojos tan azules.

–Parece que el propietario se marchó a toda prisa –observó, señalando los platos que había sobre la mesa.

Neve lo miró mientras se dirigía al pie de la escalera.

–¿Hay alguien ahí? ¿Hola?

Silencio.

–Al menos la estufa está encendida –murmuró, estudiando el termostato de la pared antes de ponerlo al máximo–. ¿Cómo se llama? –le preguntó entonces.

–Neve Gray… no, Macleod.

–Piénselo bien y dígamelo cuando se haya decidido.

–Neve Macleod –repitió ella, irritada.

–Muy bien, Neve. Supongo que podremos tutearnos, ¿no? Yo voy a mirar arriba, tú quítate esa ropa mojada.

No era una sugerencia, era una orden. Aquel hombre parecía acostumbrado a darlas y seguramente todo el mundo saltaba cada vez que chasqueaba los dedos.

Pero cuando se volvió, Neve no se había movido. Primero, porque quitarse la ropa cuando estaba helada no serviría de nada, pero sobre todo porque no tenía energía para hacerlo.

–Aquí no hay nadie –dijo él, quitándose el pasamontañas–. Aunque hay cajones abiertos en el dormitorio, de modo que debieron salir a toda prisa. Y creo que tengo una teoría sobre tan repentina desaparición.

Neve no le preguntó por su teoría. En realidad, apenas lo escuchaba. Se había quedado atónita al ver las facciones que antes estaban escondidas bajo el pasamontañas. Nunca en su vida habría pensado que un hombre pudiera ser «bello», pero aquel lo era. Era total, absolutamente perfecto.

Guapísimo pero nada femenino. Al contrario, exudaba una sexualidad totalmente viril, desde la sensual curva de su boca a las arqueadas cejas oscuras.

Neve contuvo el aliento mientras lo miraba, fascinada por los altos pómulos, la nariz aquilina. Sus ojos, lo único que había podido ver mientras llevaba el pasamontañas, eran sólo ligeramente más claros que las largas y negras pestañas que los rodeaban.

Era alto, impresionante, y emitía un magnetismo sexual crudo que había notado incluso cuando tenía la cara tapada.

—Ven, acércate a la estufa. Sigues temblando.

Neve sacudió la cabeza al escuchar su voz, como si saliera de un trance.

—Estoy bien.

Ella nunca se había interesado particularmente por los hombres guapos y aquel no era el mejor momento para descubrir que sí le gustaban.

«Cálmate, Neve. Sí, es guapísimo, pero lo importante es el interior».

Especialmente si el interior estaba en un cuerpo tan impresionante como aquel.

Neve bajó la mirada, esperando que él no se hubiera dado cuenta de que lo miraba.

—¿Bien? Eso sí que es una sorpresa. Considerando lo rico que es tu idioma, tu vocabulario parece un poco limitado.

—Es que tengo frío.

—No tengo mucha experiencia médica a excepción de un curso de Medicina, pero yo diría que los labios no deberían ser azules.

Neve se llevó una temblorosa mano a los labios.

–Ya he dicho que tengo frío.

–Yo tengo frío, tú estás a punto de morir de hipotermia. Y nos llevaríamos mejor si dejases de hacerte la fuerte –observó él, con gesto aburrido.

–Yo no quiero «llevarme mejor» contigo.

Suspirando, él arrastró un sillón para ponerlo delante de la estufa y la sentó en él. No lo hizo bruscamente, pero tampoco con mucha delicadeza.

Después, se puso en cuclillas y empezó a quitarle el chaquetón, cubierto de nieve.

Neve intentó protestar cuando tiró del jersey pero, como había imaginado, la protesta no sirvió de nada.

–Puedo hacerlo yo sola.

–¿Vas a dejar de quejarte?

Cuando le quitó el jersey descubrió que era más delgada de lo que parecía a primera vista, pero con unas curvas sorprendentemente generosas y en perfecta proporción con su delicada figura.

–¿No dejas nunca de dar órdenes?

–Algunos nacen para ser líderes, otros para seguir, preferiblemente en silencio.

Aunque la pelirroja tenía una bonita voz, tuvo que reconocer.

–Y supongo que esos líderes natos son todos hombres, claro –replicó Neve, que empezaba a hartarse de su actitud.

Bajo el jersey, llevaba una camiseta blanca de

tirantes, mojada también, bajo la que podía ver el encaje del sujetador y la sombra de sus pezones.

Fue el último detalle lo que llamó la atención de Severo. Tanto, que no podía apartar la mirada.

Sorprendido, respiró profundamente para alejar aquellos pensamientos de su mente, pero junto con el oxígeno que necesitaba le llegó su perfume, de modo que no sirvió de nada.

–Relájate, *cara* –murmuró, pensando: «buen consejo, amigo, relájate tú también».

–Estoy helada –replicó ella, a la defensiva.

–Ya me he dado cuenta –Severo tomó una manta del respaldo del sofá para ponérsela encima. Aunque no sabía si para hacerla entrar en calor o para no tener que verla medio desnuda–. Pero no te preocupes, no tienes nada que no haya visto antes.

Su reacción, concluyó Severo, era debida a la adrenalina. O eso o había algo en aquella mujer que lo hacía volver a los quince años. Hacía mucho tiempo que su libido no estaba tan alterada.

–Quítate el resto de la ropa, voy a buscar unas toallas.

Neve lo miró, incrédula. ¿Lo decía en serio?

–No pienso quitarme nada más.

Severo se encogió de hombros.

–Muy bien. Si tú no quieres hacerlo, lo haré yo.

Neve cerró la boca para no decir «no te atreverás» porque intuía que esa frase podía ser un reto para cierto tipo de hombres.

Y, mientras él subía al segundo piso, decidió hacer lo que le pedía para no empeorar la situación.

Envolviéndose en la manta, se quitó la camiseta y estaba intentando bajar los empapados vaqueros cuando lo oyó bajar por la escalera.

Nerviosa, se envolvió en la manta y levantó la mirada. Evidentemente, él no era tan pudoroso porque sólo llevaba unos vaqueros que le quedaban cortos y que debían ser del dueño de la casa. Tenía un torso ancho, fuerte, el estómago plano y una línea de vello oscuro...

Neve tuvo que hacer un esfuerzo para no mirar el sitio donde se perdía esa línea de vello. Pero daba igual dónde mirase, aquel torso bronceado era el más fabuloso que había visto nunca.

Intentaba apartar la mirada, pero le resultaba imposible. Afortunadamente, él no parecía darse cuenta.

Severo dejó una pila de toallas sobre el sofá y se volvió para mirarla. A juzgar por las gotitas de sudor que cubrían su frente, había estado intentando desnudarse en su ausencia.

Y entonces, de repente, sintió algo sospechosamente parecido a la ternura.

—Vas a tener que aceptar mi ayuda, *cara*.

Sin esperar respuesta, porque sin duda sería negativa, se puso de rodillas delante de ella y empezó a tirar de los mojados vaqueros.

Neve miró la cabeza oscura del hombre. No se

movió, no podía respirar siquiera hasta que completó la tarea y puso una mano en su pierna. Nerviosa, se apartó, incapaz de soportar la sensación.

–Estás congelada –Severo empezó a frotar vigorosamente sus piernas, desde el tobillo hasta el muslo, y el roce de sus manos hizo que se le encogieran los músculos del estómago–. ¿Tienes sensación en las piernas?

–No mucha –mintió ella, pensando «ojalá fuera así». ¿Por qué aquel hombre la afectaba de tal modo? Tenía que haber una explicación.

Ella no era una mujer desesperada y ansiosa de sexo. De hecho, nunca había sido una persona muy fogosa. Tal vez por eso nunca había tenido un novio de verdad. Controlar el deseo nunca había sido un problema para ella. En lo que se refería al sexo, sólo había sentido una ligera curiosidad sobre lo que estaba perdiéndose pero, por el momento, siempre había rechazado la oferta de los hombres que querían enseñarle lo que era. La idea del sexo sin una conexión emocional sencillamente no la atraía.

Neve contuvo el aliento cuando él subió las manos hacia sus muslos.

–Me has hecho daño –mintió.

Aquello debía ser un shock traumático o algo parecido, pensó Neve. No podía ser otra cosa.

–No seas quejica. Estoy intentando que recuperes la circulación.

Aunque su propia circulación estaba demasiado activa.

–Decídete de una vez. Pensé que no querías que fuese valiente.

–Lo que yo quiero… –él levantó la cabeza, pero no terminó la frase.

Su mirada era tan intensa, que dejó a Neve paralizada. Sentía la tentación de dejarse llevar…

¿Dejarse llevar por qué? ¿Por quién?

–No puedes contarlas, yo lo he intentado –comentó, para aliviar la tensión.

–¿Qué?

–Mis pecas.

Él tomó una toalla y siguió frotando sus piernas con ella. Y Neve lo prefería al contacto piel con piel.

–Gracias, ya me encuentro mucho mejor. Pero no me has dicho tu nombre.

Aquel hombre semidesnudo estaba siendo el responsable de la experiencia más erótica de su vida, algo que posiblemente la convertía en la mujer de veinticuatro años más triste del planeta, y ni siquiera sabía su nombre.

–Severo Constanza.

Neve nunca había sentido atracción por los tipos latinos y le gustaría mucho que siguiera siendo así.

–Comimos en un restaurante italiano hoy, antes de que empezase a nevar. ¿Nos vimos allí?

Severo tardó unos segundos en darse cuenta de que le estaba preguntando si era camarero.

–No, creo que no –contestó, sin poder disimular una sonrisa.

–¿Te estás riendo de mí?

–No, de mí mismo. Si algún día tuviera la tentación de creer mis propios informes de prensa, ya sé dónde ir para que me bajen los humos.

–No te entiendo.

Él se encogió de hombros.

–Da igual, no importa.

Frunciendo el ceño, Neve se dejó caer sobre el sillón y se tapó con la manta hasta el cuello.

–¿Quieres que mire a ver si encuentro algo de comer? –preguntó Severo. Y luego, sin esperar respuesta, se acercó a la cocina y empezó a abrir armarios.

Decir que el ambiente era acogedor sería exagerar mucho. Neve no podía sentirse cómoda estando en la misma habitación con el equivalente a un lobo, pero ya no le parecía un enemigo.

¿El antagonismo habría sido reemplazado por algo mucho más peligroso?

La idea era tan absurda, tan ridícula, que se levantó de golpe, sujetando la manta a duras penas.

–No tengo hambre. Tengo que encontrar a Hannah.

Severo dejó escapar un largo suspiro.

–Siéntate o vas a caerte.

–Tengo que encontrar a Hannah –insistió ella–. Pero no te preocupes –se apresuró a añadir– no estoy pidiendo tu ayuda.

Que tuviese aspecto de héroe de película de acción no significaba que lo fuera. Y era totalmente irracional esperar que actuase como tal.

Neve admiró el espectacular torso antes de apartar la mirada, avergonzada de su frívola fascinación por el cuerpo masculino.

En su defensa, aquel hombre era de escándalo.

Capítulo 5

Y CÓMO piensas hacerlo?

Neve parpadeó, intentando recordar de qué estaban hablando.

—No te entiendo.

—¿Cómo piensas encontrar a Hannah, Neve Macleod?

Severo había llegado a la conclusión de que la mejor manera de encontrar a la chica era volver sobre sus pasos, pero tendría que convencer a Neve de que debía hacerlo solo.

—No te entiendo.

—Es una pregunta directa: ¿cómo piensas encontrarla?

—No lo sé, pero tengo que hacerlo. No puede estar muy lejos.

—¿Lejos de dónde exactamente? ¿Sabes dónde estás? Si te encuentran muerta de frío por la mañana, no le servirás de nada a esa tal Hannah.

Notó que ella daba un respingo, pero si alguna situación exigía ser brutal, era aquella.

—Tienes que enfrentarte con la realidad y la realidad es que no puedes hacer nada más que esperar hasta que acabe la tormenta. Espero que Hannah haya tenido sentido común suficiente para buscar refugio. O a lo mejor ya la han encontrado.

–¿Tú crees? –Neve quería creer eso con todo su corazón.

–No lo sé, es posible –Severo se encogió de hombros.

Proyectaba tal seguridad, que Neve se relajó un poco. Y, por primera vez, se permitió pensar que aquello no iba a terminar en tragedia.

–Seguro que Hannah está ahora mismo tomando un café caliente en algún sitio, preocupada por ti.

–No, no lo creo –murmuró Neve, preguntándose si algún día lograría convencer a aquella adolescente dolida de que ella no era el enemigo.

Severo vio el gesto de derrota en su expresivo rostro.

–¿Tu hermana y tú habéis discutido?

–¿Qué?

–Hannah. ¿Has discutido con ella?

–Hannah no es mi hermana.

–¿No es tu hermana?

Había pensado que una hermana pequeña explicaba ese nivel de ansiedad.

–Hannah es mi hijastra –dijo Neve entonces.

De inmediato vio un brillo de incredulidad en sus ojos. Mejor, no la había reconocido, pensó.

Aunque la verdad era que no solían reconocerla, ni siquiera durante el escándalo. Probablemente porque la única fotografía que tenía de ella la prensa había sido tomada durante el funeral.

Con un clásico vestido negro, un elegante collar de perlas y el pelo sujeto en un moño, Neve apenas se reconocía a sí misma.

Una semana después, con el pelo escondido bajo un sombrero, un vestido de lunares y un cárdigan de angora amarilla, había atravesado un grupo de fotógrafos que esperaban a la «viuda alegre», como la habían apodado, sin que la reconocieran.

Además, daría igual que aquel extraño supiese quién era. No podía darle demasiada importancia a lo que los demás pensaran de ella… o al menos eso se había dicho a sí misma porque era la única manera de sobrevivir a tan desagradable experiencia. Afortunadamente, el apetito del público por el escándalo duró poco.

Severo miró su mano. No llevaba alianza.

—¿Estás casada?

—Lo estuve. Hannah era la hija de James.

Ni siquiera ahora era capaz de llamarlo «su marido». Lo había sido legalmente, por supuesto, pero nada más. Un buen amigo al que echaba de menos, ¿pero un marido? No, en absoluto.

—¿Eres viuda?

—Sí.

—¿Desde cuándo?

—James murió hace seis meses.

—Y tú te encargas de cuidar de su hija.

–Así es.

–¿Y cómo puedes cuidar de una adolescente si tú eres una cría?

–No soy una cría –protestó Neve–. Tengo veinticuatro años.

–Ah, qué vejestorio. Tu marido debería haber buscado a alguien mayor.

–Alguien que no dejase que una adolescente se perdiera en una tormenta de nieve, ¿eso es lo que quieres decir?

–Pensé que se había ido en coche.

–Gracias por recordármelo. Hacía dos minutos que no la imaginaba chocando contra un árbol o cayendo por un precipicio.

Severo chasqueó la lengua, irritado.

–No seas tan dramática.

–¿No crees que esto es un drama? –exclamó ella–. Pues debes llevar una vida mucho más emocionante que la mía.

–Tu problema es que tienes una imaginación muy activa.

¿Hablaba en serio? ¿Qué sabía él de su imaginación?

–¡Tal vez no sería tan activa si te pusieras una camisa! Resulta incómodo mirarte… así.

–¿Mi cuerpo te ofende?

Su cara de sorpresa no la engañó en absoluto. Tenía que saber cómo afectaba a las mujeres, con ropa o sin ella. Y era evidente que estaba disfrutando de su apuro.

–No me ofende. No soy puritana ni nada parecido –respondió Neve–. Aunque preferiría ser puritana antes que exhibicionista –dijo luego, mirándolo de los pies a la cabeza con lo que esperaba fuese un gesto de desdén.

Al menos, ése había sido el plan. El único problema era que sus ojos habían hecho una parada inesperada en cierto punto de su anatomía.

¿Por qué estaba actuando de ese modo? Ella no miraba a los hombres con deseo. Y mucho menos a un extraño.

–¿Crees que soy exhibicionista? –le preguntó él, con tono de curiosidad más que de enfado.

–Yo creo que eres… –Neve sacudió la cabeza, sin saber qué decir–. No sé lo que eres.

–No te preocupes, soy inofensivo, un pilar de la comunidad.

«Sí, seguro», pensó ella.

–Me consuela saberlo.

–Tu hijastra… –Severo sacudió la cabeza, incrédulo–. Dio! Es imposible imaginar que seas la madre de nadie.

–A lo mejor no deberías juzgar por las apariencias.

–Tal vez no –asintió él.

–¿Por qué te crees un experto en las cualidades que debe tener una madrastra?

–Soy un experto en las cualidades que tiene una mala madrastra.

–Tenemos mala prensa –intentó bromear Neve.

–Mi experiencia es personal. Mi padre volvió a casarse cuando yo tenía diez años.

¿Y por qué estaba contándoselo?

–¿Os llevabais mal? –preguntó Neve.

Severo no dijo nada. Había cosas que no compartía con nadie.

–Mi infancia no es el tema de discusión.

Nunca lo había sido, por eso le parecía tan raro que estuvieran hablando de ello.

–¿Se te ha ocurrido pensar que tu madrastra hacía lo que podía?

–Oh, sí, Livia hacía lo que podía, eso desde luego.

Y «lo que podía» había sido suficiente para separar a un padre y a un hijo.

–Yo no sé nada de tus circunstancias particulares, pero...

–No, no sabes nada –la interrumpió él–, y eso no va a cambiar en un futuro inmediato, así que sugiero que pongas tu casa en orden antes de dar consejos a los demás.

Neve palideció ante la grosería.

–No te preocupes, no tenía la menor intención de darte un consejo.

–Imagina el disgusto que me llevo –replicó Severo, mirando a la pelirroja que, por alguna razón, parecía creerse con derecho a darle consejos.

El silencio se alargó mientras ella lo miraba con esos ojos azules que irradiaban una mezcla de desafío, enfado y pena.

–¿Dónde está mi ropa?

–No vas a ir a ningún sitio. Siéntate frente al fuego.

Pero él sí tendría que irse de allí para no dejarse llevar por la tentación de tomarla entre sus brazos y besarla hasta que se quedara sin aliento. Aquella mujer le hacía perder el control como ninguna otra en toda su vida.

Neve lo observó, aprensiva, mientras tomaba el chaquetón.

–¿Qué vas a hacer…?

Cuando abrió la puerta recibió un golpe de aire helado, pero un segundo después Severo desapareció en la oscuridad. La segunda persona en un día que prefería una tormenta antes que estar con ella, pensó, irónica. Qué triste.

¿Qué podía hacer, esperarlo, ir tras él?

Bueno, al menos no tendría que soportar sus groserías, pensó. Pero, a medida que pasaban los minutos, empezaba a preocuparse de verdad. ¿Y si se había perdido? ¿Y si estaba herido? Salir así, en medio de una tormenta, era inmaduro y temerario. Seguramente había querido asustarla, se dijo. Bueno, pues muy bien, podía hacer lo que quisiera, ella no iba a preocuparse.

Pero no dejaba de hacerlo hasta que, por fin, no pudo soportarlo más.

Tenía que hacer algo.

Envolviéndose en la manta, abrió la puerta... y se quedó sin aliento. Hacía un frío espantoso.

–*Madre di Dio!* ¿Qué estás haciendo? ¡Vuelve dentro!

Neve dejó escapar un suspiro de alivio cuando una sombra se materializó en la oscuridad. Estaba sano, intacto y proyectando más vitalidad de la que debería.

Pero su alivio inicial pronto se convirtió en rabia. Allí estaba, sacudiéndose la nieve de la cabeza como si acabara de dar un paseo por el parque.

–¿Cómo es posible que seas tan idiota? Podrías haberte matado. Ahí fuera no sé ve nada… y no quiero añadir tu muerte a la lista de cosas por las que me siento culpable.

–Ah, entonces se trata de ti. Asombroso –dijo él.

Pero no pudo decir nada más porque, de repente, Neve se puso a llorar.

Podría haber soportado las lágrimas, pero él no tenía defensas para los sollozos que sacudían su cuerpo. Casi podía ver cómo las capas de cinismo protector, levantadas con los años y la experiencia, iban cayendo una tras otra.

–No llores. Siento mucho haberte asustado.

Neve sorbió por la nariz como respuesta a tan abrupta disculpa.

–No estaba asustada –mintió, avergonzada de no poder controlar sus emociones . Y no lloro por ti. ¿Qué estabas haciendo?

–Cuando hay que organizar una misión de rescate, lo mejor es saber dónde estás. Seguí tu consejo y fui a buscar un sitio alto para intentar orientarme.

En un alto, había una especie de cobertizo cuyo tejado había visto días mejores y que, con su peso además del peso de la nieve, se había hundido.

−¿Vas a ayudarme a buscar a Hannah?

Mirando esos ojos azules llenos de gratitud, Severo sintió que algo se le encogía por dentro.

−Tenemos instrucciones de quedarnos donde estamos.

−¿Qué quieres decir?

−He conseguido señal en el móvil y he informado de nuestra situación a los servicios de emergencia.

−¿En serio? ¿Les has contado lo de Hannah?

Severo asintió con la cabeza.

−Están buscándola aunque, como ellos mismos me han dicho, es posible que ya haya sido rescatada o haya encontrado un refugio.

−¿De verdad?

−Llevan todo el día rescatando automovilistas y no les ha hecho gracia que yo quisiera montar mi propia expedición.

−Pero si varias personas la buscasen…

−Ellos creen que esas personas se pueden perder y entonces hay que buscarlas a ellas.

−Pero no podemos quedarnos aquí sin hacer nada. Deja que hable con ellos.

−Lo siento, pero ya no hay señal.

–¿Y cómo voy a saber que has hablado con alguien? Podrías habértelo inventado.

Severo la miró, incrédulo. ¿Inventárselo?

–¿Quieres decir que estoy mintiendo?

Neve lo miró a los ojos.

–Es evidente que no querías ayudarme a buscar a Hannah.

Él no intentó defenderse de la acusación mientras se quitaba el chaquetón cubierto de nieve. Había sido su única protección contra los elementos y contra las piezas de metal del tejado.

Neve, que interpretó su silencio como una tácita admisión de culpabilidad, lanzó sobre él una mirada de desprecio… que se convirtió en horror al ver que estaba sangrando.

–¿Qué te ha pasado?

–Nada –murmuró él, moviendo el hombro. Pero, al hacerlo, se le escapó una mueca de dolor–. Son cortes superficiales.

Aunque el corte que tenía en la mano iba a necesitar varios puntos o, al menos, una venda.

–¡Superficiales! ¡Y me acusabas a mí de hacerme la fuerte! Siéntate, voy a…

–No necesito una enfermera.

–Pero estás sangrando.

–Es sólo un corte en la mano.

Como si no tuviera ninguna importancia, pensó ella, viendo cómo se envolvía la mano en una toalla.

–Y seguro que no te duele, ¿verdad? –murmuró, irónica.

Severo tuvo que tomar otra toalla porque la primera ya se había empapado de sangre.

—¿Qué ha pasado? ¿Cómo te has hecho eso?

—Estaba encima de un tejado y se ha hundido.

—¿En un tejado? ¡Podrías haberte matado!

—Como ves, estoy vivo —dijo él. Verla tan agitada por algo que no tenía importancia le sorprendía.

—¿Y se puede saber qué hacías subido en un tejado?

¿Una tormenta de nieve no era reto suficiente para aquel hombre? ¿Tenía que buscar, además, otras alternativas para matarse?

—Tiene que haber un botiquín en algún sitio —murmuró Neve, abriendo los armarios de la cocina.

—Estaba buscando un sitio alto para orientarme y para hacer la llamada de teléfono que me he inventado.

—Ah —Neve cerró la puerta del armario y se dio la vuelta—. Entonces supongo que te debo una disculpa.

—Sí, supongo que sí.

—Siento lo que he dicho antes. Supongo que estoy un poco… ¿paranoica?

—Estoy de acuerdo. ¿Siempre eres tan obsesiva cuando se te mete una idea en la cabeza?

En aquellas circunstancias, no podía ofenderse por la pregunta.

—Soy responsable de Hannah.

–¿Le pediste a tu hijastra que robase un coche y saliera huyendo en medio de una tormenta de nieve?

–No, claro que no.

Severo arqueó una expresiva ceja.

–Pero yo soy la adulta, ella sólo tiene catorce años.

–Te imagino a los dos años, regañándote a ti misma cuando tu osito de peluche perdió una oreja y sintiéndote responsable cuando tu mejor amiga se hacía un corte en la rodilla.

–No digas tonterías –replicó Neve. Pero era cierto que siempre se había sentido responsable. Primero de Charlie, luego de salir adelante sin ayuda de nadie. Y ahora de Hannah.

–Uno tiene que hacerse responsable de sus actos –insistió, obstinada.

Ella llevaba haciéndolo desde los catorce años. Desde que sus padres murieron en un accidente de tren. Oficialmente, Charlie había sido su tutor desde ese momento, pero no era un tutor convencional precisamente.

Su hermano desaparecía durante semanas, incluso meses, y Neve había tenido que aprender a depender de sí misma. Y, lamentablemente, también había tenido que aprender a mentir.

No le quedó más remedio. Si las autoridades hubieran sospechado que muchas veces estaba sola en casa durante meses la habrían llevado a un orfanato y ésa era una de sus pesadillas.

Por eso entendía el comportamiento de Hannah. Claro que Hannah nunca tendría que comer sardinas en lata durante una semana o decir que no quería ir al cine con sus amigas porque no tenía dinero.

–La responsabilidad ya no es tuya, *cara*. Hay unos profesionales buscándola, así que relájate.

–Pero…

–No puedes hacer nada, de modo que lo mejor es que disfrutes de la experiencia.

–¡Disfrutar! –repitió ella, atónita. Disfrutar estando atrapada con un extraño guapísimo y… bueno, en realidad, algunas mujeres pagarían por esa experiencia, pensó, sin poder evitar una sonrisa.

–Ah, una sonrisa. Menos mal. Piensa en esto como una aventura –dijo Severo–. ¿Cuánta gente puede escapar del mundo real durante unas horas? Sin estrés, sin responsabilidades, sin teléfono ni ordenadores.

Él se había convencido a sí mismo, pero la expresión de la pelirroja le decía que no iba a ser tan fácil para ella.

–No me gustan las aventuras.

–Hay muchas clases de aventuras, *cara*.

El tono, íntimo y ronco, hizo que Neve sintiera un escalofrío. Pero no tenía intención de analizar el significado de esa frase, de modo que apartó la mirada y cambió de conversación.

–¿Y yo no puedo ayudar de alguna forma? Al menos podría limpiarte esas heridas.

Sentía pánico ante la idea de tocarlo y no sólo porque podría hacerle daño.

–Gracias por la oferta, pero yo creo que la mejor manera de limpiar las heridas… –Severo hizo una mueca de dolor al mover el hombro –es dándome una ducha. Espero que haya agua caliente.

Aunque, en aquellas circunstancias, tal vez lo mejor sería darse una ducha fría. Porque su helada aventura no había conseguido disminuir el deseo que provocaba la pelirroja de los ojazos azules.

Y la noche ofrecía muchas posibilidades interesantes, pensó, mientras subía la escalera.

Capítulo 6

NEVE se quedó observándolo hasta que desapareció en el piso de arriba.

Y no se había movido cuando, unos minutos después, oyó con toda claridad el ruido de la ducha, como si no se hubiera molestado en cerrar la puerta del baño.

Algunas personas tomarían eso como una invitación.

Neve dejo escapar un gemido mientras apoyaba los brazos en la encimera de la cocina. Suspirando, apoyó la cabeza en ellos, intentando borrar de su mente la imagen del apuesto italiano en la ducha, el agua deslizándose por su piel desnuda...

«¿Qué me está pasando?».

Hasta aquel momento, concentrada en Hannah, había logrado controlar el efecto que Severo Constanza ejercía en ella, pero ahora se veía obligada a enfrentarse a la situación.

Se sentía atraída por él. ¿Y por qué no? Era increíblemente guapo, el hombre más sexy que había visto nunca. Tendría que estar muerta del cuello para abajo para no verse afectada por una masculinidad tan descarada.

No era nada profundo ni relevante y tampoco pensaba hacer nada al respecto, de modo que no tenía importancia.

Lo encontraba sexualmente atractivo, pero también le parecía atractiva una tormenta de rayos y truenos y no salía a la calle, arriesgándose a que le cayese un rayo, para disfrutar de esa belleza. Podía hacerlo desde la seguridad de su habitación.

En resumen: era estupendo mirar a Severo, pero no tenía intención de tocarlo.

¿Aunque tuviese la oportunidad?

Recordó entonces lo que había dicho sobre escapar del mundo real. Según esa lógica, las normas del mundo real quedaban en suspenso mientras estuvieran allí. ¿Podía una persona pensar o hacer cosas que no haría en circunstancias normales?

Neve cortó aquel diálogo interior con un gemido. Necesitaba hacer algo, mantenerse ocupada, ¿pero qué podía hacer?, se preguntó, mirando los libros de cocina colocados en un estante. Cocinar siempre le había parecido una ocupación terapéutica y aquel era un momento de estrés.

De modo que se coloco la manta estilo sarong para liberar las manos y, después de examinar el contenido de la nevera, tomó unos huevos y los ingredientes necesarios para hacer una tortilla de verduras, prometiéndose a sí misma que al día siguiente lo reemplazaría todo. Después de hacer las tortillas las dejó cubiertas con un plato para que se conservaran calientes y volvió a dejarse caer frente a la estufa. Estaba agotada y, sin darse cuenta, cerró los ojos. Unos segundos después, se había dormido.

La deseaba.

Severo no recordaba haber deseado así a otra mujer. Era guapísima, aunque no el tipo de chica que solía atraerlo...

Entonces se detuvo, percatándose de que estaba haciendo eso que despreciaba tanto: analizar sus sentimientos.

Lo importante era que él nunca sería como su padre. Él no perdía el control, ni hacía el ridículo por una cara bonita. No confundía el sexo con el amor, y frecuentemente dudaba que esto último existiera fuera de las páginas de las novelas románticas.

El deseo que sentía por Neve era el resultado de un prolongado período de celibato.

Habían pasado seis meses desde que rompió su última relación, demasiado tiempo sin sexo para él.

Su relación con April no terminó bien y ella lo había acusado de tenerla abandonada. Y de muchas otras cosas. Había sido muy desagradable, una experiencia que no quería repetir en el futuro.

El problema era que las mujeres decían una cosa y pensaban otra. April, que era un caso típico, había dicho que le parecía muy bien cuando él le advirtió que no estaba buscando nada serio o permanente. Eso era lo que ella quería de una relación, algo sin complicaciones.

Pero, por lo visto, también quería otras cosas.

Cosas como que acudiese a aburridos eventos sociales con ella o que fuese amable con gente a la que no conocía. Y él la había acompañado en algunas ocasiones porque April era guapísima y su carrera dependía de ser vista en los sitios adecuados.

Pero cuando exigió saber dónde estaba y qué hacía las veinticuatro horas del día, Severo se puso firme.

La gota que colmó el vaso fue cuando empezó a hablar de matrimonio e hijos. De broma, claro. Pero no estaba de broma.

Severo bajó al salón y encontró a Neve dormida frente a la estufa, con la cara apoyada en un brazo.

Sonriendo, aprovechó la oportunidad para estudiarla.

La suave melena rizada caía sobre su brazo, el rostro sonrojado por el calor de la estufa…

Cuando miró sus labios, tuvo que contener una punzada de deseo.

Era preciosa y jamás había sentido un deseo tan poderoso de hacer suya a una mujer.

Neve no recordaba haberse quedado dormida, pero cuando abrió los ojos le pareció ver unas velas encendidas…

Y sintió la turbadora presencia de Severo antes de verlo.

–Ah, por fin has despertado.

Estaba a su lado, alto e impresionante, con un albornoz de algodón rizado que, evidentemente, no era de su talla.

–¿Por qué me has dejado dormir? –le espetó ella, con tono acusador.

Había estado a punto de no hacerlo, pensó él. La tentación de besarla había sido tremenda, pero afortunadamente pudo contenerse.

–Evidentemente, necesitabas dormir un poco. ¿Siempre estás de tan mal humor cuando despiertas?

Aunque sería interesante averiguarlo.

Neve arrugó el ceño, mirando alrededor.

–¿Por qué hay velas encendidas?

–Se han fundido los plomos mientras estabas dormida, pero sólo los de la luz. La calefacción sigue funcionando, así que no tenemos que darnos calor el uno al otro.

La broma hizo que Neve se pusiera colorada. Las otras reacciones de su cuerpo fueron menos evidentes pero igualmente humillantes.

–¿No puedes arreglarlo?

–Si supiera dónde está el diferencial...

Neve empezó a sospechar de tan extraña relajación.

–¿Lo has buscado?

–No, me gusta este ambiente romántico –bromeó él–. ¿Tienes frío?

–No, estoy bien.

Pero estaría mejor si llevara algo más que las bragas y el sujetador bajo la manta. Estar en paños menores la hacía sentir vulnerable, incómoda. Pero la idea de volver a ponerse la ropa mojada le parecía insoportable.

–¿Dónde está mi ropa? ¿Qué has hecho con ella?

–Tu ropa no es de mi talla, cara, pero admiro tu buen gusto coordinando colores.

–Muy gracioso.

–Relájate, está en la secadora.

–Ah, eres un buen amo de casa.

–Hay cosas que se me dan bien.

Seguro que sí, pensó ella, imaginándolo con una larga sucesión de rubias de largas piernas.

–Ah, salvo esto –Severo le tiró la camiseta, que había puesto a secar en la estufa.

Neve alargó una mano para tomarla pero, al hacerlo, la manta resbaló hasta su cintura y, nerviosa, volvió a taparse a toda prisa.

Sólo había sido un segundo, pero verla medio desnuda le hizo sentir una punzada de deseo. Y fue tan potente que, por un momento, el hombre conocido por su frío temperamento no fue capaz de respirar.

Envuelta en la manta, Neve intentó ponerse la camiseta.

–Supongo que sería demasiado pedir que te dieses la vuelta.

–Una mujer con un cuerpo como el tuyo debería alegrarse de poder lucirlo.

El sarcasmo no debería haberle dolido porque, aunque no tenía ningún complejo, Neve tampoco se hacía ilusiones.

–Necesito mi ropa.

–No, *cara*, lo que necesitas…

–¡No necesito nada de lo que tú puedas ofrecerme!

Él pareció sorprendido.

–Iba a decir que necesitas comer algo.

–Ah.

–Yo ya me he comido mi tortilla y supongo que tú querrás la tuya.

–No tengo hambre y tú no deberías estar en la cocina con una herida en la mano. Volverá a sangrar si te rozas con algo.

De hecho, no llevaba venda y le sorprendía que no estuviera sangrando.

–Ya no sangrará más –Severo le mostró la mano y Neve abrió los ojos como platos al ver los puntos que él mismo se había dado.

–¿Lo has hecho tú? –exclamó, tomando su mano con cuidado para no hacerle daño.

–No dejaba de sangrar y había una cesta de costura en el baño… ser ambidextro a veces es muy útil.

–¿Y haces ese tipo de cosas a menudo?

Severo sonrió.

–La verdad es que no lo he hecho mal. ¿Qué te parece?

–Me parece que estás loco –contestó Neve.

Y ella debía estar loca también porque no podía soltar su mano. ¿Tendría fiebre? Sí, pero no la clase de fiebre que podría curar con una aspirina.

–Puede que tengas razón, *cara*.

El primitivo, explícito mensaje en sus ojos oscuros la hizo sentir extrañamente acalorada.

Asustada, volvió a mirar su mano como si estuviera muy interesada en los puntos.

–Lo has hecho muy bien, es verdad. Muy profesional. ¿Por qué no te hiciste médico?

–Deje la carrera cuando mi padre murió. Heredé la empresa familiar, por así decir –Severo se encogió de hombros. Y había descubierto que tenía talento para ganar dinero, lo cual era una suerte porque los cofres de la familia Constanza ya no estaban repletos.

–¿Y lo lamentas?

–No, no lo lamento. No lamento nada de lo que he hecho en mi vida.

Neve no estaba convencida.

–Todo el mundo lamenta algo.

Severo la miró, con una enigmática sonrisa en los labios.

–¿Qué lamentas tú?

–¿Yo?

–¿A qué te dedicas, Neve? Siento curiosidad, ¿eres delincuente aficionada o profesional?

–No te entiendo.

–Robaste mi coche. Te chocaste conmigo cuando salías del refugio y subiste a mi coche sin pensártelo dos veces.

Neve abrió mucho los ojos. Recordaba haber visto a alguien…

—Era una emergencia. Sólo quería tomarlo prestado.

—No sé si la policía reconoce como válido eso de «tomar prestado» un coche que no es tuyo —dijo él—. Aunque creo que no suelen ser duros con los delincuentes sin antecedentes.

—Eso no tiene gracia. Siento mucho lo de tu coche, pero estaba asustada.

¿Significaba aquello que su rescate no había sido una coincidencia?

Severo pareció leer sus pensamientos.

—Había cosas valiosas en el coche.

—Lo siento —se disculpó Neve—. Salí corriendo cuando Hannah desapareció y al ver que se llevaba el coche… en fin, estaba desesperada. Y entonces vi un cuatro por cuatro con las llaves puestas… ¿cómo se te ocurre dejar cosas de valor dentro del coche?

—Ah, entonces ha sido culpa mía.

—No, claro que no.

—Tu hijastra nunca aprenderá a hacerse responsable de sus actos si te culpas a ti misma de las cosas que hace ella.

Neve dejó escapar un gemido de angustia. Casi había olvidado que su hijastra había desaparecido.

—Dios mío…

–¿Tuvisteis una discusión?

Eso era como llamar explosión a una bomba nuclear.

–Hannah salió huyendo de mí.

Neve volvió la cara para ocultar sus lágrimas y Severo sintió que algo se encogía dentro de su pecho. Pero sacudió la cabeza, pensando que no debía buscarse complicaciones. Aquello no era una conexión espiritual, era sexo.

Durante los últimos meses, había trabajado sin parar y tal vez su cuerpo intentaba decirle que necesitaba encontrar tiempo en su agenda para hacer otras cosas.

Porque todos esos meses sin sexo eran los culpables de que estuviera obsesionado por unos ojos azules. Y en cuanto a fantasear con la piel de una mujer o el deseo de hacer algo para que no estuviera tan triste… bueno, sencillamente, él no era así.

–Seguro que Hannah está bien, no te preocupes.

Sus ojos se encontraron en el cristal de la ventana y el silencio se alargó; un silencio cargado de promesas. Neve podía sentir la tensión como algo físico, casi como una presencia.

Un tronco se partió dentro de la estufa y el ruido hizo que se rompiera el hechizo. Afortunadamente.

–Es horrible no saber dónde está y si…

Severo puso una mano en su hombro.

–No lo pienses.

Capítulo 7

ESE era el problema, que no estaba pensando.

El sentimiento de culpa por no acordarse de Hannah se la comía por dentro. Hasta que Severo dijo su nombre, no había vuelto a pensar en ella.

Había soñado con él cuando se quedó dormida en el sillón y desde que despertó sólo había pensado en aquel hombre. Aquel extraño.

—Lo dices como si fuera tan fácil.

—No creo que sea fácil, pero sí necesario.

Neve apretó los labios. Él no entendía la responsabilidad de cuidar de una adolescente o el sentimiento de culpa... ¡aquel hombre era un ordenador!

—Necesito mi ropa.

Severo suspiró, frustrado, mientras ella iba al cuarto de la plancha para sacar su ropa de la secadora.

En cuclillas, y haciendo una mueca porque allí hacía mucho frío, Neve sacó sus vaqueros. Estaban enredados con una camisa y, sin pensar, se la llevó a la cara para olerla...

«¿Qué estoy haciendo?».

Atónita por tan absurdo comportamiento, volvió a meter la camisa en la secadora.

–¿Ha encogido?

Estaba tan perdida en sus pensamientos, que la voz de Severo la sobresaltó. Intentó incorporarse, pero tropezó con la manta y acabó golpeándose contra la pared.

–Eso tiene que doler –bromeó Severo.

Pues sí y, además, hacía mucho frío, pero no pensaba admitirlo.

–¿Qué haces ahí, mirándome? –le espetó, sujetando el jersey sobre su pecho como si fuera un escudo.

–Me sentía solo –dijo él.

Quería que fuese una broma pero, de repente, se sintió impelido por el deseo de tocarla, de abrazarla.

Un deseo que pareció llevarse por delante su sentido común.

Neve frunció el ceño al ver su expresión y levantó orgullosamente la barbilla, intentando demostrar que su virilidad no la afectaba en absoluto.

Pero fracasó miserablemente porque sentía un anhelo tan profundo, que le dolían hasta los huesos.

Severo carraspeó, intentando controlar los salvajes latidos de su corazón.

–¿Vas a decirme qué te pasa ahora? –murmuró,

tomándola en brazos para llevarla de vuelta al salón.

Durante un segundo, Neve se encontró suspendida en el aire, como una muñeca de trapo.

Pero no tuvo tiempo de protestar porque él la dejó en el suelo, frente al sofá. Estaba mareada y era lógico. No todos los días la tomaba en brazos un italiano con cara de ángel caído. Un ángel caído con una boca de pecado. Con una boca así, debía besar de maravilla…

Avergonzada por pensar esas cosas cuando Hannah estaba perdida en medio de una tormenta de nieve, tal vez incluso herida, Neve se dio la vuelta para vestirse.

Ofreciéndole sin darse cuenta una fantástica panorámica de su trasero bajo la manta. Saber que sólo llevaba las braguitas debajo lo volvía loco.

Al inclinarse, la manta resbaló y Severo pudo ver un muslo largo y esbelto. Y se imaginó deslizando los dedos por él, haciendo que sus ojos azules se oscurecieran.

–Si fuese tu hija quien estuviera perdida en la nieve, no dirías que no pensara en ella –dijo Neve, molesta. Aunque no sabía con quién.

–Yo no tengo hijos.

Y no era una situación que tuviese intención de cambiar en un futuro próximo. Comprometerse con una mujer de por vida era un salto en el vacío. En su opinión, una locura.

Por supuesto había matrimonios felices, pero el matrimonio era una lotería. El problema era que los participantes rara vez lo veían con lógica y se casaban por todo tipo de razones absurdas e irracionales.

–Sé que estás intentando ayudarme –dijo Neve–. Y no estoy enfadada contigo. En realidad, estoy enfadada conmigo misma.

–No creo que hayas hecho nada malo, *cara*. Tú no eres responsable de lo que hagan los demás.

–No hace falta que seas tan amable conmigo.

–Podría ser mucho más amable si me dejaras.

Neve estaba tan angustiada que no entendió el doble sentido de la frase.

–No, no lo entiendes. Salí disparada para buscar a Hannah y, luego, de repente, me olvidé de ella.

–Estás agotada, es lógico.

Ella negó con la cabeza.

–No, me he olvidado de ella porque… –Neve tragó saliva–. Porque estaba pensando en ti.

Después de un momento de sorpresa porque eso era lo último que hubiera esperado escuchar de sus labios, Severo experimentó una oleada de satisfacción.

–¡Y ni siquiera me gustas!

–No es necesario que te guste, *cara*.

–¿Qué quieres decir?

–*Per amore di Dio!* No irás a decir que no sabes que quiero acostarme contigo, ¿verdad?

Cuando sus ojos se encontraron, Neve supo que no podría disimular.

–No, yo no… yo no tengo aventuras pasajeras –murmuró. Aunque sólo con mirarlo se derretía por dentro–. Ni siquiera debería estar pensando en ti con Hannah perdida…

–Que pienses en el sexo no significa que Hannah haya dejado de importarte –la interrumpió él, alargando una mano para tocar su cara–. Ni te convierte en un monstruo. Pensar en el sexo es algo natural.

–Pero yo…

–Lo sé.

–¿Lo sabes?

Era tan increíblemente guapo, pensó, fascinada.

¿Y un hombre como aquel la deseaba?

–Sigues pensando que estás casada, pero la realidad es que no lo estás. ¿Cuánto tiempo hace que murió tu marido… seis meses?

Neve, que nunca se había sentido casada, asintió con la cabeza. Y se preguntó qué diría si le contase que el suyo había sido un matrimonio de conveniencia.

–¿Y durante ese tiempo no ha habido otros hombres?

–¡Claro que no!

–Yo también llevo seis meses sin tener relaciones con nadie.

–¿Tú?

–No es tan raro –dijo él–. No me gusta, pero tenía mis razones. Aunque no voy a aburrirte con ellas. Nos encontramos solos aquí, aislados… es perfectamente normal que nos sintamos atraídos el uno por el otro.

–¿Te sientes atraído por mí?

–Quiero acostarme contigo –le confesó Severo–. Con todas mis fuerzas.

La confesión hizo que Neve sintiera un escalofrío.

–Pero no puede ser –murmuró, intentando despejar su cabeza, escapar de aquella telaraña en la que estaba metida–. Hannah se ha perdido y yo no puedo…

–Esto no tiene nada que ver con Hannah.

–No, pero…

Severo puso un dedo sobre sus labios.

–Tienes unos ojos increíbles –estaba inclinado hacia ella de una forma casi posesiva, tan cerca que podía sentir el calor de su torso.

Le temblaban las rodillas, pero se sentía extrañamente desconectada de su cuerpo. Y no podía apartar los ojos de Severo.

–No va a pasar nada que tú no quieras que pase, *cara*.

Ella cerró los ojos y negó con la cabeza. Era responsable de Hannah. James le había pedido que cuidara de su hija y, después de todo lo que había hecho por ella, no era tanto pedir. Le había prometido que cuidaría de Hannah y había fracasado.

Severo notó que se ponía tensa de repente.

–Deja de pensar.

–No puedo…

–Entonces piensa en mi boca –dijo él, mirándola a los ojos.

–¿Tu boca? –repitió Neve, mirando automáticamente esos labios esculpidos.

Ella oía una respiración agitada… ¿era la suya?

–Sí, mi boca.

–Tienes una boca preciosa, pero seguro que te lo han dicho muchas veces.

–A mí también me gusta la tuya.

Su voz ronca parecía acariciarla. Neve quería apartarse, pero sus músculos no respondían y no se movió cuando Severo inclinó la cabeza para besarla. Sus labios eran firmes, la presión ligera.

Pero el contacto sólo duró unos segundos y Severo se apartó para mirarla a los ojos. Todo parecía ocurrir a cámara lenta, los latidos de su corazón, el sonido de su respiración mientras intentaba llevar aire a sus pulmones.

–Piensa en mis labios –siguió Severo, pasando la lengua por su labio superior–. Nada más existe…

–Yo creo…

–Deja de pensar, Neve, limítate a sentir. No te preocupes, te acostumbrarás, sólo necesitas un poco de práctica.

Neve tragó saliva.

–Esto es absurdo –murmuró.

Y lo era, absurdo, irreal, peligroso. Su corazón latía con tanta fuerza, que temió sufrir un infarto de un momento a otro.

Pero se estremeció cuando él la besó de nuevo, deslizando la lengua por sus labios de una manera erótica, sensual. No podía moverse y sentía como si estuviera ardiendo por dentro.

Era una extraña y deliciosa tortura.

Capítulo 8

NO pares –murmuró Neve. Y fue recompensada con otro beso.

Severo deslizó la lengua ente sus labios abiertos, haciendo que viese puntitos de luz tras los párpados cerrados.

Y luego se apartó, murmurando su nombre como si le gustara mucho, haciendo que sonase como una caricia. Parecía fascinado mientras apartaba el pelo de su cara.

–Eso ha estado muy bien, pero no puedes estar besándome toda la noche –Neve sabía que tenía que hacer algo para romper el hechizo.

–Tú no sabes lo que puedo hacer, *cara*.

–¿Y voy a descubrirlo? –susurró ella, asombrada de su propia temeridad. Experimentaba una extraña sensación de libertad, como si aquel momento estuviera predestinado, como si fuera inevitable.

Severo tenía razón, aquello no iba a hacerle daño a nadie.

–¿Te gustaría?

–¿Lo haces todo como besas?

Severo rió, echando la cabeza hacia atrás y, al hacerlo, revelando la columna de su garganta.

–Aún no te he besado de verdad.

–¿Eso no era un beso?

–*Dio!* Sabes tan bien… –murmuró él, buscando sus labios de nuevo.

Neve no entendió el resto de sus palabras porque las dijo en italiano, pero las caricias de su lengua no necesitaban traducción.

Y ella le devolvía los besos con desesperación, sin saber lo que hacía pero incapaz de resistirse. Luego, cuando eso no fue suficiente, enterró los dedos en su pelo y arqueó la espalda para estar más cerca. Se besaban con desesperación, como dos seres hambrientos, y cuando por fin se apartaron, los dos estaban sin aire.

Si la soltaba, Neve estaba segura de que acabaría en el suelo.

–No me sueltes, no creo que pudiera permanecer de pie.

–No voy a soltarte –prometió él, tomándola en brazos para llevarla de vuelta al sofá. La deseaba como no había deseado a nadie, pero quería alargar el momento.

Neve parecía una fantasía imposible a la luz de la luna, pensó, mientras acariciaba su pelo.

–Te deseo tanto –murmuró, colocándose sobre ella.

La íntima presión sobre su vientre hizo que Neve se estremeciera.

–Yo también te deseo –le confesó.

Aquel era el momento, el que había imaginado durante toda su vida, el que había pensado que no llegaría nunca o peor, que llegaría sin que se diera cuenta.

Pero sus miedos eran infundados. Aquello no era algo que pudiera perderse e incapaz de esconder su deseo por más tiempo tiró de la manta para sentir el roce de su piel.

Cuando soñaba con aquel momento, Neve siempre se había imaginado a sí misma insegura, tímida, pero era todo lo contrario.

–Eres preciosa –murmuró Severo mientras le quitaba la camiseta.

–Tú también eres bellísimo, el hombre más guapo que había visto nunca.

Él rió, su risa rompiendo un poco la tensión.

–Pero seguramente ya lo sabes –siguió Neve–. De hecho, pareces saber lo que pienso antes que yo.

–Sé que lo que quieres, *cara* –murmuró él, apartando el sujetador para meterse un rosado pezón en la boca.

La sensación era indescriptible y Neve, sin pensar, hundió los dedos en su pelo negro y se entregó al exquisito placer de sus caricias.

No se cansaba de tocarlo y metió la mano bajo el albornoz para acariciar su espalda, notando los fuertes músculos y el extraordinario poder de aquel cuerpo masculino… hasta que Severo dio un respingo. Sólo entonces recordó que se había herido al caer del tejado.

—Lo siento, no me acordaba.

—Si dejas de hacerlo, me dolerá más.

Los salvajes latidos de su corazón la hacían vibrar de la cabeza a los pies mientras Severo seguía besándola, desnudándose y desnudándola al mismo tiempo.

Neve decidió que había sido entonces cuando su cerebro dejó de funcionar y el instinto ocupó su sitio, el momento en el que todo lo que no fuera Severo había dejado de existir.

Se rindió totalmente al ansia que sentía por él, respondiendo instintivamente a sus caricias, besándolo, tocándolo por todas partes, mordiendo su cuello.

Severo tomó su mano entonces y la puso sobre su erección. Luego, aplastándola y atrapando su mano entre los dos, se inclinó para besarla ardientemente.

Era aterrador y maravilloso a la vez, pensó Neve, temblando de deseo. No se cansaba de él, no podría cansarse nunca.

Cuando tomó su cara entre las manos y lo miró a los ojos, vio en ellos el mismo deseo que debía haber en los suyos.

—Es perfecto.

—Lo será –le prometió él.

Severo intentaba mantener el control, pero era una pelea que estaba perdiendo. Cuando metió la mano entre sus piernas y el roce de sus dedos la hizo gemir de placer supo que no podía esperar más.

Y, afortunadamente, tampoco podía hacerlo Neve.

—Por favor, no puedo…

Severo se inclinó para sacar algo del bolsillo del albornoz. Un preservativo. Neve se mordió los labios, avergonzada. Ni siquiera se le había pasado por la cabeza…

Después de enfundarse en él, Severo se colocó entre sus piernas.

—Mírame, Neve.

Y ella lo hizo.

—Relájate. Piensa en mí, en esto. Será perfecto, te lo prometo.

Y lo fue. Cuando entró en ella se le escapó un gemido de dolor, pero fue muy breve y estaba tan concentrada en la increíble sensación de tenerlo dentro, duro y ardiendo, que apenas lo notó.

—*Per amore di Dio*… eres tan estrecha.

Neve arqueó la espalda para apretarse contra él, agarrándose a su hombros cubiertos de sudor mientras se movían en perfecta armonía.

No hubo palabras. Sus cuerpos se comunicaban a un nivel primitivo que eliminaba la necesidad de hablar. Suspiraban, jadeaban, pero sin decir nada hasta que llegó el momento de la explosión.

—Mírame, *cara*. Quiero verte. Quiero verlo en tus ojos.

Ella abrió los ojos en el momento del orgasmo y oyó que Severo murmuraba roncamente su nombre antes de caer sobre su pecho, estremecido.

–Ha sido increíble –Neve tomó su cara entre las manos–. Supongo que sabes que lo haces muy bien.

–A un hombre siempre le gusta escuchar esas cosas.

–A una chica también. No espero que me digas que soy la mejor, pero un «ha estado muy bien» no estaría mal.

–No sabía que tenía que darte nota –Severo rió mientras acariciaba su pelo–. Pero lo recordaré para la próxima vez.

–¿Va a haber una próxima vez?

–Yo creo que sí, ¿tú no?

Capítulo 9

NEVE, con un brazo sobre la cabeza y una sonrisa en los labios, se sentía más feliz que nunca.

Incluso ahora, después de haber hecho el amor, Severo la besaba como si siguiera deseándola, como si no pudiera cansarse de ella.

—¿Sabes lo que me gustaría hacer?

—Dame cinco minutos…

—¡No, no eso! —Neve soltó una carcajada.

—Ah, me rechazas. Y después de decirme que era el mejor. Supongo que se lo dices a todos.

Neve bajó la mirada, preguntándose cuál sería su reacción si le dijera que no había habido otros.

—Tonto.

—¿Qué es lo que te gustaría?

—Comer, tengo hambre.

Severo se apoyó en un codo para mirarla.

—Nunca he conocido a nadie como tú —murmuró, apartando su pelo de la cara.

Tal vez no se había acostado nunca con una virgen, pensó Neve. Le había sorprendido que no dijera nada cuando descubrió que era la primera vez para ella. Aunque tal vez no se había dado cuenta siquiera.

Pensó que no tendría que explicarle su falta de experiencia, pero tal vez debería haberlo hecho. Especialmente si él estaba comparándola con otras amantes.

–¿Qué clase de mujer crees que soy?

–Una que exige que le dé de comer después del sexo. Aunque yo no suelo estar entonces –Severo se levantó y, desnudo, se dirigió a la cocina.

–¿No sueles estar?

–No suelo pasar la noche con mis amantes.

–¿Nunca?

–Nunca –respondió él–. ¿Quieres un sándwich? Aquí hay varias clases de embutidos.

–Sí, muy bien –Neve lo seguía con la mirada–. ¿Nunca, de verdad?

Ella no era una experta, pero le parecía muy raro. ¿Sería un hombre que había perfeccionado el sexo pero estaba en la clase de principiantes en lo que se refería a las relaciones sentimentales?

–Me gusta tener mi espacio y me aburro fácilmente.

Esa admisión dejó a Neve sorprendida.

–Ah, ya veo. ¿Preferirías que durmiese arriba?

–¿De qué estás hablando?

–No quiero aburrirte –dijo ella, molesta.

Severo volvió al sofá y dejó el plato con el sándwich sobre la mesa.

–Si sigues diciendo esas cosas, me vas a aburrir

–mintió, incapaz de imaginar que aquella mujer lo aburriese nunca. Que lo irritase y lo sacara de quicio, desde luego. Pero aburrirlo, no, imposible.

–¿Y cómo te soportan esas mujeres? No entiendo...

El resto de la frase se perdió en la boca de Severo. Cuando se apartó, los dos respiraban con dificultad.

–¿Te dan pena mis amantes?

Sentía celos de sus amantes, en realidad.

–No.

–¿Entonces lo dices por ti?

–¿Cómo voy a decirlo por mí? Esto sólo es... una aventura de una noche.

La magia se desvanecería como un sueño en cuanto volviesen al mundo real. Pero Neve no quería pensar en ello ahora. Era su momento y quería dejarse llevar por la fantasía.

Y Severo era una fantasía hecha realidad.

–Posiblemente.

–¿Cómo que posiblemente? ¿Cuántas veces vamos a quedarnos atrapados en una tormenta de nieve?

–Normalmente no necesito una tormenta de nieve para hacer feliz a una mujer en la cama.

–Ah, veo que tienes una gran opinión sobre ti mismo –replicó ella, tomando el sándwich.

–Nunca le he mentido a una mujer para llevármela a la cama –dijo Severo.

Y tampoco había tenido que hacer tantos esfuerzos para convencer a una de que se quedara, pensó.

¿Por qué lo hacía?

La respuesta no era complicada: hacer el amor con Neve había sido especial, diferente.

–Quiero pasar la noche contigo –le dijo casi sin darse cuenta.

–¿Porque no puedes irte a ningún sitio?

–No, porque quiero hacerlo –respondió Severo. Eso era suficiente para él, no tenía que preguntarse nada más–. Además, tengo que compensar por estos seis meses.

«Y yo tengo que compensar toda una vida», pensó Neve. Era extraño, ella nunca se había visto como una persona fogosa y, sin embargo, se sentía feliz con el descubrimiento de su parte femenina.

–Una noche podría no ser suficiente.

–¿Qué estás diciendo? –replicó ella.

¿Qué estaba diciendo?, se preguntó él.

–Que podemos vernos en otra ocasión.

Neve apartó la mirada, pero no antes de que Severo viese un brillo de duda en sus ojos.

Tener que convencer a una mujer era una experiencia absolutamente nueva para él. Y no le gustaba en absoluto.

–No sabemos nada el uno del otro. Puede que no vivamos en el mismo país siquiera.

–Bueno, pues cuéntame algo de ti misma.

–No es tan sencillo…

–Sé que tienes una hijastra y que has estado casada. ¿Tienes más familia?

Normalmente, ésa era una información que no le interesaba nada. Pero con Neve todo era diferente.

–Un hermano. Nuestros padres murieron en un accidente cuando yo tenía catorce años.

–¿Y dónde vives?

–¿Esto qué es, una cita en Internet? –protestó ella.

–La atracción entre dos personas no tiene nada que ver con el código postal o el amor por la literatura. Es química pura.

Sin pensar, Neve se encontró asintiendo con la cabeza.

–Vivo en Londres.

–Yo tengo varias residencias, pero vivo en Londres gran parte del año. ¿Ya has comido suficiente? –le preguntó, señalando el plato vacío.

–Sí, gracias.

–Por fin –Severo sonrió mientras la tumbaba en el sofá–. No podía besarte con la boca llena.

La besó en los labios y luego en otras partes de su cuerpo… y Neve pensó que iba a morirse de placer.

Cuando Severo despertó, poco antes del amanecer, el brazo sobre el que Neve apoyaba la cabeza se le había dormido y lo sacó con cuidado, intentando no despertarla.

Dormía como una niña, con la cabeza en su pecho, tumbada sobre él en la misma postura que cuando se quedó dormida unas horas antes.

Habían hecho el amor hasta que los dos quedaron exhaustos…

Él tenía un sano apetito sexual, pero lo de la noche anterior había sido… diferente. Ninguna mujer lo había excitado nunca como lo excitaba Neve. Ni lo había satisfecho como ella y, aun así, seguía deseándola.

Se había quedado dormida entre sus brazos, pero seguía asombrándolo verla a su lado.

Él había tenido muchas relaciones en su vida, pero siempre dormía en su propia cama y no le gustaban las charlas después del sexo. Una persona podía estropear una noche con una conversación.

Con Neve había sido increíble. Era tan apasionada, tan natural, tan increíblemente generosa. Lo daba todo sin pedir nada a cambio.

Pero también habían hablado, se habían reído juntos. Sabía que tenía un hermano que se llamaba Charlie, que podría triunfar en la vida si de verdad se aplicase a algo, sabía que tenía cosquillas y que le encantaban la leche y el chocolate negro.

Suspirando, apartó el pelo de su cara. Neve murmuró algo en sueños y se apretó más contra él, buscando el calor de su cuerpo.

La calefacción se había apagado en algún momento de la noche y hacía frío en el salón, de modo que la tapó con la manta y pasó los dedos por su cara, maravillándose de la textura de satén de su piel.

Iba a besarla, pero se contuvo. Si iba a ayudarla a buscar a su hijastra, tendría que dormir al menos un par de horas.

Una cosa era segura: no iba a quedarse satisfecho sólo con una noche.

Pero intuía que Neve no era la clase de mujer que aceptaría sólo una relación sexual. Querría más, estaba seguro. La cuestión era si estaba dispuesto a darle esa parte de sí mismo que siempre había guardado celosamente.

Neve abrió los ojos entonces y Severo la saludó con un afectuoso:

—Hola, *cara*.

Ella parpadeó un par de veces, como si no lo reconociera. Y luego, como si se le hubiera encendido la bombilla, esbozó una sonrisa. Una sonrisa tan sincera que lo dejó sin aliento.

—No ha sido un sueño. Y me alegro mucho —Neve se estiró, haciendo una mueca de dolor cuando ciertos músculos que no había usado nunca empezaron a protestar.

—¿Has dormido bien?

—Sí, muy bien. ¿Qué hora es?

—Aún es de noche.

Neve se dio cuenta entonces de que estaba mirando sus pechos desnudos y, avergonzada, se tapó con la manta.

—¿Después de lo que pasó anoche tienes vergüenza? —Severo soltó una carcajada. Había explorado cada centímetro de su cuerpo y ella se había mostrado igualmente curiosa por el suyo, con una deliciosa falta de inhibiciones.

Neve frunció el ceño, pensativa.

–Lo de anoche fue… –lo que más le asombraba no era lo que habían hecho, sino lo natural que le había parecido–. ¿De verdad era yo?

–A menos que tengas una hermana gemela.

–No, no tengo hermanas.

–Sólo un hermano.

–¿Cómo lo sabes?

–Me lo has contado tú, se llama Charlie. Me contaste muchas cosas sobre él.

–Oh, no, debiste aburrirte muchísimo.

Según le habían dicho, los hombres preferían dormirse después del sexo, pero él no se había dormido.

–Fuiste muchas cosas anoche, pero te aseguro que aburrida no es una de ellas –Severo se apoyó en un codo para acariciar su pelo, pero entonces notó un hematoma en su brazo–. ¿Te lo he hecho yo?

–¿Qué?

–Ese moratón en el brazo.

–Ah, eso, no te preocupes, me ocurre a menudo. Debió ser cuando el coche patinó en el hielo –Neve hizo una mueca–. Cuando lo veas, te vas a enfadar, por cierto.

–Me había asustado. Nunca le había hecho un moratón a una mujer.

Ella parecía tan frágil, tan delgada, que la posibilidad de hacerle daño lo angustiaba.

–No te preocupes, no es nada.

–Por cierto, yo también me alegro de que lo de anoche no fuera un sueño.

Neve lo miró, preguntándose si había notado un cierto anhelo en su voz. Pero no, seguramente sería su imaginación. Sin embargo, cuando lo miró a los ojos se dio cuenta de que en ellos había un brillo especial… no, no era su imaginación.

–Yo creo que la realidad es mejor que los sueños.

–Lo de noche lo fue, desde luego –asintió él–. Pero me sigue pareciendo como si hubiéramos dejado algo sin terminar. ¿Crees que sería buena idea que volviéramos a vernos algún día?

–¿Quieres que salgamos juntos?

Severo sonrió.

–Yo estaba pensando más bien que «no saliéramos», pero sí, algo así como una cita. Puedes pensártelo si quieres.

Neve rió, tan contenta como si fuera su cumpleaños. No, como si fueran todos sus cumpleaños en un solo día.

–No tengo que pensarlo –le dijo, poniendo una pierna sobre sus muslos–. Me gustaría mucho «no salir» contigo. ¿Eso significa que eres mi novio?

–Si tú quieres… –Severo bajó las manos para acariciar su trasero. No quedaba mucho tiempo y él no tenía intención de perder ni un segundo.

Neve sintió un escalofrío cuando sus bocas se encontraron, la de Severo posesiva y ardiente. Las caricias se volvieron frenéticas y, tan enloquecidos estaban, que resbalaron desde el sofá al suelo.

–¿Te has hecho daño? –le preguntó él.

–No pares –musitó Neve, tirando de sus hombros.

Severo, que no hubiese podido parar aunque quisiera, no tuvo ningún problema para obedecer la orden.

–No me canso de ti, pero pienso intentarlo –le dijo, metiendo una mano entre sus piernas para deslizar los dedos por sus íntimos pliegues.

Neve arqueó la espalda, mordiendo su cuello.

–Por favor, Severo, ahora…

–Enreda tus piernas en mi cintura, *cara*.

Un segundo después lo sintió dentro de ella, ensanchándola, poseyéndola, haciéndola sentir una mujer plena.

Severo no paraba de besarla mientras la hacía suya. Se movían al mismo ritmo, como si llevaran haciendo aquello toda la vida. Sus cuerpos, sus gemidos, sus jadeos, todo parecía sincronizado.

Cuando se dejaron ir por fin, permanecieron en el suelo, sin apartarse un centímetro, intentando llevar aire a sus pulmones. Neve cerró los ojos, disfrutando del peso de su cuerpo, de su aliento en el cuello, del olor de su piel.

Por fin, Severo se apartó, sin saber si era insaciable o estaba loco y sin que eso le importase.

–Te aseguro que volveremos a hacer esto muy pronto.

Estaba saltándose todas las reglas y no le importaba en absoluto.

Capítulo 10

NEVE miró los muros grises de la casa por última vez. Había entrado allí siendo una mujer y se marchaba siendo otra completamente diferente. Severo había sugerido que se quedaran hasta que los encontrasen los del equipo de rescate y la verdad era que había sentido la tentación de decir que sí, pero había salido el sol y no veía ninguna razón, aparte de su deseo de seguir con él, para no volver al mundo real.

–¿Has dejado una nota?

–Me lo has preguntado cuatro veces, Neve. Sí, he dejado una nota con mi número de teléfono y la promesa de que pagaré todos los daños. Soy el rey de la cortesía entre los allanadores de morada, así que puedes relajarte.

Aunque él sabía que no sería posible. Neve estaba nerviosa y deseando salir a buscar a su hijastra. Tanto, que resultaba imposible no comparar su comportamiento con el de Livia.

La nieve del sendero crujía bajo sus pies. Todo, pensó ella mirando alrededor, parecía tan diferente a la luz del día…

–A mí no me gustaría llegar a casa y descubrir que alguien ha estado allí.

–Cuidado –dijo él, tomándola del brazo cuando resbaló en la nieve.

Considerando que apenas habían pegado ojo esa noche era un milagro que pudiera tenerse en pie, pero no parecía cansada. Y a pesar de la energía que él había gastado bajo las sábanas… bueno, no había habido sábanas en realidad, sólo una mujer cálida y ardiente a su lado, también él se sentía como nuevo.

–Pero tampoco querrías encontrarte con un extraño muerto de frío en la puerta de tu casa.

–No, claro que no –admitió ella, pensando que Severo había sido un extraño hasta unas horas antes. Y ahora eran amantes. Neve sonrió al pensar eso, pero era una sonrisa cautelosa.

La noche anterior se había dejado llevar, aún no sabía bien por qué. Pero no estaba convencida de que la frágil relación que había florecido esa noche pudiera sobrevivir en el mundo real.

–Además, seguro que el propietario de la casa tendrá cosas más importantes que hacer –siguió él–. Ten cuidado, vas a resbalar otra vez.

–¿Qué cosas?

Severo se alegró de compartir con ella su teoría. Al menos así Neve dejaría de pensar en Hannah, la adolescente a la que le gustaría sermonear por hacérselo pasar tan mal.

–¿Has visto que las puertas del garaje estaban abiertas?

–Sí.

–Y en el piso de arriba había una habitación infantil llena de cosas nuevas.

–No la he visto.

–Aún olía a pintura y la cuna y todo lo demás era nuevo.

–¿Crees que la propietaria de la casa está embarazada?

–Creo que se puso de parto durante la tormenta, por eso se marcharon a toda prisa, dejando las luces y la estufa encendidas.

–Ah, claro, tienes razón. Qué horror, espero que pudiesen llegar al hospital –murmuró Neve, frunciendo el ceño al imaginar aquel viaje de pesadilla–. ¿Te imaginas el susto de ponerte de parto en una noche de tormenta?

–La idea del parto me da pánico –dijo él. Pero más miedo le daba pensar en la mujer a la que amaba dando a luz.

–A mí también.

–Eres demasiado joven para pensar en tener niños.

–Esa es tu opinión, pero no tiene por qué ser la mía.

–Supongo que todas las mujeres están programadas genéticamente para tener hijos.

–No, no lo creo. Y tampoco creo que todos los hombres estén programados para ser padres.

–Desde luego que no.

Neve lo miró, preguntándose si estaba hablando de sí mismo.

Una pena porque un niño que heredase sus genes sería guapísimo. Tontamente, sonrió al imaginar un niño de pelo y ojos oscuros como él...

–Para los hombres es diferente. Estamos programados para dejar embarazadas a las mujeres, no para criar niños.

Afortunadamente, Severo había recordado usar preservativo la noche anterior. Incluso cuando los dos perdieron el control...

Neve se detuvo entonces, llevándose una mano al corazón. No, por la mañana los dos habían olvidado tomar precauciones. Pero si un solo error tenía consecuencias sería una cruel broma del destino.

–¿Qué ocurre?

–Nada, estaba pensando... espero que esa mujer esté bien, que haya llegado al hospital a tiempo –dijo, en cambio. Sería absurdo preocuparlo sin saber si había ocurrido algo.

–Puede que yo esté equivocado. A lo mejor no hay ninguna mujer embarazada. A lo mejor olvidaron apagar las luces cuando fueron al supermercado.

–No, yo creo que tienes razón. Podríamos llamar al hospital cuando encontremos un teléfono.

Severo frunció el ceño. Evidentemente, no había sido tan buena idea compartir su teoría con ella.

–Había comida para perro en el armario, ¿por qué no llamamos también a todas las perreras?

Neve, ¿no es agotador sentirte responsable por todo?

–Oye, que tampoco soy tan boba –protestó ella, indignada.

La mirada de Severo, teñida de ternura, enseguida se convirtió en irritación. La ternura era un concepto extraño para él.

–No, pero tienes el corazón demasiado blando.

Neve, que estaba mirando fijamente hacia delante para no resbalar, señaló algo con la mano.

–¡Mira, ahí abajo está la carretera! Es la carretera, ¿verdad?

–Eso parece –dijo él–. Si vamos con cuidado llegaremos en media hora más o menos.

Tardaron veinte minutos porque Neve no hizo caso de su consejo de ir más despacio. Y estaba agotada cuando llegaron, pero como parecía tan angustiada, Severo contuvo el deseo de decirle que la había advertido.

–¿Y ahora qué? –preguntó ella, mirando a un lado y otro de la carretera por la que no había pasado la máquina quitanieves.

–Tenemos que seguir por aquí. La cuestión es hacia dónde, el Norte o el Sur.

–El Sur –sugirió Neve, señalando hacia la derecha.

–Eso es el Norte.

–Ya lo sabía –dijo ella, sin poder evitar una sonrisa.

–No piensas admitir que estabas equivocada, ¿eh?

Severo siguió charlando y haciendo bromas durante veinte minutos más, pero las respuestas de Neve empezaban a convertirse en monosílabos. A medida que progresaban y no encontraban ni rastro de Hannah, ni de ningún otro ser humano, Neve empezaba a angustiarse de verdad.

–Estamos perdidos. Tenías razón, deberíamos haber esperado en la casa.

Verla tan desesperada le rompía el corazón, pero no quería darle falsas esperanzas.

–Estás cansada, eso es todo.

–Sí, desde luego. ¿Y si no encontrásemos a Hannah? ¿Y si...? –Neve sacudió la cabeza–. Todo esto es culpa mía.

–Empiezo a preguntarme qué no es culpa tuya, *cara*.

–Hannah huyó de mí.

Severo vio una solitaria lágrima rodando por su mejilla y reconsideró su decisión de no darle falsas esperanzas. Tal vez eso sería mejor que nada, pensó. No soportaba verla sufrir.

De modo que la tomó por la cintura, empujando su cabeza para apretarla contra su pecho.

–¿Por qué asumes lo peor? Las cosas siempre parecen más difíciles cuando uno está cansado y tú estás agotada –murmuró, tomándola en brazos.

–¡No puedes llevarme en brazos!

–Claro que puedo.

Unos minutos después, Neve había recuperado algo de color en la cara y parecía un poco más animada.

Pero sólo temporalmente.

Unos minutos después, Neve volvió a desesperarse al ver su coche tirado en la carretera. Pero Hannah no estaba dentro.

—No saques conclusiones precipitadas —le aconsejó él.

—¡Ha volcado! ¿Cómo no voy a sacar conclusiones? —Neve sacudió la cabeza, con el corazón encogido.

—Lo que digo, *cara*, es que no sabemos lo que ha pasado.

El coche parecía haber dado una vuelta de campana antes de caer y estaba casi enterrado por la nieve. Si no hubieran estado a punto de chocar con él ni siquiera lo habrían visto.

—¿De verdad crees que no le ha pasado nada?

—Es posible.

—No te he preguntado si es posible, te he preguntado lo que piensas. En general, no tienes ningún miedo de dar tu opinión. De hecho, es difícil evitar que lo hagas. ¡Di algo, maldita sea! —Neve lo miró, con los ojos llenos de lágrimas.

—Creo que ha llegado la caballería.

—¿Qué?

Severo señaló con la mano y Neve vio un pequeño convoy de vehículos que se dirigían hacia ellos. Una máquina quitanieves los precedía y, tras ella, un coche de policía y una ambulancia.

–¿Crees que sabrán algo sobre Hannah?

–Pronto lo sabremos.

Un minuto después, el convoy de coches se detenía a su lado.

Capítulo 11

NO fue una sorpresa que varias de las personas que salieron de los coches llevasen uniforme. Lo inesperado fue ver que una de esas personas tenía mechas azules en el pelo…

–¡Hannah! –gritó Neve, corriendo por la nieve.– ¡Hannah!

Sonriendo para sí mismo, Severo la siguió, aminorando el paso deliberadamente para darles unos minutos a solas.

Pero al acercarse se dio cuenta de que no era el encuentro emotivo que había imaginado.

Neve intentó abrazar a la chica, varios centímetros más alta que ella, pero Hannah se apartó con gesto desdeñoso.

–¡Todo es culpa tuya! Si me hubieras dejado ir a Francia con Emma, nada de esto habría pasado. ¡Pero no, tuviste que obligarme a pasar las vacaciones contigo porque sólo eres feliz cuando yo lo paso mal! ¡Ojalá te hubieras muerto!

–Hannah, lo siento mucho.

Severo, que acababa de llegar a su lado, se quedó atónito.

–Deja de actuar –siguió la chica–. Puedes ser tú misma, la aprovechada de siempre.

Severo tuvo que hacer un esfuerzo sobrehumano para controlarse al ver que Neve se mordía los labios, angustiada. Le parecía increíble que no intentara defenderse de las acusaciones de aquella niñata.

–Ah, claro, y ahora aparecen las lágrimas –dijo Hannah, despreciativa–. Así conseguirás que todos se pongan de tu lado.

Esa fue la gota que colmó el vaso. La chica había perdido a su padre, pero eso no excusaba su comportamiento.

Neve se quedó sorprendida cuando Severo se colocó a su lado. En realidad, había esperado que hiciese todo lo contrario. Dudaba que muchos hombres conocieran a una mujer un día y al día siguiente se encontrasen en medio de una disputa familiar.

Hannah, al notar el gesto protector, se volvió hacia él.

–¡Pregúntele! ¡Pregúntele si quería a mi padre! ¡Si no hubiera sido millonario, no lo habría mirado dos veces! –luego volvió a mirar a Neve, furiosa–. ¿Crees que no sé que te casaste con él por dinero? Pero no esperabas tener que aguantarme a mí también, claro.

Neve sabía que Hannah estaba atacándola porque se sentía perdida y sola, pero no podía dejar que siguiera diciendo barbaridades.

–Tú no eres una carga para mí, Hannah. Y yo sé lo que es perder a tus padres porque me pasó lo mismo. Sólo quería ser tu amiga…

–¿Amiga? Como que estoy tan desesperada –la interrumpió Hannah–. Seguro que te habrías alegrado si hubiera muerto anoche.

–¿Cómo puedes decir eso? Sé que echas de menos a tu padre, pero es absurdo que…

–¡No te atrevas a hablar de mi padre!

–¡Ya está bien! –exclamó Severo entonces–. Pídele disculpas ahora mismo.

–¿Qué tiene que ver con usted? No se meta en esto.

–Estoy esperando que le pidas perdón a Neve.

–Pues ya puede seguir esperando –Hannah parecía estar perdiendo el valor al enfrentarse con la mirada de Severo, pero aun así levantó la cabeza con gesto orgulloso–. Ni siquiera sé quién es usted.

–Da igual quién sea, te estoy pidiendo que te disculpes con Neve. ¿Sabes que, a pesar del peligro, salió del refugio y te buscó en medio de la tormenta? Podría haber muerto por tu culpa.

–¡Ella me odia!

Severo la miró con expresión desdeñosa.

–Y no me extrañaría nada que lo hiciera. ¿No te da vergüenza portarte así?

–Severo, ya está bien –intervino Neve entonces.

–No, yo creo que no está bien –la contradijo

él–. En mi experiencia, el odio no motiva a una persona a arriesgar su vida por otra.

–Ella no… –empezó a decir Hannah.

–Neve fue a buscarte y se perdió en la nieve –la interrumpió él–. Tu madrastra arriesgó su vida para salvarte y tú se lo pagas insultándola. ¿Eso te parece bien?

–Fue culpa suya…

–No he terminado de hablar. Mucha gente ha arriesgado su vida para salvarte y todo porque eres una niñata caprichosa. Así que, en lugar de echar la culpa a los demás por tu comportamiento, deberías dejar de compadecerte de ti misma, hacerte responsable de tus actos y mostrar algo de gratitud.

Neve dio un paso adelante, su blando corazón encogiéndose al ver las lágrimas de Hannah.

–Severo, déjalo. ¿No ves que está disgustada? Sólo estás empeorando las cosas.

–¿Tú crees?

Neve tuvo que reconocer que las cosas entre Hannah y ella no podían empeorar.

–Estoy esperando.

Para sorpresa de Neve, su hijastra levantó la mirada.

–Lo siento, yo no quería organizar todo este jaleo. Y no quería… no quería que te murieses, no es verdad.

–Y yo me alegro mucho de que no te haya pasado nada –Neve la abrazó y Hannah se puso a llorar, enterrando la cara en su hombro.

Pensando que su presencia allí era innecesaria, Severo se alejó unos metros.

Una figura de uniforme apareció a su lado.

–¿Son ustedes los que se refugiaron en Coombe Barn? ¿Nos llamó por teléfono anoche?

–Sí, soy yo –asintió Severo, estrechando su mano–. Severo Constanza.

–Debe pensar que hemos exagerado –dijo el policía, señalando la ambulancia.

–No, me alegro de que hayan venido.

–La chica fue recogida por un vecino que volvía de encerrar al ganado. Ha tenido una suerte tremenda de escapar con vida del accidente, pero aún no entiendo cómo se le ocurrió subir al coche en medio de una tormenta de nieve y sin tener carné de conducir…

–Creo que es una historia un poco complicada –dijo Severo.

–Sí, ya veo –asintió el policía, mirando a Neve y Hannah–. Los del helicóptero nos dijeron que habían visto a dos personas anoche y que una de ellas llevaba a la otra en brazos, por eso pensamos que había algún herido.

–No, estamos bien los dos. Y gracias por todo.

Neve ayudó a Hannah a subir al coche patrulla y, después de prometerle que volvería enseguida, corrió a despedirse de Severo.

Agotada después del enfrentamiento con su hijastra, suspiró mientras apretaba su mano.

–Siento mucho todo ese drama.

–No tienes por qué pedir disculpas, no ha sido culpa tuya –dijo él–. ¿Por qué dejas que te trate así?

–No es fácil perder a un padre siendo tan joven. Hannah está furiosa con el mundo, con la vida, con todo.

También ella se había sentido furiosa con sus padres por morir y dejarla sola.

–¿Pero por qué dirige su furia hacia ti? –insistió Severo.

Neve llevaba esa tolerancia a límites absurdos y mientras siguiera haciéndolo Hannah se aprovecharía.

–Incluso antes de que James muriese había fricciones entre nosotras –admitió ella–. Después… bueno, ya es bastante horrible ver tu nombre en todos los titulares pero para una adolescente es aún peor –Neve sacudió la cabeza–. Te aseguro que las adolescentes no son los seres más amables del mundo.

–¿Qué titulares? –preguntó Severo.

Neve deseó no haber sacado el tema. Tal vez debería habérselo contado por la noche… pero en realidad no había ningún buen momento para contar algo así.

–Cuando James murió, publicaron muchas mentiras sobre nuestro matrimonio –empezó a decir

Neve, intentado no darle demasiada importancia porque estaba decidida a que ese horrible episodio no la amargase–. Decían que yo era una cazafortunas.

Había esperado que Severo viese el lado divertido de la historia, pero su seria expresión sugería que no era así.

Neve se había quedado sorprendida por cómo la había defendido de Hannah y le gustaba que se pusiera de su lado, pero llevaba muchos años cuidando de sí misma y no estaba esperando un príncipe azul que librase sus batallas.

Pero el silencio se alargó. Neve intentaba creer que era por agotamiento o tal vez por la sorpresa…

–¿Tú eres la viuda de James Macleod? –le preguntó por fin.

–Sí, soy yo.

–James Macleod –repitió Severo. «La viuda alegre» la llamaban.

Él no tenía costumbre de leer las revistas de cotilleos, pero desgraciadamente aquella era una historia que sí había seguido y no sólo porque conociera a James. El pobre James, engañado por una mujer joven, manipuladora y falsa… podría ser la historia de su padre.

Pero al menos Livia no se había casado con un moribundo.

Neve sí.

Severo intentó reconciliar a aquella mujer de

brillantes ojos azules con el monstruo del que hablaban en las revistas.

Incluso había tenido un compinche: su hermano.

—¿Conocías a James?

—Sí, lo conocía.

Angustiada al ver su expresión helada, Neve apartó la mano de su brazo. Estaba pasando algo, no sabía qué, pero no era bueno. ¿Seguiría enfadado por lo de Hannah?

—James se encargó de las Relaciones Públicas en varios proyectos de mi empresa.

—Ah, qué coincidencia.

—Sí, la vida está llena de coincidencias.

¿Era una coincidencia que él hubiera estado a punto de caer en la misma trampa que su padre o sería una cuestión genética?

Severo rechazó la posibilidad de que él fuera a cometer los mismos errores que su padre.

—En fin, la cuestión es que contaban muchas mentiras sobre mí, y Hannah las creyó. Debes entender que no es mala…

—Entiendo muy bien a Hannah.

¿Cómo no iba a hacerlo? Él había sido Hannah, el niño al que nadie escuchaba, el que intentaba evitar que su padre destrozase su vida por una mujer que no merecía la pena.

Y él había estado a punto de caer en la misma trampa…

Severo sonrió, desdeñoso. Neve había hecho el

papel de inocente madrastra en apuros y él se lo había creído.

Lo peor de la situación era que incluso ahora, sabiendo lo que sabía, una parte de él quería que todo aquello fuese un error. Pero se avergonzaba de ser tan blando y esa vergüenza se convirtió en resentimiento.

—James era un hombre muy rico.

Neve lo miró, perpleja. ¿También él la creía una cazafortunas? ¿Por qué había pensado que sería diferente?

—Y tenía… ¿treinta años más que tú?

—James era un hombre maravilloso —dijo Neve, que empezaba a darse cuenta de que eso era una rareza.

—¿Y te casaste con él porque era un hombre maravilloso o porque era un hombre muy rico?

—No, no fue por eso.

—Entonces, no te dejó dinero en su testamento —dijo Severo. ¿Se lo habría gastado ya? Ah, tal vez conocerlo a él le había parecido una buena oportunidad.

—Sí, pero yo no quería que me dejase nada. No he tocado su dinero.

—¿Sabías que James se estaba muriendo cuando te casaste con él?

—Sí, claro que lo sabía.

—Te casaste con un moribundo que te dejó dinero en su testamento. Está muy claro por qué te casaste con él.

Neve vio el brillo de condena en sus ojos y se puso furiosa. Pero no iba a defenderse ante aquel hombre que se creía con derecho a juzgarla.

¿Cómo se atrevía?

De modo que se irguió todo lo que pudo y lo miró, desafiante.

—Mi relación con James no es asunto tuyo.

Severo vio que una lágrima rodaba por su mejilla y apretó los dientes para no ablandarse.

—Yo diría que tu relación con James no fue tal relación. Te aprovechaste de él, simplemente. Imagino que serías su amante durante un tiempo.

—Puedes imaginar lo que te dé la gana —replicó ella—. ¿Sabes una cosa? Eso es lo que tú quieres creer, sencillamente.

—La historia salió en todas las revistas…

—Y uno siempre tiene que creer en la integridad de los periodistas que cubren ese tipo de escándalos, por supuesto —lo interrumpió Neve, airada—. Además, de es modo puedes marcharte sin mirar atrás y sin quedar como un inmaduro al que asustan los compromisos.

—No te tolero que me hables en ese tono —dijo él, pálido.

—¡Te hablo en el tono que tú me hablas a mí! —contestó Neve—. Pareces creer que todas las mujeres con las que te cruzas quieren llevarte al altar, ¿no? Pues lo siento pero conmigo te equivocas. No te preocupes, casarme otra vez es lo último que deseo. Soy libre y pienso seguir así mucho tiempo.

Neve se dio la vuelta, la imagen de ese rostro pálido y furioso grabada en su mente. Cuando notó que alguien ponía una mano en su hombro, se volvió, dispuesta a decirle dónde podía meterse la disculpa, pero no era Severo, sino uno de los policías.

El hombre le recordó que Hannah había conducido un vehículo sin permiso de conducir, pero afortunadamente por esa vez iban a dejarlo pasar. Con un poco de suerte, dijo el policía, el accidente habría servido para que Hannah se hiciera responsable de sus actos. Aunque Neve no las tenía todas consigo.

Cuando tuvo que enfrentarse con la elección de subir al coche patrulla con Severo o con una adolescente que la odiaba, decidió ir con Hannah.

Afortunadamente, la comisaría estaba al lado de la estación de tren y Neve aminoró el paso, esperando que Severo hubiera desaparecido. Pero no tuvo suerte. Cuando cruzaba la calle para ir a la estación, con Hannah unos pasos detrás de ella, vio un lujoso deportivo aparcado frente a la comisaría. Y subiendo al deportivo, una mujer alta, rubia e increíblemente guapa, con un vestido rojo y botas de tacón.

Y Severo le estaba abriendo la puerta.

El corazón de Neve se detuvo durante una décima de segundo.

–¡Señora Constanza! –un empleado de la estación corrió hacia el coche con una bolsa en la mano.

La mujer se volvió y el corazón de Neve se rompió en pedazos.

Severo estaba casado. Se había acostado con un hombre casado.

Y no sabía a quién despreciaba más, a Severo o a sí misma. Furiosa, tomó a Hannah del brazo.

—¿Adónde vamos?

—Cuando lo sepa, te lo diré.

Fueron a una cafetería cercana donde se sentaron hasta que Neve dejó de temblar. Por fuera, al menos.

Capítulo 12

NADIE llevará un vestido como éste –anunció Hannah, bailando por la cocina con un vestido de los años cincuenta que Neve había llevado a casa para que la adolescente se lo probara.

–¿Te queda bien?

–Me queda perfecto –exclamó su hijastra, entusiasmada–. Y estoy guapísima.

–Sí, es verdad –Neve asintió, pensando que jamás habría imaginado que Hannah le hablase y mucho menos que le pidiera consejo.

En esos tres meses, habían ocurrido muchas cosas que poco antes le habrían parecido imposibles. Y todo se debía a una noche. Una noche y una persona en concreto que habían puesto su vida patas arriba.

Incluso su relación con Hannah, que se había tomado muy en serio la reprimenda de Severo. Pero había un cambio más importante.

Estaba embarazada.

No podía creerlo. Ni siquiera cuando ponía una mano sobre su abdomen. Claro que apenas se le notaba…

Y no había tenido mucho tiempo para acostumbrarse a la idea. En ningún momento se le había ocurrido que pudiese estar embarazada. Se preguntó si sencillamente habría borrado de su mente esa posibilidad porque no podía lidiar con ella.

Fuera cual fuera la razón, no se le había ocurrido relacionar el cansancio continuo con un embarazo. Ella creía que era porque trabajaba muchas horas.

Y si no hubiera ido al médico porque no era capaz de conciliar el sueño, seguiría sin saber que estaba embarazada.

Neve había vuelto a casa mareada y, cuando Hannah volvió del colegio, la encontró sentada en el cuarto de baño, llorando, después de hacerse una prueba de embarazo con la absurda esperanza de que el médico se hubiera equivocado.

Y su hijastra entendió enseguida. Claro que el palito que tenía en la mano debía haber sido una pista.

—¡Dios mío, estás embarazada!

Neve asintió con la cabeza y Hannah se sentó a su lado.

—El padre es el italiano ese tan guapo, ¿verdad? ¿Cómo se llamaba?

—Severo Constanza —decir su nombre en voz alta hizo que Neve llorase más aún.

—¿Y él lo sabe?

—No.

—¿Vas a decírselo?

Era una pregunta que Neve se estaba haciendo a sí misma.

–Sí... no… no lo sé. No sé dónde encontrarlo siquiera.

Estaba casado, pensó entonces. Claro que no tenía intención de contarle aquello a su hijastra. Haber mantenido relaciones sin protección no era algo que la cualificase como modelo a seguir para una adolescente, pero si además añadía que el padre del niño era un hombre casado…

–Los hombres son unos cerdos –dijo Hannah entonces.

Neve casi podría estar de acuerdo, pero sabía que una manzana podrida no era razón para pensar que todas lo estuvieran.

–No todos. Tu padre no lo era.

Sabía que era un riesgo mencionar a James, pero no podía evitar el tema para siempre.

–No, es verdad. Pero Paul Wilkes sí lo es. La semana pasada me pidió que fuese al baile de graduación con él y luego me dijo que no porque iba a ir con Clare.

–Ah, un cerdo, desde luego –asintió Neve, asombrada de compartir un momento de intimidad con su hijastra.

Hannah sonrió. Pero la sonrisa desapareció cuando miró su abdomen.

–Un niño, madre mía.

El siguiente fin de semana, Hannah volvió a casa con un montón de papeles en la mano.

–¿Qué es eso?

–He pensado que a lo mejor querrías ponerte en contacto con el italiano, así que lo he buscado en Google y ha salido todo esto. Parece que es una máquina de hacer dinero. Es muy famoso.

–¿Todo esto es sobre Severo?

–No, eso sólo es un ejemplo, hay mucho más. Necesitaría una carretilla para traerlo todo –dijo Hannah–. Se publican muchas cosas sobre él y creo que alguien ha escrito un libro sobre un sistema financiero que ha inventado. Ah, y está en muchos comités benéficos, consejos de administración y cosas así.

Eso había sido dos semanas antes y, por el momento, Neve no había usado la información. Seguramente, tendría que hacerlo tarde o temprano, pero pensar en la reacción de Severo la angustiaba.

Seguramente la acusaría de haberse quedado embarazada a propósito y no podría soportar otro enfrentamiento.

Severo miró su reloj por enésima vez. Eran las diez y cuarto y su cita de las diez seguía sin aparecer. Estaba furioso, pero tenía que hacer un esfuerzo para controlarse porque sabía que últimamente andaba corto de paciencia.

Tanto, que había estado a punto de perder a la mejor secretaria que había tenido nunca. Además de obligarla a trabajar muchas horas, se mostraba brusco, impaciente... hasta que ella lo amenazó con marcharse.

Y tenía razón, debía tranquilizarse. El problema no tenía nada que ver con la oficina. El problema era Neve. La había dejado marchar sin decir nada después de esa última réplica, como si ella llevase la razón.

¿Por qué no había dicho algo?

Para Severo, la conexión entre ese silencio y la furia que sentía era bien clara. Para ser un hombre que se enorgullecía de controlar su vida con mano de hierro, aquella era una situación intolerable, casi tan intolerable como despertar cada mañana pensando en ella.

Tenía que quitarse a la pelirroja de la cabeza como fuera.

Y si para eso tenía que estar en la cama con ella veinticuatro horas seguidas, haría ese sacrificio con gusto.

Entonces, sonó el intercomunicador.

—¿Ha llegado por fin?

—No, pero tiene una llamada de una tal señorita Macleod.

Severo contuvo el aliento durante un segundo. Pero enseguida esbozó una sonrisa de lobo.

Neve había ido a él.

—¿Quiere que le pase la llamada?

—Sí, sí, pásamela.

Severo giró el sillón para mirar hacia la ventana, sus ojos negros brillantes mientras levantaba el auricular.

–Hola, *cara*. Estaba pensado en ti en este mismo instante.

Al otro lado de la línea, hubo un segundo de silencio.

–No soy Cara, soy Hannah. ¿Se acuerda de mí?

Él carraspeó, sorprendido.

–Sí, sí, me acuerdo de ti. ¿Cómo estás?

–Yo bien, pero Neve no.

–¿Ella te ha pedido que me llamases?

–No, me mataría si supiera que lo he llamado. Pero es que no sabía qué hacer. Tengo que irme al colegio y me da pena dejarla sola.

–¿Qué ocurre, está enferma?

–No, enferma exactamente no.

Severo hizo un esfuerzo por contener su impaciencia.

–¿Qué significa eso?

–Estar embarazada no es estar enferma, ¿no? Aunque después de verla vomitar esta mañana, yo creo que no está bien.

Severo sintió como si lo golpearan en la cabeza con un martillo.

–¿Tu madrastra está embarazada? –exclamó, con una mezcla de disgusto y rabia al pensar en el responsable.

¿Sería posible que Neve hubiera estado embarazada la noche de la tormenta?

–Y el niño es suyo –dijo Hannah entonces.

Él tuvo que carraspear de nuevo para encontrar su voz.

—¿Te lo ha dicho Neve?

—Sí.

—Ya veo —murmuró Severo. Lo que veía era lo bajo que podía caer aquella mujer.

—Y como usted es el padre, he pensado que debería cuidar de ella. La verdad es que estoy muy preocupada. No debería estar sola.

—Tranquila, Hannah. Yo me encargaré de todo.

La joven dejó escapar un suspiro de alivio.

—Gracias. ¿Quiere que le dé la dirección?

—Sí, por favor —Severo la anotó en su agenda y después la repitió obedientemente para que Hannah se quedase tranquila.

—¿De cuántos meses está?

Intentaba imaginar a Neve embarazada, pero no era capaz. Cuando la conoció, era tan delgada que podía rodear su cintura con una mano. Podía recordar otras cosas también, pero prefería no hacerlo.

—De tres meses —respondió Hannah, como asombrada de que él no supiera hacer las cuentas—. La verdad es que tenía miedo de que pensara que me lo estaba inventando.

—No, no creo que lo estés inventando —dijo él.

Pero estaba seguro de que Neve sí sería capaz de hacerlo.

Porque era posible que estuviera embarazada, pero no era posible que él fuese el padre.

Esa noche se había dejado llevar por el deseo, pero no hasta el punto de no tomar precauciones. ¿Por qué mentiría Neve sabiendo que una sencilla prueba de ADN demostraría la verdad?

¿Y por qué lo había elegido a él cuando seguramente habría otros candidatos? Candidatos en los que no quería ni pensar.

–Bueno, tengo que irme a clase. Dígale a Neve que no se enfade conmigo, lo he hecho por su bien.

–Lo haré, no te preocupes –le prometió Severo.

Cinco minutos después, Severo llamó a su secretaria por el intercomunicador.

–Cancela el resto de mis citas para esta mañana.

–Muy bien.

–No, mejor cancela todas mis reuniones para hoy.

Durante una hora, estuvo paseando por su despacho, intentando decidir qué debía hacer.

¿Por qué se le habría ocurrido a Neve inventar tan absurda historia? ¿Y por qué lo había llamado su hijastra precisamente?

Perplejo, se pasó una mano por el pelo. Demasiadas preguntas y ninguna respuesta.

Claro que siempre había una respuesta, aunque no fuese la que uno quería escuchar.

Con el ceño fruncido, se acercó a la ventana,

pero no era el cielo de Londres lo que veía, sino un rostro ovalado y unos ojos increíblemente azules...

Severo sacudió la cabeza, furioso consigo mismo por pensar en Neve.

Él había visto a su padre perdonar a la mujer que lo humillaba, y cada vez que lo hacía le parecía que perdía algo como hombre.

Si eso era lo que llamaban amor, no le interesaba en absoluto. Era totalmente inexplicable que su padre no hubiera roto aquella relación tan destructiva. Había tenido muchas oportunidades porque Livia lo dejaba cuando le venía en gana y, sin embargo, cada vez que reaparecía, diciendo que todo había sido un error y que no volvería a pasar nunca, él la aceptaba de nuevo en su vida.

En realidad, pensó, su padre sabía que Livia no iba a cambiar, sencillamente quería creerlo, necesitaba creerlo.

Y él se había visto obligado a presenciar esas escenas en las que su padre se humillaba cada vez más, incapaz de evitarlas. Y se había sentido avergonzado por él, por su debilidad... ¿pero evitar cualquier relación sentimental por miedo a sufrir no era también una debilidad?

De inmediato, apartó de sí tal pensamiento, uno que no habría tenido jamás antes de conocer a Neve.

A veces pensaba que cuando le robó el coche, también le había robado la cordura. Antes de conocerla, su vida había sido totalmente ordenada, la vida personal y la profesional separadas por completo. Pero últimamente los limites entre una y otra se mezclaban y empezaba a perder la concentración.

La diferencia no era el éxito, ya que su empresa seguía funcionando tan bien comos siempre, sino su capacidad para disfrutar de él. Conseguir un objetivo siempre lo había hecho sentir vivo, pero ahora esperaba la descarga de adrenalina… y nada.

La verdad era que se había portado como un idiota esa noche. Afortunadamente, había usado preservativos incluso cuando perdieron la cabeza y terminaron en el suelo… ¿O no?

Severo se quedó inmóvil, todos los músculos de su cuerpo tensos al recordar ese momento.

¿Sería posible?

El fútil debate interno siguió durante unos minutos hasta que, por fin, tomó la chaqueta que colgaba del respaldo del sillón y, con expresión decidida, se dirigió a la puerta.

Ignorar una desagradable posibilidad no haría que desapareciera. No, un hombre tenía que enfrentarse con sus miedos.

Capítulo 13

SEVERO tardó una hora en llegar a la dirección que llevaba anotada en el papel. Pero cuando llegó allí, vio que era una tienda de ropa vintage llamada Inspiración Vintage, con vestidos de los años sesenta en el escaparate.

¿Habría anotado mal el número? Severo salió del coche y miró alrededor. Tal vez la gente de la tienda podría decirle algo.

Cuando abrió la puerta, sonó una anticuada campanilla, pero allí no había nadie.

–¿Hola? –Severo miró las paredes pintadas de color pastel. No era una tienda grande, pero sí agradable e imaginativa. Sonriendo, se acercó a un maniquí que llevaba un delicado camisón victoriano–. ¿No hay nadie? –volvió a llamar, impaciente.

Esa vez le pareció escuchar una respuesta en la trastienda y luego el eco de unos pasos. Los propietarios de aquel sitio deberían revisar su sistema de seguridad, pensó. Cualquiera podría llevarse lo que quisiera.

–Siento haberle hecho esperar, pero… –Neve

no terminó la frase al ver quién era el cliente y los bolsos que llevaba en la mano se le cayeron al suelo.

Aquello no podía estar pasando, pero así era. Severo estaba allí, en su tienda.

Neve tuvo que contener un suspiro de anhelo. Tan guapo, tan viril y tan atractivo como antes. Pero parecía tan sorprendido como ella. ¿Por qué? No podía haber ido a su tienda por casualidad, debía saber que ella estaba allí.

–¿Por qué?

Severo no contestó, mirándolo con un brillo de furia en los ojos.

–¿Qué es este sitio?

–Una tienda, evidentemente.

–Ah, una tienda –dijo él, irónico, mirando alrededor.

Estaba guapísimo con aquel traje de chaqueta, pensó Neve. Pero seguía siendo un mentiroso, se recordó a sí misma.

–Estaba a punto de cerrar.

–Pues hazlo entonces –dijo él, apoyándose en el mostrador.

Si quería ponerla nerviosa, lo estaba consiguiendo, pero Neve intentó disimular.

–¿Qué haces aquí, Severo?

En su tienda, su refugio. No tenía suficiente con invadir sus pensamientos y sus sueños, ahora estaba allí, en carne y hueso.

No podía escapar de aquel maldito hombre.

Porque era un canalla, pero seguía siendo el hombre más atractivo del mundo.

—¿Qué haces tú aquí? —replicó Severo.

—Shirley suele trabajar por las mañanas, pero hoy tenía que ir al dentista.

—¿Estás intentando hacerte la graciosa?

—No.

—Lo que quiero decir es qué haces en este sitio.

—Trabajar —contestó ella. Para ser un hombre tan inteligente parecía tonto—. Es mi tienda.

No sería mucho para él, pero de adolescente le había parecido un sueño imposible. Le había confiado su sueño a James y él le había dicho que todos los sueños eran imposibles hasta que uno intentaba hacerlos realidad.

Sabiendo que no tenía experiencia, y esperando compensar eso con su entusiasmo, había seguido su consejo. Empezó por una página web en la que vendía ropa vintage y accesorios, pero la demanda fue tanta, que seis meses más tarde había podido alquilar el local.

—*Per amore di Dio!* —exclamó Severo—. No estoy de humor para bromas.

—No es una broma —dijo ella, intentando controlar el anhelo de estar en sus brazos otra vez. Estaba casado, no debería sentir eso.

—¿Esta tienda es tuya?

—Sí.

—¿Y ganas dinero con ella?

Neve esbozó una sonrisa.

–Ah, había olvidado que eres un modelo de tacto. Qué pregunta tan apropiada –replicó, irónica–. El estilo no tiene nada que ver con el dinero, pero la verdad es que nos va muy bien.

–No pretendía insultarte –se defendió él.

Aunque no entendía nada. Si James Macleod le había dejado dinero, ¿por qué trabajaba en una tienda?

Tal vez no pretendía insultarla, como no había intentado que se enamorase de él, pero lo había conseguido.

Neve se llevó una mano al corazón. Lo había admitido: estaba enamorada de él.

Pero eso no podía ser. Uno no podía enamorarse así, de repente. Por supuesto, era normal sentirse atraído por alguien, pero enamorarse…

Enamorarse era tan importante, que no podía ocurrir por algo tan arbitrario como una simple atracción sexual. Ella nunca había sentido ninguna simpatía por la gente que usaba el amor como una excusa para aprovecharse de otra persona. El amor no era excusa para todo.

Pero lo que sentía por Severo…

Al verla tan pálida, él dio un paso adelante. Las mujeres embarazadas se desmayaban, ¿no? Pero cuando miró su abdomen vio que seguía siendo plano, no parecía embarazada.

–Deberías sentarte un momento.

Ella lo miró, recelosa. Casi podría creer que sabía lo de su embarazo, pero era imposible.

–No te preocupes, estoy bien.

–¿De verdad la tienda es tuya?

–¿No acabo de decirte que sí? ¿Se puede saber qué te pasa?

–Que estoy sorprendido, eso es lo que me pasa. Tú no necesitas trabajar.

–Pero es que me gusta trabajar –dijo ella.

Los dos se quedaron callados entonces, un silencio cargado de tensión. Neve no quería mirarlo, pero era incapaz de apartar los ojos de su rostro.

–Bueno, ¿vas a decirme qué quieres?

Severo levantó una irónica ceja.

–Información.

Neve se cruzó de brazos.

–La gente suele venir aquí para comprar ropa.

–Pensé que me habían dado una dirección equivocada.

–¿Quién te ha dado la dirección? No, déjalo, no me lo digas. Márchate, Severo.

–¿Ésa es manera de tratar a un cliente?

–Tú no eres un cliente.

Severo tomó un jersey de un estante y dejó unos billetes sobre el mostrador.

–Me llevo esto. Y ahora, como cliente, ¿te importaría ser amable conmigo?

–¿Quieres impresionarme con esas tonterías? ¡No quiero tu dinero! –exclamó Neve, tirándole los billetes a la cara.

–*Per amore di Dio!* ¿No podemos hablar como dos personas normales?

–¡Es lo que estoy intentando hacer!

De repente, Severo soltó una carcajada.

–Nunca me habían tirado dinero a la cara.

–Crees que puedes comprarme –dijo Neve.

–¿Por qué iba a querer comprar lo que ya he tenido sin pagar nada? –Severo se sintió avergonzado del comentario incluso antes de haber terminado la frase, y se habría retractado si Neve no hubiera reaccionado dándole una bofetada.

–Dios mío, lo siento…

Severo se tocó la cara, sorprendido.

–No, déjalo, ahora estamos en paz.

–Lo siento, no sé como he podido hacerlo. Yo nunca he pegado a nadie…

En ese momento se abrió la puerta y Neve hizo lo posible por recuperar la compostura.

–Buenos días –saludó a la cliente.

–Buenos días. Mi hija tiene que ir a una fiesta de disfraces de los años veinte y he pensado que aquí…

–Tengo un vestido de charlestón perfecto. No es nuevo, claro, pero….

–Ah, sí, eso estaría bien.

Neve se volvió hacia Severo.

–Siento mucho no tener lo que usted busca. Tal vez en otra ocasión.

Él se dirigió a la puerta, pero en lugar de salir de la tienda se volvió hacia la cliente.

–Lo siento, señora, la tienda está cerrada.

–¿Cómo dice?

–¡No está cerrada! –exclamó Neve.

–Esto es personal, si no le importa…

La mujer miraba de uno a otro, desconcertada. Pero entonces sonrió, como si entendiera.

–No importa, volveré más tarde.

Neve vio, boquiabierta, cómo la mujer salía de la tienda y Severo cerraba con llave.

–Ahora no podrán interrumpirnos.

–¿Cómo te atreves? Ésta es mi tienda…

–¿Quieres que discutamos nuestras cosas delante de extraños?

–Tú eres un extraño.

–¿Eso se lo dices a todos los hombres con los que pasas una noche o yo soy especial?

Neve decidió pasar por alto el comentario o acabaría dándole otra bofetada.

–¿De qué quieres hablar?

–Me han contado algo que necesito confirmar y no pienso irme de aquí hasta que lo haya hecho.

–¿Tienes que decirlo todo como si fuera una amenaza? No todo el mundo responde a las tácticas de un matón.

–¿Me estás llamando matón?

–¿Y qué me has llamado tú antes? –exclamó Neve–. Mira, di lo que tengas que decir y márchate.

–¿Hay algún sitio en el que podamos hablar en privado?

–Tú has hecho que éste sea un sitio privado.

–¿Estás embarazada?

Había entrado en la tienda sabiendo cuál quería que fuese la respuesta a esa pregunta, pero su actitud había cambiado y casi quería que le dijera que sí. Y no era tan irracional. Algún día necesitaría un heredero, ¿por qué no tener un hijo con Neve?

–Sí –contestó ella.

–¿Y es mío?

Neve asintió con la cabeza. En ninguna de las versiones de la escena, que había imaginado muchas veces, Severo reaccionaba con tal falta de emoción.

–Tal vez deberíamos ir a la trastienda.

Le temblaban tanto las rodillas, que no sabía si podría permanecer de pie mucho más tiempo.

Severo la siguió hasta una habitación pequeña con una mesa de trabajo, un viejo sillón y un montón de cajas, y se cruzó de brazos, esperando.

Neve se dejó caer en el sillón, preguntándose cómo era posible que supiera lo de su embarazo. Ella no se lo había contado a nadie, salvo a Hannah.

–¿Estás segura?

–¡Pues claro que estoy segura!

Nadie podía fingir tal sorpresa, pensó él. Había creído que todo era una trampa, que Neve había convencido a Hannah para que lo llamase, pero su expresión era de total desconcierto.

–Pero no te preocupes, no tengo intención de pedirte absolutamente nada. Nadie tiene por qué saberlo.

–¿Que no me preocupe?

–Bueno, el niño es de los dos, pero yo he decidido tenerlo.

Él se pasó una mano por el pelo.

–¿Es por eso por lo que no pensabas decírmelo?

–Iba a contártelo, pero no ahora mismo.

–¿Pensabas que intentaría presionarte para que no tuvieras el niño?

–No, sí... bueno, la verdad es que no lo sé. La verdad es que no me apetecía discutir contigo. No me encuentro muy bien y...

Severo dijo algo en italiano y no había que ser bilingüe para imaginar que era algo poco agradable.

–Yo nunca haría eso, Neve.

–Ya, pero pensé que no querrías saber nada. A menos que tu mujer sea un persona muy comprensiva...

–¿Qué mujer?

–Por favor... a nadie le gusta que lo pillen en una mentira, pero no tiene sentido negarlo. Te vi con ella.

–Yo no estoy casado. Nunca he estado casado ni comprometido siquiera. No sé por qué crees que estoy casado, no lo entiendo.

Ella lo miró, sorprendida.

–Pero te vi en la puerta de la comisaría con una mujer rubia...

–¿Livia? –exclamó él entonces, con gesto de desprecio–. ¿Creías que Livia era mi mujer?

–Alguien la llamó «señora Constanza».

–Porque se llama así, es la viuda de mi padre. Mi madrastra.

No era su mujer. No era su mujer. Eso era en lo único en lo que Neve podía pensar.

–¿Esa chica tan joven es tu madrastra? Pero si era guapísima…

Capítulo 14

¡GUAPÍSIMA! –exclamó Severo, desdeñoso–. Se ha operado tanta veces, que ya no se sabe qué rasgos son suyas y cuáles no. Es presumida, egoísta, mentirosa…

Severo miró a Neve entonces. ¿Cómo había podido pensar que se parecía a Livia?

–Veo que no os lleváis bien.

–Esa mujer mató a mi padre mucho antes de que muriese. Tuvo montones de aventuras, que ni siquiera se molestaba en esconder, y cada vez que volvía, mi padre la perdonaba. Yo solía despreciarlo por creer en sus promesas, pero ahora me doy cuenta de que no era así, sólo fingía creerla porque Livia era como una droga para él.

–Debió de ser horrible para ti –dijo Neve.

Y era lógico que después de presenciar tales escenas, no se hubiera casado.

–Pero tú pensaste que te había mentido, que me había acostado contigo estando casado.

–Sí.

–Ah, ahora entiendo la bofetada –Severo levantó una mano para tocar su cara.

–¿Vas a decirme cómo te has enterado?

–Recibí una llamada de tu hijastra.

–¡Hannah! ¿Y por qué haría eso?

–Parecía muy preocupada por ti. Me dijo que estabas enferma y que le daba miedo dejarte sola.

Y entendía por qué. Neve no era en absoluto la monstruosa devorahombres que él había querido imaginar. Era una imagen que había inventado y que se había destruido en cuanto volvió a verla. Aquella chica no le haría daño a nadie.

Severo recordó lo que le había dicho en la carretera: que quería creer lo que contaban los periodistas porque tenía miedo a comprometerse.

Entonces pensó que era absurdo, pero… ¿no había una parte de verdad en esa acusación?

Él se enorgullecía de ser objetivo. ¿Por qué no había sopesado la posibilidad de que Neve estuviera diciendo la verdad?

¿Por qué se había negado a creer que era una víctima inocente de los pocos escrupulosos periodistas, que inventarían cualquier cosa con tal de vender una historia?

–Le dije a Hannah que estoy bien y estoy bien.

–¿Te has mirado al espejo? Estas pálida como un cadáver.

Neve hizo una mueca. Nada animaba tanto a una mujer como que un hombre guapísimo le dijera que estaba hecha un adefesio.

–No tiene importancia, estoy bien.

–Y veo que tu relación con Hannah ha mejorado.

–Bueno, tenemos una especie de pacto. Las dos odiamos a los hombres.

Severo sonrió.

–¿Sin excepciones?

–Tenemos unos criterios muy estrictos para elegir a los buenos, así que son muy pocos.

Severo no se molestó en preguntar en qué grupo lo había incluido a él, pero sospechaba que debía estar cerca de los asesinos.

–Si me dices una fecha que te venga bien, empezaré a encargarme del papeleo.

–¿Una fecha para qué?

–Para la boda. No sé si eres religiosa…

Neve se levantó de un salto.

–¡Espera un momento! ¿De qué estás hablando?

–Vamos a tener un hijo y yo no soy un hombre que huya de sus responsabilidades.

Neve no salía de su asombro. ¿Y no se le había ocurrido pensar que ella no quería ser una de sus responsabilidades?

–Mira, te lo agradezco, pero ya tuve un matrimonio de conveniencia y, aunque no lo lamento porque James era una persona maravillosa, esta vez no estoy dispuesta a conformarme.

–¿Conformarte? ¿Crees que casarte conmigo sería conformarte?

–Siento mucho si eso te ofende, pero así es.

–No creo que lo sientas –replicó Severo–. Creo que intentas ofenderme a propósito.

–No digas tonterías.

–La mayoría de las mujeres no dirían que casarse con alguien que puede darles todos los caprichos es conformarse.

–Y muchas otras dirían que hablas de las mujeres como si fueran niñas pequeñas –replicó ella–. Además, yo no estoy buscando un marido rico y no soy un problema que tú puedas resolver con dinero.

Severo la miró, frustrado.

–No estoy intentando comprarte, sólo quiero cuidar de ti.

–Yo sé cuidar de mí misma, llevo haciéndolo desde que tenía catorce años. Cuando me case, será por amor.

–Pero tú sabes que un niño necesita un padre y una madre. Y sabes que ser padre o madre significa anteponer las necesidades del niño a las tuyas.

–Ah, claro, y si no me caso contigo seré una egoísta, ¿no? Mira, Severo, estamos en el siglo XXI, no hay ningún estigma en ser madre soltera. Una mujer no tiene que casarse porque esté embarazada, especialmente con el primer hombre con el que se ha acostado en toda su vida.

–¿El primer hombre? –repitió él–. ¿Yo fui el primero?

–Sí.

–¿Cómo es posible?

En su opinión, una virgen era tímida y Neve no lo había sido, al contrario. Pero entonces recordó lo estrecha que era y el gemido que dejó escapar la primera vez que…

–Sí, lo sé, suena muy raro pero es verdad. No lo planeé así, sencillamente ocurrió. Mi matrimonio con James sólo fue un matrimonio de conveniencia, nunca tuvimos relaciones. Quería alguien de confianza que cuidase de Hannah cuando él muriese…

–Pero era mucho mayor que tú.

–Me lo pidió y tuve que aceptar –Neve suspiró–. James podría haber enviado a mi hermano a la cárcel cuando robó ese dinero en la empresa…

–¡Para, por favor! Empieza por el principio.

Severo tardó varios minutos en entender toda la historia. La historia de una niña de catorce años que había tenido que cuidar no sólo de sí misma a tan temprana edad, sino de su hermano.

Y él pensando que lo había pasado mal durante su infancia…

Ahora, cuando por fin Neve era libre, él la había dejado embarazada.

Era lógico que hubiera estado a punto de salir corriendo cuando le dijo que iban a casarse.

Y era virgen cuando se acostaron. Le angustiaba pensar que no había tenido ningún cuidado esa noche, pero lo excitaba saber que él era su único amante. Y que ahora estaba esperando un hijo suyo.

–Haz las maletas, te vienes conmigo.

–¿Perdona?

–No pienso dejarte sola. ¿Quién va a cuidar de ti? Tienes una hijastra adolescente y un hermano que se juega el dinero en el casino…

–Charlie tiene problemas, pero ha cambiado mucho. Ahora tiene un trabajo fijo y…

–Sí, bueno, tu hermano es un ciudadano modelo y tú sabes cuidar de ti misma, muy bien. Pero Hannah no está de acuerdo.

–¿Qué tiene esto que ver con Hannah?

–Neve, tú has tenido que cargar con muchas responsabilidades cuando deberías haber sido una chica joven y despreocupada. ¿Quieres lo mismo para Hannah?

–No, claro que no.

–Entonces, ven conmigo. Mi casa es muy grande, no tendrás que verme si no quieres. Y Hannah puede pasar los fines de semana con nosotros.

Al menos había dejado de hablar de boda.

–Supongo que… tal vez para Hannah…

–Estupendo, te ayudaré a hacer las maletas.

–Puedo hacerlas sola.

Si Neve había tenido alguna duda sobre su decisión, la reacción de Hannah dejó bien claro que había hecho bien.

–Es fantástico. No sabes lo preocupada que estaba. Ahora puedo irme a Brujas con el colegio. Te parece bien, ¿verdad?

–Sí, claro.

—No quería dejarte sola.

Neve volvió al vestíbulo del apartamento, donde esperaba Severo.

—¿Le has dado la noticia?

—Sí, bueno, tenías razón. Se ha alegrado mucho. Aunque no vendrá a casa este fin de semana, se va de viaje con el colegio.

Una vez instalada en el lujoso dúplex de Severo, tenía toda la privacidad que quisiera. Un hecho que no la alegraba tanto como debería.

Estaba deshaciendo la maletas cuando Severo le dijo que se iba de viaje a París y que volvería en unos días.

Evidentemente, nada había cambiado para él. ¿Estaría dispuesto a llegar a compromisos en cuanto a su estilo de vida? Ése era un tema del que tendrían que hablar cuando volviese de París y no era una conversación precisamente agradable. ¿Qué iba a decirle? «¿Preferiría que no trajeras a tus novias a casa mientras yo este aquí?».

Neve aprovechó su ausencia para aclimatarse a su nuevo hogar, dirigido por un ejército de empleados que la trataban con amable deferencia, pero estaba deseando escapar de esa jaula de oro para ir a su tienda.

Dos días después, estaba nadando en la piscina climatizada cuando Severo volvió a casa. Neve oyó un portazo que hizo retumbar los cristales y, un segundo después, él se acercó al borde de la piscina con un ramo de flores en la mano que tiró al agua con rabia.

–¿Son para mí? –le preguntó, con aparente tranquilidad.

–Tú sabes que sí –contestó él, sacando una tarjeta del bolsillo–. *Para Neve, mi único amor. Felicidades, Chaz.*

Neve se acercó a la escalerilla para salir del agua.

–Chaz es Charlie, mi hermano. Imagino que las flores eran para darme la enhorabuena por el embarazo.

–Charlie.

Neve sonrió.

–¿No me digas que estás celoso?

Severo apretó los dientes.

–Mi padre no quería ver las infidelidades de Livia, pero yo no soy mi padre.

–Y yo no soy Livia.

Él salió del recinto de la piscina sin decir una palabra más y debió marcharse a algún sitio porque no apareció en el comedor a la hora de cenar.

Unas horas después, Neve estaba en la cama, tiesa como un palo y con los ojos abiertos.

–Esto es una estupidez –murmuró. Podría esperar para siempre y Severo no iba a decirle «te quiero más que a mi vida».

Tenía que lidiar con la realidad y la realidad era que ella estaba en una habitación deseándolo y Severo en otra, a unos metros. Alguien tenía que dar el primer paso.

Neve cubrió su cuerpo desnudo con una bata y, después de atarse el cinturón, salió del dormitorio para dirigirse a la zona en la que dormía Severo. La habitación estaba oscura y tragó saliva, acobardada de repente. Tal vez no había sido una buena idea.

—¿Te has perdido?

Esa voz tan viril hizo que se le encogiera el estómago.

—No —Neve parpadeó varias veces cuando se encendió una luz, pero enseguida vio a Severo sentado en la cama. Parecía llevar puesto menos que ella y eso era decir mucho.

Sin decir una palabra, él apartó el edredón y le hizo un gesto para que se acercase. Y Neve lo hizo, desabrochando el cinturón de la bata y dejando que se deslizase por sus hombros.

—Te sientes sola, *cara*.

—No tienes ni idea —murmuró ella, tumbándose a su lado.

—Creo que sí —Severo puso una mano en su abdomen, con tanto cuidado como si fuera a romperse—. ¿Podemos…?

Neve sujetó su mano, su torpeza haciéndola sonreír.

—Claro que podemos.

—No te he preguntado si estás contenta con el embarazo. Sé que esto es algo que no habíamos planeado, pero…

–Espero hacerlo bien. Con Hannah me ha costado mucho y me da un poco de miedo no ser una buena madre.

Severo acarició su cara con expresión tierna.

–Serás una madre maravillosa.

–¿De verdad lo crees?

–Estoy seguro –afirmó él–. Lo único que un niño necesita es saberse querido. El resto lo aprenderemos poco a poco y yo sé, *cara*, que aprendes muy rápido.

–Y tú eres un buen profesor.

La invitación que había en sus ojos le robó el aliento.

Severo temblaba mientras se colocaba encima de ella y verlo estremecido excitó a Neve más que nunca.

–Esta vez –le prometió él– será especial. Y no te haré daño.

–También fue especial las otras veces. Y no me hiciste daño esa noche.

La hizo llorar, pero no esa noche sino por la mañana, cuando entró en su habitación y la encontró llena de flores. Estaban por todas partes, sobre la mesilla, sobre la cómoda, llenando la habitación con su perfume.

Había flores, pero no había una nota y Neve quiso pensar que los hechos hablaban mejor que las palabras.

Capítulo 15

NEVE estaba sacando unas cajas del coche cuando sonó su móvil y, creyendo que era Severo, las soltó a toda prisa. Claro que si la pillaba cargando con cajas insistiría en ponerle un guardaespaldas, pensó, con una sonrisa en los labios.

Se mostraba ridículamente protector, pero también más bien práctico. Por ejemplo, sujetando su cabeza cuando vomitaba por las mañanas.

Cuando miró la pantalla del móvil, comprobó que no era Severo, sino Hannah y frunció el ceño, sorprendida.

—¿Qué ocurre, Hannah?

—¿Los has visto, Neve?

—¿A qué te refieres?

—A los titulares de los periódicos.

—¿Qué periódicos?

—Todos ellos, creo –contestó Hannah–. Pero está claro que no los has visto o sabrías a qué me refiero.

—¿Vas a decirme de qué hablas?

—De Severo. Dicen que ha perdido todo su dinero.

–¿Qué? Pero eso no es posible…

–Eso es los que dicen muchos periódicos –la interrumpió Hannah–. No pueden asociar el fracaso con Severo Constanza, pero otros dicen que donde hay humo hay fuego.

Neve apretó los puños.

–¿Quieres decir que es un rumor?

Aunque lo fuera, ella sabía bien que los rumores podían destruir una reputación, una vida entera.

–Oye, no te enfades conmigo. Como te ha pedido que te cases con él, he pensado que deberías saberlo.

–Dios mío, ¿cómo estará Severo? Debe estar destrozado. Su trabajo es toda su vida, Hannah.

No le pediría ayuda a nadie, seguro. ¿Y quién querría ayudarlo ahora? Imaginarlo solo, angustiado, le rompía el corazón. Claro que seguramente saldría del apuro, se dijo. Severo era uno de los empresarios más sólidos de Inglaterra, pero…

Estaba convencida de que no le pediría ayuda a nadie. No, Severo era un hombre muy orgulloso.

–Hablaremos más tarde, Hannah. Y no te preocupes, todo se solucionará –le dijo, antes de guardar el móvil en el bolsillo–. Shirley, ¿te importa llevar estas cajas a la trastienda? Tengo que irme urgentemente.

Quince minutos después, mientras estaba parada en un semáforo, tuvo una inspiración.

Tal vez podía hacer algo más que ofrecerle

apoyo moral. Casi había olvidado el dinero que James le había dejado en su testamento.

—¡Soy rica! —gritó alegremente.

Neve giró a la derecha para dirigirse al bufete de abogados que se había encargado del testamento de James y, una vez en el despacho, preguntó directamente:

—¿Cuánto dinero me dejó mi marido?

Tras la lectura del testamento, Neve había sido muy clara: no quería el dinero. En su opinión no era suyo y podían dárselo a una organización benéfica.

El abogado le había suplicado que no tomase una decisión de tal calibre sin pensarlo muy bien, sugiriendo que diese el diez por ciento a obras benéficas y revisara la situación un año más tarde.

—Puede que entonces piense de otra manera.

Y había tenido razón.

—Incluyendo la propiedad en Francia… déjeme ver…

El hombre mencionó una cifra que dejó a Neve boquiabierta.

—No tenía ni idea —admitió—. ¿Cuánto tengo en efectivo, en metálico? No en bonos ni en propiedades.

—¿Está pensando comprar algo?

—No, más bien quiero hacer una inversión.

—Tendría que revisar las cifras y ver si hay algo que se pueda vender inmediatamente… ¿le parece que nos veamos el lunes?

–¿No puede decírmelo ahora mismo?

Media hora después, armada con la información que necesitaba, Neve entraba en el vestíbulo del edificio Constanza, parándose sólo para gritar: ¡Buitres! a los paparazis que estaban apostados en la puerta.

–Sencillamente, no entiendo de dónde ha salido ese bulo de la crisis. No hay ninguna crisis –estaba diciendo uno de sus ejecutivos en la sala de juntas.

Severo se echó hacia atrás en el sillón mientras todos hablaban a la vez. Él sabía perfectamente de dónde había salido: Livia. Su madrastra había aparecido en su casa unos días antes exigiendo dinero y, para librarse de ella, le dijo que «buscase otro banco porque sus cofres estaban vacíos».

Había olvidado la conversación hasta que leyó el periódico esa mañana, pero debería haberlo imaginado. Livia se tomaba siempre las cosas literalmente, pero también era muy práctica, pensó. En el mismo periódico aparecía el anuncio de su compromiso con un banquero, un hombre de mediana edad que ya había estado casado cuatro veces. Sí, estaban hechos el uno para el otro, desde luego.

–En el periódico dicen: una fuente cercana a la familia.

Severo dejó el bolígrafo con el que estaba jugando y respondió a las miradas interrogantes encogiéndose de hombros.

—El mercado está muy nervioso —insistió el jefe del departamento de inversiones.

—El mercado no está nervioso —lo contradijo un colega—. Está aterrorizado. Tenemos que enviar un comunicado de prensa inmediatamente.

Al principio divertido con la conversación, Severo empezaba a enfadarse por el nivel de histeria de sus jefes de departamento. Normalmente, él animaba los debates, pero aquello era absurdo.

—No vamos a hacer nada. Ni negaremos ni confirmaremos el asunto, seguiremos trabajado como si no pasara nada —anunció a su horrorizada audiencia.

El instinto le decía que sería un error entrar en esa batalla con la prensa. Enviar un comunicado sólo serviría para que aumentasen las dudas.

Ciertas situaciones exigían que se involucrase personalmente, pero no aquella. Neve, sin embargo...

Darle espacio para respirar y llegar a sus propias conclusiones había sido un error. Para empezar, no había garantía de que se casara con él y ése no era un riesgo que quisiera correr. No, aquella no era una situación que requiriese sentarse a esperar.

Era hora de cambiar del ritmo de la relación.

—Sé que el valor de las acciones ha bajado, Andrew. Pero cuando la histeria desaparezca, y lo hará, recuperaremos las pérdidas. Esta empresa no es un castillo de naipes. Y ahora, si me perdonáis, tengo algo muy urgente que atender…

Entendía las caras de sorpresa de su equipo. Unas semanas antes, nada hubiera sido más urgente que su empresa. Y le importaba, por supuesto, pero sus prioridades habían sufrido un cambio desde que supo que Neve estaba embarazada. Ahora lo más urgente era tener a su lado a la mujer que estaba esperando un hijo suyo y no sólo una noche sino de manera permanente.

Tenía que convencerla para que se casara con él.

¿Pero y si no entraba en razón? No, eso no iba a pasar, él no dejaría que pasara. Cuando se marcaba un objetivo no paraba hasta conseguirlo. Algunas personas dirían que era implacable, él lo llamaba estar centrado.

¿Qué hombre no querría estar al lado de su hijo día y noche? ¿Qué hombre no querría compartir su vida con a mujer de la que estaba…?

Severo se levantó de un salto y sus ejecutivos vieron, consternados, que salía de la sala de juntas sin decir una palabra.

Acababa de entrar en su despacho cuando su secretaria lo llamó por el intercomunicador.

—La señora Macleod está aquí, señor Constanza. Le he dicho que no podía verla ahora mismo…

–Dile que entre –la interrumpió Severo.

Neve llevaba un cárdigan de color naranja y una falda con tulipanes. Y cuando entró en su despacho llevó con ella un aroma a rosas. Tenía los ojos brillantes y las mejillas enrojecidas, como si hubiera ido corriendo.

De repente, Severo experimentó un anhelo extraño. La deseaba como no había deseado nunca a una mujer, la quería entre sus brazos, quería devorar su boca.

¿Cómo podía estar enamorado y no haberse dado cuenta?

Entonces recordó una escena del pasado:

–¿Por qué vuelves con ella, papá?

Su padre se había encogido de hombros.

–Porque la quiero.

–¿Qué es el amor?

–Un salto de fe.

Eso era lo que le había dicho su padre. Y tal vez por eso él había querido ser racional y evitar las relaciones sentimentales que te hacían perder la cabeza. Pero ahora se daba cuenta de que no había sido racional, en realidad había sido un cobarde.

Le asustaba dar ese salto de fe del que hablaba su padre…

Pero, por primera vez, pensó en él y no sintió resentimiento, sino compasión. Qué diferente habría sido su vida si ese salto de fe lo hubiera llevado a los brazos de una mujer como Neve.

¿Pero cuántos hombres tenían la suerte de encontrar a una mujer como Neve?

Severo dejó escapar un suspiro. Él había estado a punto de perderla como un idiota. Pero tenía una segunda oportunidad y no estaba dispuesto a desaprovecharla.

–¡Qué sorpresa! –dijo Severo, levantándose del sillón.

Neve dio uno paso adelante. Como siempre, su expresión era indescifrable. Seguía siendo el hombre más sexy del planeta, ¿pero qué había detrás de esos ojos oscuros?

Parecía tranquilo, incluso arrogante, pero podía ver unas líneas de preocupación a cada lado de su boca. Le gustaría abrazarlo, pero sabía que él no lo agradecería. Tenía que ir con cuidado para no herir su orgullo masculino. Si Severo interpretaba lo que iba a hacer como un gesto de compasión, su brillante plan no serviría de nada.

–Pasaba por aquí, ¿te lo puedes creer?

–Francamente, no –respondió él.

Neve se aclaró la garganta.

–He leído en algún sitio que es buena idea elegir tu campo de batalla y había pensado esperar hasta que estuviéramos en la cama, pero aquí hay más espacio.

–¿Y qué tenías en mente? –preguntó él.

Lo del espacio estaba bien, pero no le importaría meterse en un armario si Neve estaba a su lado.

–En realidad… –ella vio el brillo de sus ojos entonces–. ¡No me refiero a eso!

–¿Ah, no?

–Mira, sé que ahora mismo debes estar muy ocupado y puede que no sea el mejor momento.

Severo entendió entonces por qué estaba allí. Le gustaría creer que había ido a decirle que no podía vivir sin él, pero estaba claro que había leído los periódicos. Y tal vez pensaba que no iba a poder darle la lujosa vida que le había prometido.

Podría verlo con cinismo, pero resultaba imposible criticarla. El hombre que había prometido cuidar de su hijo debería estar en posición de hacerlo.

–Parece que has leído los periódicos.

–No, pero Hannah me ha llamado por teléfono para contármelo –Neve observó su expresión seria, intentando contener el deseo de abrazarlo–. ¿Entonces es verdad?

–Parece que no soy tan buen partido como esta mañana.

–¿Porque estás en la ruina? –Neve soltó una carcajada.

–¿Te divierte? ¿Has venido a echar sal en la herida?

–No, por favor. Pero tú no puedes creer que una mujer querría ver tu cuenta bancaria. No creo que eso te hiciera falta.

–Imagino que eso dependerá de la mujer, *cara*.

Parecía tan triste, que Neve dio un paso adelante.

–Severo…

–Si no has venido a echar sal en la herida, ¿a qué has venido?

Ella respiró profundamente, mirando alrededor.

–Es un despacho muy bonito.

–Y también tengo bonitos cuadros, pero imagino que no habrás venido para hablar de decoración.

–Mira, sé que tal vez no quieras oír esto, pero es cierto que el dinero no da la felicidad.

–Eso dicen –murmuró Severo. Pero la falta de dinero a menudo provocaba mucha infelicidad–. También he oído que los mansos heredarán la tierra, pero no creo que eso vaya a ocurrir.

–Qué cínico eres.

–Sí, lo soy. Pero tú también deberías serlo. En mi opinión, es mejor que pensar siempre bien de los demás.

Y Neve siempre pensaba bien de los demás. En realidad, le asombraba haberla comparado alguna vez con Livia. Las dos mujeres eran polos opuestos.

–No estoy dispuesta a cambiar.

–¿Por qué será que no me sorprende?

–No soy tonta, Severo. No digo que no esté bien tener dinero y poder comprar cosas, pero James era rico y el dinero no logró salvarlo.

–¿Lo echas de menos? –Severo experimentó una punzada de emoción que se negaba a llamar celos.

Ella sacudió la cabeza, incrédula.

–No sé si servirá de algo –le dijo, sacando un sobre del bolso–. Pero si lo quieres, es tuyo.

Severo miró el sobre y sacudió la cabeza, perplejo.

–¿Qué es?

–Yo no voy a usarlo nunca y creo que a ti te vendría bien. Venga, ábrelo.

Severo abrió el sobre y leyó el documento que había en su interior. Y luego, sin mirarla, volvió a doblar el papel y lo guardó de nuevo.

–¿Qué te parece?

Pocas cosas sorprendían a Severo, pero aquella cifra le había dejado perplejo.

–Parece que eres una mujer muy rica.

Si Neve aceptaba casarse con él no sería por dinero.

–Sí, lo sé –asintió ella, haciendo un gesto impaciente con la mano–. ¿Pero te vendría bien?

–¿A mí?

–¿Ese dinero te vendría bien?

Severo entendió entonces y, atónito, tuvo que tragar saliva.

–¿Quieres darme tu dinero?

–Bueno, no es mío. Lo heredé de James.

–¿Quiere darme ese dinero para salvarme de mi incompetencia?

–Tú no eres incompetente –protestó Neve–. Así que no me vengas ahora haciéndote el ofendido porque no siento ninguna compasión por ti.

Severo no sabía qué decir. Y pensar que la había creído una cazafortunas lo avergonzaba como nunca.

No merecía el amor de aquella mujer, pero sería el hombre más afortunado del mundo si Neve lo quisiera.

–Legalmente el dinero es mío, por supuesto, pero la verdad es que no me interesa. Le dije a James que no quería nada, pero él no me hizo caso.

–Neve...

–No sé hasta qué punto tienes problemas económicos, pero tal vez ese dinero te ayude. Aunque estoy segura de que pronto te recuperarás...

Severo la miraba con una expresión tan extraña, que Neve dejó la frase sin terminar.

–¿Crees que puedo recuperarme?

–Pues claro que sí, estoy segura de que puedes conseguir todo lo que quieras.

–Ojalá sea cierto –murmuró él–. Pero me parece que no has pensado bien eso de darme el dinero, cara.

–Si lo prefieres, podríamos considerarlo un préstamo. ¿Vas a aceptarlo o no?

Severo negó con la cabeza.

–Si lo hiciera, la gente diría que me he casado contigo por el dinero.

–Pero no vamos a casarnos.

–¿Porque soy un fracasado?

–¡Si sigues diciendo tonterías, acabaré por darte otra bofetada!

Severo soltó una carcajada.

–Te creo.

–Puedes pagarme cuando todo se solucione –insistió ella–. Con intereses si te parece y…

Él salió de detrás del escritorio y la tomó por la cintura, apretándola contra su pecho.

–Cállate para que pueda besarte.

¿Callarse? Se había derretido al sentir el roce de sus manos. Neve le echó los brazos al cuello y suspiró mientras la besaba, respondiendo con entusiasmo a la presión de sus labios.

–Lo necesitaba –dijo Severo unos segundos después, tomando su cara entre las manos–. Lo necesitaba de verdad.

–Besas muy bien –murmuró ella. En realidad, hacía bien muchas otras cosas.

–Gracias, *cara mia*.

–Pero no voy a casarme contigo –se apresuró a decir Neve.

Severo intentó disimular su frustración detrás de una sonrisa.

–¿Quieres casarte con un hombre que bese mal?

–No digas tonterías –Neve intentó apartar las manos de su cintura, pero Severo tiró de una de ellas para llevársela a los labios–. No es una broma, lo digo en serio.

–Y yo no me estoy riendo.

No, la miraba con tal intensidad que Neve apenas podía recordar por qué no podía casarse con él.

«Porque no te quiere».

Ah, era eso, claro.

—Entiendo lo que sientes ahora que vas a ser padre y tienes razón al decir que un niño necesita un padre y una madre, pero yo no puedo… sencillamente no puedo conformarme con otro matrimonio sin amor.

Severo tiró de su mano para apretarla contra su torso; su masculinidad abrumadora, embriagadora y peligrosamente adictiva.

Incapaz de resistirse a la tentación, Neve apoyó la cara en su pecho y cerró los ojos un momento.

—¿Casarte conmigo sería conformarte? Ése no es un término con el que yo esté muy familiarizado. Si no recuerdo mal, me has dicho varias veces que era el mejor.

Ella echó hacia atrás la cabeza para mirarlo a los ojos.

—Eres el mejor, pero esto no tiene nada que ver con el sexo. En realidad, yo no soy una persona muy fogosa.

Tan solemne declaración hizo reír a Severo.

—No lo dirás en serio.

—Pues claro que sí. O no lo había sido hasta que te conocí, pero eso no es importante. No tienes que casarte conmigo para tenerme en tu cama, Severo.

Aunque dormían juntos todas las noches, no estar casados le ofrecía la ilusión de ser libre... pero si era sincera consigo misma debía reconocer que ésa era una libertad que ya no quería.

—¿Estás ofreciéndote a ser mi amante en lugar de mi mujer?

—¿No es eso lo que soy? Tú sólo quieres casarte conmigo por el niño.

—Neve...

—No, lo siento. Ya tuve un matrimonio de conveniencia y no estoy dispuesta a pasar por eso otra vez. Puede que me consideres egoísta, pero...

—Tú no eres egoísta, *cara*. Eres muy inocente. Y el mundo es un sitio muy peligroso para los inocentes.

Severo acarició su pelo y, al hacerlo, experimentó una oleada de amor tan intensa, que se sintió sobrecogido.

—Necesitas que alguien cuide de ti.

—Es muy bonito, pero no tienes que decirme esas cosas. Ya encontraremos alguna forma de hacer que esto funcione...

—¿Si acepto el dinero te casarás conmigo?

—No, puedes quedarte con el dinero, no tiene nada que ver.

—No necesito ese dinero, te necesito a ti.

Neve cerró los ojos, deseando con todo su corazón poder creerlo.

—Y yo necesito casarme por amor.

—Entonces, hazlo.

Ella lo miró, desconcertada.

–¿Cómo voy a hacer eso? –murmuró, sin atreverse a creer lo que veía en sus ojos.

–Cásate conmigo, Neve. Cásate conmigo porque te quiero.

Ella sacudió la cabeza, incrédula.

–No es verdad.

–Es imposible no quererte –dijo Severo–. Yo me enorgullecía de no necesitar a ninguna mujer, pero te necesito a ti, sólo a ti. Y no sólo en mi cama, sino en mi vida. Necesito que sea tu cara lo último que vea por la noche y lo primero que vea por la mañana. Necesito escuchar tu voz, tu risa, te necesito en mi vida y por eso te pido que te cases conmigo.

El discurso había sido tan sentido, tan sincero, que Neve no tuvo dudas.

–Sí, me casaré contigo –anunció, echándole los brazos al cuello.

Cuando se separaron unos minutos después, Severo la miró a los ojos.

–Creo que deberíamos empezar otra vez, sin mentiras. Esos rumores de los periódicos…

–El dinero no me importa, de verdad.

–Ya lo sé, pero tengo que confesarte algo, *cara mia*: los rumores que han publicado los periódicos son falsos. Mi empresa no tiene dificultades.

–¿Entonces no estás en la ruina?

–No, no lo estoy.

–¿Y no necesitas el dinero?

–Lo único que necesito es que te cases conmigo, Neve.

–Ya sabes que yo quiero lo mismo.

–Intuyo que sí, pero no estaría mal que me lo demostrases.

Neve no tenía el menor inconveniente, ninguno en absoluto.

BIANCA.

KIM LAWRENCE

UN HOMBRE ARROGANTE

Capítulo 1

EL móvil de Libby sonó justo cuando estaba tomando la salida de la autopista. Aparcó a la primera oportunidad que tuvo y se apresuró a responder.

–¿Mamá?

–¿A ti qué te parece?

A no ser que su madre hubiera adquirido un fuerte acento irlandés durante las dos semanas que había estado en Nueva York, no podía ser ella.

–¿Chloe?

–Libby, cariño... Me preguntaba si ibas a pasar por el pueblo de camino a casa después del trabajo...

–Es que no estoy volviendo del trabajo. Estoy volviendo del aeropuerto.

Se hizo un silencio antes de que su amiga añadiera con un gruñido, como recriminándose su despiste:

–¡Oh, claro! Lo siento, me había olvidado...

–Supongo que no habrás visto a mis padres...

–¿Tú tampoco? ¿No han ido a recogerte al aeropuerto?

–Sé que tenían intención de hacerlo –admitió Libby–, Pero no aparecieron, y como les llamé y no les encontré, alquilé un coche –frunció el ceño, preocupada–. Eso no es nada normal en ellos, la verdad. Sin embargo, seguro que tiene que haber una explicación muy sencilla, ¿no te parece? –fue incapaz de disimular el matiz de duda de su voz.

–Por supuesto que sí –le aseguró Chloe, consoladora–. Y no tiene que ver con ambulancias ni con ataques al corazón: tu padre está bien, y no niegues que es eso en lo que estás pensando. Sé cómo funciona tu cabeza.

Antes de que Libby pudiera responder a esa acusación, el bostezo que soltó su amiga la hizo sonreír.

–¿Por qué nadie me avisó de que ser madre es tan cansado? No he pegado ojo en toda la noche –admitió su amiga, bostezando de nuevo.

–¿Qué tal está mi ahijada?

–Le están saliendo los dientes o tiene un cólico. Ahora mismo acabo de dormirla. ¿Cómo ha ido el viaje?

–Fantástico.

–¿Tu amiga Susie te consiguió algún guapetón?

–Pues sí –inmediatamente Libby oyó un gritito de deleite al otro lado del teléfono.

–Cuéntamelo todo…

–No hay nada que contar, era guapo, pero...

–Déjame adivinar... –la interrumpió Chloe, después de soltar un gruñido–. No era tu tipo. ¿Es por casualidad algún hombre tu tipo, Libby? –parecía exasperada–. Con tu aspecto, podrías tener el hombre que quisieras... ¡para cada día de la semana!

–¿Quieres decir que parezco una mujer fácil?

–Quiero decir que tienes tanta clase como un champán francés. Por eso precisamente intimidas tanto a los hombres.

–Bonita teoría, pero cambiando de tema, ¿qué querías que te trajera del pueblo? –inquirió Libby, refrenando sus ganas de volver a casa. Sucediera lo que hubiera sucedido con sus padres, cinco minutos de retraso no iban a suponer diferencia alguna.

–No te preocupes, no importa.

Tras una corta discusión, Libby averiguó que su amiga necesitaba recoger a Eustace, su perro labrador, convaleciente de un accidente que había sufrido, en la clínica veterinaria.

–Alguien se dejó la puerta abierta y Eustace se escapó. Te juro que ese perro ha sido escapista en otra vida. Mike lo encontró enredado en una alambrada.

–¡Pobrecito! No te preocupes, me pilla de paso, yo...

–Ni se te ocurra.

–De verdad que no es ninguna molestia –mintió.

Una hora más tarde, Libby suspiró de alivio cuando el pueblo apareció ante ella. La lluvia había convertido la autopista en una pesadilla, pero por fin había parado de llover. Para cuando regresó al coche con el perro, tenía los zapatos empapados y el pantalón salpicado de barro.

Mientras el excitado animal tiraba sin cesar de la correa, Libby buscaba torpemente las llaves en el bolsillo para abrir la puerta. Justo cuando acababa de encontrarlas, hundió el tacón en un agujero del terreno y se tambaleó. Para colmo, en sus esfuerzos por manotear y conservar el equilibrio, soltó la correa.

–¡Estupendo! –masculló, forzando una sonrisa mientras se acercaba al perro que, sentado a unos pocos pasos de distancia parecía singularmente satisfecho consigo mismo–. Buen chico, Eustace... –fue aproximándose lentamente, con una mano extendida hacia él–. Quédate justo donde estás y...

La correa estaba a unos tan escasos como tentadores centímetros de sus dedos cuando el perro se alejó a la carrera, ladrando como un poseso. Libby cerró los ojos y soltó un gruñido.

–No puedo creer que me esté ocurriendo esto –y salió en su persecución.

Estaba jadeando y le había entrado flato para cuando el animal volvió a detenerse. Se había sentado en medio de la estrecha carretera. Golpeando el suelo con el rabo como un metrónomo, la miraba con expresión triste.

–Supongo que alguien se lo está pasando en grande, y no soy yo –gruñó mientras se inclinaba hacia delante con las manos apoyadas en las rodillas, sin aire en los pulmones– Oh, Dios mío, estoy perdiendo forma...

Apartándose de los ojos los mechones sueltos de su espesa melena castaño cobriza, dio un paso tentativo hacia el perro. El animal ladró y, juguetón, retrocedió otro. Libby se mordió el labio y lo miró frustrada.

–¡Me niego a que me engañe un animal del que incluso su propia dueña dice que no es ningún superdotado! –gritó.

«Tranquila, Libby», se dijo. «Estás hablando con un perro». Sería preocupante que esperara seriamente una respuesta por su parte. El monólogo interior quedó interrumpido por el ruido de un potente motor. El único tráfico de aquellas carreteras era el de los tractores, y aquello no parecía un tractor. No lo era.

La exacta secuencia de los acontecimientos le resultaría ciertamente difícil de recordar: aquellos breves segundos se transformarían en una neblina en su memoria. Tan pronto vio el gran coche negro dirigiéndose a toda velocidad directamente contra Eustace, como al momento siguiente se encontró en medio de la carretera agitando los brazos, algo que debió de parecerle una buena idea... con el vehículo echándosele encima.

Cuando el rodeo que dio para evitar el atasco de la autopista lo llevó a carreteras tan estrechas como la que

estaba siguiendo en aquel momento, Rafael no se preo-
cupó demasiado. No se le pasó por la cabeza consultar
el GPS o detenerse para consultar el mapa de carreteras. Prefirió fiarse más bien de su excelente sentido de
la orientación. Los verdes caminos de la campiña inglesa no eran ni de lejos tan peligrosos como otros que había transitado en su vida.

Mientras conducía, evocó el solitario viaje que había
hecho con diecisiete años a las montañas de la Patagonia
en un viejo jeep que se había averiado a intervalos regu-
lares, hasta que finalmente se lo llevó la corriente.
¿Quién habría podido imaginar que la pista por la que
había estado conduciendo era precisamente el lecho de
un río? El recuerdo de las prisas con las que abrió la
puerta y saltó al agua le arrancó una sonrisa.

Pero su expresión se tornó seria cuando identificó
la punzada que repentinamente le había atravesado el
pecho, como algo peligrosamente parecido a la nostalgia. Nostalgia… ¿o insatisfacción? Frunció sus oscuras cejas con un gesto de impaciencia, sobre sus entre-
cerrados ojos de color canela. Achacaba, al menos en
parte, aquel poco característico estado de introspec-
ción suyo a la reunión que había tenido el día anterior.

Una reunión que no había resultado esencial, ya
que no había tenido por qué ver a aquel tipo. Pero que
se había producido porque, en su opinión, siempre había cosas que un hombre, incluso uno tan irresponsa-
ble e incompetente como Marchant, se merecía que le
dijeran a la cara. ¡Y explicarle que estaba a punto de
perder su negocio y su hogar era una de ellas!

No había esperado que fuera una reunión agradable, y no lo había sido. Por muy imbécil y torpe que
fuera, ver a un hombre desesperado nunca era algo
agradable. El tipo se había desmoronado ante su vista.
Orgulloso como era, Rafael había experimentado ver-

güenza ajena de verlo así. Y había encontrado de mal gusto el espectáculo de lastimera autocompasión al que le había sometido el inglés.

Pese a saber que el propio Marchant había sido el principal responsable de su desgracia, aunque ciertamente con un pequeño empujón de parte de su propio abuelo, Rafael había experimentado una irracional punzada de culpa en el momento de marcharse. Culpa que se había desvanecido cuando el hombre le gritó a su espalda:

—Si fuera usted hijo mío...

—Si yo hubiera sido su hijo, le habría retirado del negocio antes de que acabara hundiéndolo y perdiendo además su hogar, que es lo que ha hecho.

—Espero que un día pierda todo lo que ama en esta vida. ¡Ojalá pueda estar presente para verlo!

¿Por qué parecían haberle afectado tanto aquellas palabras? Quizá por lo poco acertado de la maldición. Porque Rafael había perdido lo que más había querido en el mundo hacía mucho tiempo, y el dolor de aquella pérdida era ya poco más que un simple recuerdo. No había vuelto a arriesgarse: en la vida que llevaba actualmente, no había nada ni nadie a quien amar. Habría podido perder al día siguiente toda la fortuna que había amasado y no habría experimentado ningún dolor.

A los treinta años, había conseguido todo lo que se había propuesto y más. La pregunta era: «¿y ahora qué?». Rafael reconocía que el problema principal era mantenerse motivado. Económicamente era un privilegiado. ¿Qué necesitaba entonces para ser feliz?

Una maldición escapó de sus labios cuando alguien salió de pronto de la nada para invadir la carretera. La mujer pareció materializarse a la luz del crepúsculo; por una fracción de segundo, permaneció inmóvil frente a los faros de su coche como una suerte de fantasma.

Rafael creyó distinguir una esbelta figura, un rostro pálido como el alabastro, una nube de pelo rojo oscuro; su cerebro no tuvo tiempo de registrar nada más. Estaba demasiado ocupado intentando no añadir el homicidio a la lista de sus pecados mientras se esforzaba por evitar la colisión, que parecía aterradoramente inevitable.

Pero Rafael nunca en toda su vida había aceptado lo inevitable. La naturaleza lo había dotado de unos reflejos felinos y una cabeza fría cuando se enfrentaba a algún peligro... y suerte, por supuesto. «Nunca subestimes a la suerte», pensó mientras se preguntaba, viendo el árbol justo delante, si la suya no se habría acabado por fin. No fue así.

Contra todo pronóstico, logró esquivar a la pelirroja suicida y al árbol. Fue un milagro. Habría salido completamente del todo indemne si el coche no hubiera derrapado sobre el barro. Rafael vio impotente como el coche daba un aparatoso patinazo con vuelta de trescientos sesenta grados, que lo dejó atravesado en la carretera y medio hundido en una cuneta. Ni siquiera el cinturón de seguridad pudo evitar que se golpeara la cabeza contra el parabrisas.

Vio puntos luminosos detrás de sus párpados cerrados y oyó luego voces: no, una única voz, femenina, y nada carente, reflexionó aturdido, de atractivo. Aquella voz le estaba suplicando que no... que no estuviera muerto. ¿Lo estaría quizás? El dolor de cabeza sugería lo contrario, además de que aquella voz, con su timbre sensualmente ronco, no podía ser la de un ángel.

«Magnífica voz y estúpidas preguntas», pensó mientras se esforzaba por concentrarse en asuntos más urgentes, como por ejemplo que todavía estaba de una pieza y tenía que reaccionar. Se palpó los miembros: todo parecía en su lugar y en orden, algo de lo cual se alegró. Sentía la cabeza como si alguien estuviera tocando los platillos dentro.

Sintiendo una mano en la nuca, empezó a levantar la cabeza con cuidado y oyó la voz, la que no pertenecía a ningún ángel, murmurar un ferviente «¡gracias a Dios!». Parpadeó varias veces, y el movimiento le provocó una punzada de dolor en las sienes. Esbozando una mueca, se llevó las manos a la frente e intentó girar la cabeza lentamente hacia el lugar del que procedía aquella voz. Con la misma cautela, se obligó a abrir los ojos y, a través de los dedos, distinguió un rostro pálido, de forma ovalada. El glorioso halo de cabello rojizo que lo rodeaba le resultó extrañamente familiar, hasta que pudo enfocar bien sus rasgos.

Era la mujer suicida que había causado el accidente. Pelirroja, joven y hermosa. Tanto que, incluso mientras estaba pensando que un azul tan vívido como el de sus ojos sólo podía explicarse por el concurso de unas lentes de contacto, experimentó una punzada tan violenta de deseo que le confirmó que estaba vivo. La vista se le nubló de nuevo y cerró los ojos, a la espera de que pasara la náusea. Al parecer aquellos síntomas, junto con la incontrolable corriente de testosterona, eran consecuencia del golpe que había recibido en la cabeza, de modo que pasarían pronto.

Abrió de nuevo los ojos justo cuando la joven metía la cabeza dentro del coche, con aquel cabello que tanto le recordaba el rojo fuego de las hojas otoñales. La náusea había desaparecido, para verse reemplazada por un implacable deseo de deslizar la lengua entre aquellos sensuales labios.

Incluso con su maltrecho cerebro trabajando a un cincuenta por ciento de capacidad acarició la idea de

seguir aquel impulso. ¡Aquella boca...! Al menos el
deseo que le abrasaba las venas servía de eficaz dis-
tracción al martilleo que le torturaba el cerebro. Hacía
mucho tiempo que una cara femenina no le había despertado una reacción tan… primitiva. Si bien una parte de su ser estaba sufriendo, ya que a Rafael le gustaba mantener siempre el control de todo, incluidos sus
apetitos, otra parte le sugería en cambio que se relaja-
ra. Que disfrutara del momento.

Capítulo 2

S E encuentra bien?
  Pese a que estaba disfrutando de lo delicioso de su aroma, sus facultades mentales se aclararon lo suficiente para certificar lo estúpido de la pregunta. Pelirroja y estúpida, por no hablar de suicida.

La imagen de la pelirroja esperando en medio de la carretera a que la pasara por encima, como una virgen a la espera de ser sacrificada, asaltó de nuevo su mente provocando una estimulante descarga de adrenalina.

–¿Le duele algo? –inquirió Libby, abriendo un poco más la puerta. Asomándose al interior del coche, miró a su alrededor buscando un lugar donde poner el móvil que llevaba en la mano. Se levantó la falda para apoyar una rodilla en el borde del asiento mientras se estiraba para dejarlo sobre el salpicadero–. No se preocupe, se pondrá bien –inmediatamente cruzó los dedos y pensó: «Dios mío, no me hagas quedar como una mentirosa».

«Estupendo», pensó Rafael, posando la mirada en el borde de encaje de su media. Estaba sintiendo muchas cosas en aquel momento, pero… ¡bien, lo que se decía bien, no se sentía en absoluto!

–Si estoy bien, no es precisamente gracias a usted.

El sobresalto que experimentó Libby al oírlo hablar le impidió poder identificar en un primer momento el acento extranjero de su voz hostil. Una voz tan profunda y vibrante, que le erizó el vello de los brazos.

–Me doy cuenta de que uno tiene que buscar maneras de entretenerse en el campo, pero lanzarse al paso de vehículos en marcha es quizá una medida un tanto extremada –agarrándose todavía la cabeza, flexionó los hombros y maldijo cuando sus doloridos músculos protestaron.

La respuesta natural de Libby al sarcasmo y a la grosería, presentes ambos en su comentario, siempre había sido proporcional a la ofensa recibida. Pero dado que había estado a punto de matar a aquel hombre, le pareció más apropiado morderse la lengua.

–¿Qué pretendía hacer? ¿Llamar mi atención? ¿O se trata de algún pintoresco ritual local de apareamiento?

«Vete al diablo», pronunció Libby para sus adentros mientras su alivio inicial se trocaba en indignación. Esforzándose por mantener una actitud sumisa ante aquella retahíla de insultos, murmuró una disculpa.

–De verdad que no fue mi intención...

Cualquier intento por justificarse a esas alturas resultaría absurdo. «¿Qué voy a decirle ahora a Chloe?», se preguntó. Hizo un tácito recuento de sus logros: había estado a punto de matar a un hombre, destrozándole de paso el coche, y había perdido a la querida mascota de su amiga. Todo ello parecía difícil de superar, pero, tal como estaban yendo las cosas... ¿quién podía asegurarlo?

–Yo... lo siento muchísimo –dijo genuinamente arrepentida.

–Oh, entonces todo arreglado –ironizó él.

Libby sintió que se ruborizaba de vergüenza en respuesta al sarcasmo de su víctima, que con una mano todavía en la frente, se giró hacia el otro lado para desabrocharse el cinturón. Su mirada voló entonces de su oscuro y brillante pelo, que se le rizaba a la altura de la nuca, a la mancha de sangre en el cristal. Aquello fue como un oportuno recordatorio de su propio papel como malvada agresora, y del desconocido como víctima inocente. Inmediatamente estiró una mano hacia el móvil que había dejado sobre el salpicadero.

–La ambulancia... voy a llamarla –«mejor tarde que nunca, Libby», se dijo.

Justo en ese momento, ya liberado del cinturón, el hombre se volvió hacia ella. El intento de Libby de esbozar una apaciguadora sonrisa se disolvió al tiempo que lanzaba un leve gemido de sorpresa. Pero no por la herida del hombre, sino porque era... guapísimo. Tanto por la extraordinaria longitud de sus pestañas y la perfección de sus pómulos bellamente cincelados, como por su nariz recta y sus labios llenos y sensuales, era de una hermosura absoluta. Sin embargo, fue el aura de cruda sexualidad que exudaba lo que hizo que se lo quedara mirando sin aliento. La excitación física se cerró como un puño en su vientre.

Se quedó tan impresionada, que tardó varios segundos en registrar al fin el sangriento corte de su ancha frente, que naciendo en su oreja derecha se perdía en la línea del pelo, así como la palidez que se traslucía bajo su tez dorada. «Contrólate, Libby, no es la primera vez que ves a un hombre guapo», le recordó una voz interior. «Aunque ninguno tan guapo», añadió la misma voz.

«Además está sufriendo», fue el otro oportuno recordatorio. Se mordió el labio, bajó la mirada y esbozó una mueca culpable. El olvidado curso de primeros auxilios que había hecho hacía siglos... ¡definitivamente no había incluido ponerse a babear mientras la víctima del accidente moría desangrada!

–Creo... –se interrumpió. Y perdió completamente

el hilo de sus pensamientos mientras el herido la miraba con sus ojos color canela. El brillo de aquella mirada no hizo más que intensificar la sensación de ahogo que estaba sintiendo, aunque quizá fuera el jet lag. «Eso espero», pensó, ya que esa última opción la complacía mucho más y la asustaba mucho menos. Se humedeció los labios resecos con la punta de la lengua y lo intentó de nuevo–: Su cabeza.

Siguiendo el gesto de sus dedos, el hombre alzó una mano. No esbozó mueca alguna de dolor al tocarse la herida, al contrario que Libby. Al bajar la mano, miró con un extraño desinterés la mancha roja de sus dedos antes de limpiárselos en la pechera de la camisa.

–No se asuste –esforzándose por seguir su propio consejo, empezó a teclear el número de emergencias en el móvil.

Con el dedo a punto de pulsar la techa de llamada, se quedó sin aliento cuando sus dedos largos y morenos se cerraron sobre su muñeca. La rapidez del movimiento la dejó consternada, pero no tanto como el efecto de su breve contacto en su sistema nervioso. La soltó en seguida, y Libby se llevó la mano al pecho con el corazón acelerado.

–No necesito una ambulancia.

No era una frase que invitara a la discusión. Podía ver que era un hombre acostumbrado a dar órdenes. Incluso después de aquel accidente que habría podido intimidar al hombre más duro, conservaba una actitud que no podía menos que calificarse de arrogante. En cuanto al brillo de sus ojos, era demasiado sagaz para comodidad de Libby, a la par que levemente divertido. Como si fuera consciente de los esfuerzos que ella estaba haciendo por no mirar aquella boca tan increíblemente sensual

Desterró aquella absurda ocurrencia. En cualquier caso, aunque no fuera capaz de leerle el pensamiento, tenía unos ojos que le recordaban los de un felino.

—¿Cómo ha quedado el coche?

Se sorprendió cuando lo vio mirar el reloj de acero de su muñeca, como para comprobar si funcionaba. Tuvo la sensación de que su lista de prioridades estaba un tanto desquiciada.

—Ni idea. Me preocupaba más su estado físico.

Un tic de impaciencia se dibujó en su rostro.

—Como puede ver, estoy bien... de una pieza.

Libby había visto suficientes telefilmes de hospitales como para saber que gente con ese mismo aspecto solía desmayarse sin previo aviso, como consecuencia de graves heridas internas. La pregunta persistía: ¿cómo recomendar cautela sin parecer al mismo tiempo alarmista?

—¿Dónde estamos exactamente?

—¿No se acuerda de lo que ha pasado? —le preguntó. «Oh, Dios mío... ¿y si tiene amnesia?—. ¿Recuerda cómo se llama? —alzó la voz.

—No estoy sordo, y estúpido tampoco soy —la nunca pronunciada coletilla de «al contrario que usted» resultó implícita en la mirada que le lanzó—. Sé cómo me llamo —ladeó la cabeza hacia la ventanilla, que no le ofreció más vista que la de la cuneta verde—. Es el nombre de este lugar el que necesito saber para buscarme un medio alternativo de transporte —con un poco de suerte, pediría a su secretaria que fuera a buscarlo en su coche para así poder asistir a la reunión a la que se dirigía, y minimizar así el retraso en todo lo posible.

—¡Oh! —sintiéndose como una estúpida, quedó sumida en un avergonzado silencio mientras él se sacaba un móvil del bolsillo.

—No hay cobertura.

¡Al menos de eso no podría echarle la culpa a ella!

—¿Qué quiere que le haga yo? —le espetó en un impulso, aunque suavizó su malhumorada reacción añadiendo una tranquilizadora nota de preocupación—. Puede que tenga una conmoción cerebral.

Habría podido mencionarle una larga lista de posibles lesiones, pero como no quería meterle miedo, se contuvo. Aunque no le parecía el tipo de hombre que fuera a asustarse pensando que tenía un hueso roto o dos.

—¿Una conmoción...? Tampoco sería la primera vez.

—Eso explicaría muchas cosas —rezongó ella. Enfrentada a su mirada hostil, se apresuró a añadir—: En serio, creo que no debería intentar moverse.

Rafael pensó que la pelirroja guardaba una lengua afilada dentro de aquella boca tan maravillosa. Su irritación estaba dirigida en parte contra su propia incapacidad para pensar con coherencia... y sobreponerse a su excitación.

—Como ya le he dicho antes, no necesito atención médica.

—Quien se puede morir es usted, no yo.

Inmediatamente arrepentida de aquel comentario, empezó a retroceder. El exiguo espacio de aquel coche estaba empezando a resultarle claustrofóbico.

—Puedo ver que encuentra tentadora la perspectiva.

—¡Por supuesto que no! —protestó, ruborizada. Si no respiraba pronto un poco de aire puro, iba a necesitar una ambulancia—. Estoy intentando ayudarlo —ceñuda, continuó retrocediendo con intención de salir del vehículo cuanto antes.

—Me sentiría mucho más seguro si no lo hiciera.

—Le he dicho que lo siento, pero bajo estas circunstancias, creo que... ¡maldita sea! —Libby lanzó una exasperada mirada a su falda, que se le había enganchado en la palanca de cambios. No tuvo más remedio que acercarse a él mientras se esforzaba por liberar la tela.

—Permítame.

Sus dedos largos y bronceados rozaron los suyos y Libby retiró la mano como si el contacto le hubiera quemado. «Reacción exagerada», se amonestó en silencio. Podía sentir su mirada fija en su nuca, pero procuró no alzar la cabeza mientras murmuraba:

—Ya puedo yo. Creo que no deberíamos... —suspiró de alivio cuando por fin logró desenganchar la falda—... correr el riesgo.

Rafael se pasó una mano por la sombra de barba de su mentón.

—¿Nosotros? ¿Ha utilizado la primera persona del plural? —inquirió, cada vez más atraído por el espectáculo de su nuca. Jamás hasta ese momento había encontrado tan atractiva aquella zona de la anatomía femenina.

—Está bien —concedió Libby con una fría sonrisa—. Es usted, no yo, quien está sangrando. Es usted duro, lo reconozco, y estoy impresionada, créame —continuó—. Pero quedarme de brazos cruzados viendo morir a alguien desangrado no es mi estilo. Ni siquiera cuando ese alguien es... —Libby registró el brillo de incredulidad de sus ojos y se obligó a interrumpirse.

—Es... ¿qué?

Sacudió la cabeza, pero se quedó sin aliento cuando él alzó una mano sin previo aviso para tomarle suavemente la babilla con dos dedos. Se había quedado demasiado sobrecogida para resistirse mientras él la obligaba a alzar la cabeza. Estaba tan cerca, que podía sentir la caricia de su aliento en el rostro.

Cuando deslizó el pulgar en un lento movimiento circular a lo largo de su mejilla, el estómago de Libby dio un dramático vuelco: hasta la última de sus terminaciones nerviosas se puso a vibrar.

Ignorando la voz interior que le alertaba contra tales prácticas, Rafael le acunó el rostro entre las manos y se quedó contemplando el azul zafiro de sus ojos, que parecía desparecer conforme se dilataban sus pupilas. Y soltó un gruñido al tiempo que bajaba la mirada hasta sus labios.

–¡Pero... está usted herido! ¡Sufriendo!

–No sabe cuánta razón tiene.

Libby se esforzó por liberarse del extraño letargo que parecía haberse apoderado de su cuerpo.

–Permítame que vaya en busca de ayuda, yo...

–Tienes una boca preciosa.

Libby dejó de resistirse mientras pensaba: «y tú también». Rafael frunció el ceño.

–¿Cómo te llamas?

Tenía la garganta tan seca, que apenas le salió un murmullo, apenas audible por encima del atronador latido de su corazón.

–Libby.

Ella había leído en alguna parte que una lesión física podía hacer que alguien se comportara de una manera totalmente absurda. «Ya, ¿y cuál es tu excusa, Libby?», se preguntó.

–Libby... –pronunció la palabra como si la estuviera paladeando.

Ella asintió, reconociendo apenas su nombre cuando lo pronunció, e identificando al fin su acento como español.

–Mira, esto no...

Él acercó los labios a los suyos, tocándolos casi, deteniéndolos a la distancia de un suspiro.

«¿Qué diablos estás haciendo, Rafael?», se preguntó. Y habría reaccionado a aquella última protesta de cordura si ella no hubiera elegido aquel preciso momento para emitir un leve gemido y fundir su boca con la suya.

Una fracción de segundo después se apartó soltando otro gemido, pero el daño ya estaba hecho. La vergüenza le abrasaba las mejillas cuando se encontró con su mirada.

—Eso no ha...

—Eso no ha estado tan mal —la interrumpió con un ronco y sensual gruñido que hizo aún mayores estragos en el ya alterado sistema nervioso de Libby—. Pero creo que podemos hacerlo mejor.

Cumplió su palabra. Sus labios delinearon con voluptuosa destreza el contorno de su boca. Y Libby se oyó a sí misma gimió cuando él deslizó la lengua por su labio inferior antes de atraparlo delicadamente entre los dientes.

Si hasta ese instante no había movido un solo músculo, de pronto se apartó horrorizada para caer fuera del coche en su apresuramiento por escapar.

LIBBY se quedó paralizada, con una mano en la boca como si acabara de tomar horrorizada conciencia de lo que acababa de hacer. Aquello era algo que no podía achacar al jet lag; había perdido el control, sexualmente hablando, con un extraño. Alguien cuyo nombre ni siquiera conocía.

Le ardían las mejillas de vergüenza. ¿Qué era lo que le había sucedido? La respuesta a aquella pregunta estaba saliendo en aquel momento del coche siniestrado. Y su lenguaje corporal no parecía el de alguien que había sobrevivido a un accidente. Como tampoco el de alguien que acababa de besarla con pasión.

Bochornosos recuerdos asaltaron su mente. Por un estremecedor instante volvió a sentir la textura de sus labios, el sabor de su boca. Apretando los dientes, se esforzó por desterrar la imagen de aquellos abrasadores ojos. Lo consiguió, pero no antes de que el fuego que sentía en el vientre se cerrara en un duro puño de deseo.

No la ayudó el hecho de saber que lo que sentía era algo frívolo, exclusivamente sexual. Jadeó levemente, con las rodillas temblorosas, mientras lo veía saltar al suelo y estirar los músculos. El impecable traje le sentaba de maravilla. Tragó saliva. En el estrecho espacio del coche había resultado obvio que tenía un físico espléndido, pero hasta ese momento no había adquirido perfecta conciencia de lo impresionante de su cuerpo.

Con cerca de uno noventa de estatura, tenía un cuerpo de atleta. Anchas espaldas, caderas estrechas y unas piernas largas, larguísimas... Mientras Libby continuaba mirándolo, el hombre rodeó el coche e inspeccionó los destrozos con inescrutable expresión.

El estómago le dio un vuelco en el pecho. Nunca había imaginado que la manera de moverse de un hombre, con aquella elegancia y gracia felina, llegaría alguna vez a dejarla sin aliento. Pero su involuntaria admiración cedió paso a la indignación cuando vio que se ponía a manipular su móvil, como si estuviera enviando un mensaje. ¡Ni tan siquiera la había mirado!

Ella estaba temblando de pies a cabeza y él se comportaba como si no hubiera pasado nada. Lo cual, por un lado, estaba bien porque lo último que deseaba Libby en aquel momento era pensar en lo sucedido: lo que quería era echar a correr y olvidarse de todo. Aunque, por otro lado, había ocurrido: aquel hombre la había besado. Ciertamente no era lo mismo que una proposición de matrimonio, pero comportarse como si no hubiera sucedido nada después de besarla... bueno, eso era una evidente muestra de malos modales.

Y Libby odiaba los malos modales, sobre todo cuando ella se habría conformado simplemente con una pequeña muestra de arrepentimiento. O incluso un «gracias».

—¿Cómo se llama este lugar? —le preguntó él sin alzar la mirada.

Libby contempló indignada su cabeza morena. Ella también podía jugar a aquel juego.

—¿Así que ya tiene cobertura?

—Sí —enarcó las cejas con expresión interrogante, todavía a la espera de su respuesta.

—Buckford.

–¿Buckford...? –repitió Rafael, preguntándose por qué el nombre de aquel remoto lugar le resultaba tan vagamente familiar

Libby seguía observándolo mientras él continuaba escribiendo su mensaje. Apretando la mandíbula, empezó a alejarse de allí.

Segundos después de haberlo enviado, Rafael recibió un mensaje de texto de Gretchen, su secretaria, asegurándole que llegaría en menos de diez minutos. Satisfecho con la respuesta, alzó la vista a tiempo de ver a la pelirroja, cuyo avance por el terreno embarrado había seguido por el rabillo del ojo, agacharse para calzarse los zapatos.

El aire fresco le había despejado la cabeza y ya estaba empezando a arrepentirse de sus impulsivas reacciones. Esforzándose por dominarse, reconoció que su irritabilidad se debía en parte a algo tan sencillo como la frustración sexual. Pero arrepentido o no, la vista de su trasero mientras trepaba por la cuneta le provocó una nueva punzada de deseo.

Una vez en la carretera, Libby pisó fuerte para quitarse el barro de los zapatos, esbozando una mueca de desagrado por la sensación de sus dedos húmedos y sucios de barro dentro de sus zapatos. Retirándose la melena de la cara con una mano, se irguió. Incluso antes de volverse, supo que la estaba observando: podía sentir su mirada.

–Lo que sucedió entre nosotros hace un momento fue algo completamente inaceptable –le informó ella con tono helado–. Con conmoción cerebral y todo.

–Yo no tengo conmoción cerebral –sólo un terrible dolor de cabeza: nada que una aspirina no pudiera curar–. Aunque tengo que reconocer que estoy algo confuso por el golpe.

Algo parecido a una carcajada de incredulidad escapó de la garganta de Libby.

–¿De qué se ríe? ¿Insinúa acaso que un hombre necesita tener una lesión en la cabeza para querer besarla?

Sorprendida por su comentario, lo miró con expresión airada.

–No, por supuesto que no. Para su información, no faltan los hombres que quieran besarme.

–Eso no lo dudo.

–Si vuelve a hacerlo, yo le, yo le... ¡le aseguro que lo lamentará!

La altivez de Libby flojeó un tanto cuando vio que empezaba a subir la cuneta a paso rápido. Segundos después se plantaba frente a ella y la avasallaba con su estatura, obligándola a echar la cabeza hacia atrás para mirarlo.

–Me besó –lo acusó, dirigiendo su acusación contra su pecho. No le habría importado medir unos centímetros más.

–Sólo después de que me besara usted.

La provocación la llenó de ira. Habría dado lo que fuera por poder borrar aquella sonrisa de engreída satisfacción de su cara.

–Me había llevado un susto tremendo. Pensé que podía estar muerto –como excusa era patética, pero no se le ocurría otra.

–¿De manera que fue un beso de resurrección? –inquirió, curioso.

Libby, que no podía pensar en una respuesta ingeniosa, sacudió la cabeza.

–Creo que deberíamos olvidarlo –decidió, magnánima.

Ésa era su intención, aunque el incidente tenía todos los ingredientes de una pesadilla.

–Como quiera, aunque me ofende que mis besos puedan resultarle tan fáciles de olvidar. Y eso que soy un firme seguidor del lema que dice que la práctica continuada deriva en la perfección.

Libby entrecerró los ojos. Si aquel beso hubiera sido más perfecto, ella se habría desmayado.

–Me da igual lo que piense, siempre y cuando no se le ocurra practicar conmigo.

–Tranquilícese: yo sólo practico sexo con las mujeres que están en su sano juicio –«y van para tres meses», añadió para sus adentros. Lo cual explicaba lo impulsivo de su comportamiento.

Tenía apetitos, por supuesto, pero sabía controlarse y también sabía, o al menos eso le gustaba pensar, discriminar a sus parejas. Afortunadamente, eran muchas las mujeres que compartían su pragmática actitud y no necesitaban la fachada de una «relación amorosa» para permitirse disfrutar del sexo.

–¿Me está diciendo que yo no lo estoy? –se le encaró Libby, ceñuda.

–Se echó encima de mi coche. No me parece algo muy cuerdo por su parte –su mirada se ensombreció por el recuerdo del instante en que estuvo a punto de atropellarla–. ¿En qué estaba pensando? ¿Es usted una lunática o simplemente una suicida?

–Si lo hice fue porque usted iba a atropellar al perro. De todas formas, si no hubiera conducido a esa velocidad, nada de eso habría sucedido.

–Así que la culpa fue mía.

Libby sintió que un rubor culpable le subía por el cuello y las mejillas.

–No del todo –admitió, reacia.

–Y en cuanto al perro... –Rafael miró a su alrededor antes de encogerse de hombros–. Yo no veo ningún perro.

–¿Me está llamando mentirosa? –el rosa de sus mejillas se trocó en un rojo de ira.

Enarcó una ceja, mirándola divertido.

–Simplemente estoy diciendo que yo no veo ningún perro.

–¡Que no vea usted algo no significa que no exista! –le espetó Libby, colérica. ¿Realmente pensaba que el perro era un producto de su imaginación?

–Supongamos por un momento que había un perro...

–Había un perro –Libby apretó los dientes–. Es un labrador que responde al nombre de Eustace.

No vio razón alguna para añadir que el animal rara vez respondía a su nombre. De hecho, lo más probable era que el muy chalado saliera corriendo en dirección opuesta.

–¿Y dónde está ahora ese perro?

«Buena pregunta», pensó Libby mientras miraba preocupada a su alrededor.

–Quién sabe –admitió, sincera–. Es un poco… nervioso –dijo eso por no reconocer que estaba loco...

–Cuando un perro se comporta mal, la culpa es el del amo, no del perro.

Libby se volvió hacia él, alzando la barbilla. Aquella actitud de superioridad la estaba sacando de quicio.

–Yo no estoy culpando al perro de nada. Y no tengo empacho alguno en admitir que el accidente fue culpa mía –le informó, altiva.

Rafael sacudió la cabeza al tiempo que esbozaba una sonrisa lobuna.

–¿Acaso no sabe usted que uno no debe nunca reconocerse culpable?

–No, a mí me enseñaron a decir siempre la verdad y a asumir siempre la responsabilidad de mis propios actos.

–Muy noble por su parte, estoy impresionado. Pero

en los tiempos que corren, tanta honestidad puede ser un lujo demasiado caro.

Libby se estremeció. Algunas mujeres, estaba segura de ello, habrían encontrado atractiva aquella cruel y amenazadora sonrisa. Se alegraba de no ser una de ellas.

—¿Me está amenazando?

Antes de que él pudiera responder, un perro salió ladrando de entre los arbustos del otro lado de la carretera.

—¿Le basta como prueba? —Libby le lanzó una desafiante mirada de triunfo antes de agacharse para quedar a la altura del perro—. ¡Eustace! ¡Hola, chico!

Pero el animal continuó ladrando, manteniéndose a prudente distancia. Y Rafael fue testigo de sus vanos esfuerzos por conseguir que se acercara.

—En el fondo de su naturaleza, un perro sigue siendo un lobo. Un animal de manada que necesita saber quién está al mando.

Libby le lanzó una mirada de disgusto mientras continuaba animando al perro a que se aproximara.

—Y se supone que ése es usted, ¿verdad? —pensó que si existía lo que se llamaba los machos alfa entre los humanos, estaba delante de uno de ellos.

—Mi estilo de vida no me permite tener mascotas —era la vida que había escogido para sí mismo, la que le convenía. Sin compromisos, sin nadie de quien tuviera que sentirse responsable.

Una vez había tenido esa responsabilidad y había fracasado. La culpa de haber fallado a la persona a la que había intentado proteger lo había acompañado durante años. Sí: había fallado a la única persona a la que había amado nunca. Que la mayoría de la gente pensara que la misión de una madre era velar por la seguridad de su hijo y no al revés era algo irrelevante.

Su madre había sido un alma frágil, marcada por el rechazo y por la necesidad de conseguir la aprobación de los hombres a lo largo de toda su vida. Aunque eso hubiera supuesto prescindir de la molestia que entrañaba tener un hijo, dejándolo a cargo de cualquiera.

Pero su madre siempre había vuelto a él consumida por la culpa, proclamando que era el único hombre de su vida. La dinámica se había repetido sin cesar: por un tiempo todo volvía a estar bien... hasta que aparecía otro amante. Y luego volvía a desaparecer y Rafael partía de nuevo en su busca.

Así hasta que un día no regresó, y Rafael salió una vez más a buscarla... para al final llegar demasiado tarde. Había muerto sola en un remoto pueblo que ni siquiera disponía de agua corriente, y mucho menos un médico. En aquel entonces Rafael, a sus quince años de edad, no había sido capaz de pagarle una lápida. Dos años después, con diecisiete, había vuelto para comprársela.

La población que la vio morir disponía actualmente de agua corriente y electricidad. Y el año anterior había puesto la primera piedra de una futura clínica.

—Y sin embargo se considera usted un experto en mascotas —rezongó Libby—. ¿De qué me sorprendo? Para su información, Eustace sufrió horribles maltratos. Necesita cariño, no que lo amenacen ni... —se interrumpió cuando percibió con toda claridad la tensión que parecía exudar aquel hombre. Se volvió de nuevo para mirarlo, extrañada—. ¿Se encuentra bien?

Se quedó confundida tanto por su propia reacción a la expresión de absoluta tristeza y desolación que había creído distinguir en su rostro, como por el motivo de la misma. Aunque en seguida pensó en una posible explicación: la herida del accidente.

—¿Su cabeza? —inquirió, aun sabiendo que el dolor

físico no podría explicar la conmovedora angustia que había leído en sus ojos.

Rafael se quedó contemplando sus ojos abiertos de par en par, tan azules como un cielo de verano.

—Mi cabeza está bien —dijo, dando un paso adelante y mentalmente varios hacia atrás, ahuyentando los oscuros recuerdos para concentrarse mejor en el agradable presente... y en la más agradable vista del tentador escote de su suéter—. Así que entiende usted de animales...

Consciente de la dirección de su descarada mirada, Libby sintió un delicioso cosquilleo en los pezones. ¡Y pensar que por un instante había estado en peligro de imaginar que aquel hombre tenía sentimientos! Soltó un resoplido de disgusto y le dio la espalda. El hecho de que su cuerpo continuara reaccionando sin su consentimiento no hizo sino incrementar el desprecio que sentía hacia sí misma.

—Digamos que me parecen... infinitamente preferibles a los hombres —murmuró entre dientes, y se sintió impelida a precisar—: A algunos hombres —fingió no escuchar su risa ronca—. Así que si no le importa, no pienso volver a hablar con usted... —y se pasó un dedo por los labios imitando el gesto de cerrar una cremallera.

Superada su sorpresa inicial, Rafael sonrió e inclinó su oscura cabeza.

—Como quiera.

Consciente de su crítico silencio, Libby prosiguió con sus intentos de convencer a Eustace de que se acercara... hasta que perdió la paciencia. Incorporándose, maldijo por lo bajo y se apartó el pelo de la cara antes de lanzar una frustrada mirada en su dirección.

—Está bien, si tan inteligentes es... ¿por qué no prueba usted? —lo desafió, esperando de manera irrazonable que tuviera tan poco éxito como ella.

Por supuesto, eso no ocurrió. Rafael dio un paso adelante, pronunció un par de palabras con tono autoritario en su propia lengua, y el perro, como si supiera español, trotó mansamente hacia él.

Libby apretó los dientes mientras veía al animal sentarse a sus pies meneando el rabo y contemplar con expresión de adoración al desconocido, que todavía se dignó acariciarle la cabeza antes de recoger la correa del suelo.

Sentía hervir su pecho de indignación, lo que le hacía incómodamente consciente de la rozadura del suéter en los pezones endurecidos. «Esto es una conspiración», pensó resentida. Primero la traicionaba su propio cuerpo y después el perro. Aceptando en silencio la correa que él le tendía, lo miró, entrecerrando los ojos.

—Me temo que, si ahora mismo lo llevara a mi casa, probablemente mi familia querría adoptarlo. Les encanta dar órdenes —le comentó antes de llamar de nuevo al perro.

—¿No me convertiría eso en su hermano? —se burló él.

—Ya tengo un hermano, y estoy seguro de que usted tendrá su propia familia.... —«y quizá una esposa», añadió para sus adentros.

De repente, la posibilidad la llenó de horror. ¿Habría besado no solamente a un desconocido, sino a un desconocido casado? Bajó la mirada a su mano izquierda y suspiró de alivio al no ver alianza alguna de matrimonio.

Rafael sacudió la cabeza.

—No, mi madre murió hace años. Y no tengo más familiares.

—Pero... ¡eso es muy triste! —exclamó Libby.

¿TRISTE? –Rafael enarcó una ceja y vio desvanecerse el brillo de compasión de sus ojos azules cuando añadió, cínico–: Por las familias que conozco, no tengo motivos para sentir envidia. ¡Abajo! –ordenó con tono severo al perro, que había empezado a frotarse contra su pierna, gimoteando.

El animal se tendió inmediatamente en el suelo, boca arriba, sumiso.

–¡Eustace! –volvió a llamarlo Libby, exasperada, tirando de la correa–. ¡Eres un imbécil redomado!

–Le advierto que me han llamado cosas peores.

–Si no se lo decía a usted... –distinguió un brillo burlón en su mirada y, reprimiendo una sonrisa, añadió con tono malhumorado–: Bueno, lo es, pero en este momento estaba hablando con el perro.

Los labios de Rafael esbozaron una sonrisa sardónica que se borró en cuanto vio aparecer un coche, doblando la curva de la carretera. Consciente de que había perdido su atención, Libby siguió la dirección de su mirada y descubrió un elegante deportivo rojo, con la capota bajada, avanzando hacia ellos. La conductora los saludó con un gesto y redujo la velocidad.

Rafael no le devolvió el saludo. Pero Libby sospechaba que la mujer que saltó ágilmente del deportivo nada más aparcarlo en el arcén no era ninguna desconocida. La observó mientras se acercaba, envidiosa de su curvilínea figura, de sus largas piernas y de lo bien que le quedaban aquellos tejanos tan ajustados. De lejos parecía fantástica. Y, de cerca, aún más perfecta.

Su rubia y sedosa melena, perfectamente lisa, se balanceaba en torno a su rostro. Un elegante peinado que Libby jamás había podido conseguir, por culpa del rizado natural de su pelo.

–Ra... ¡oh, Dios mío, sangre! –exclamó la rubia, llevándose una mano a la boca–. ¡Me están entrando náuseas!

Libby pensó que a ella le estaba sucediendo lo mismo. ¿Qué clase de hombre besaba a otra mujer mientras su novia se hallaba en camino de rescatarlo?

–Por favor, procura no ponerte a vomitar.

Acababa de escuchar la respuesta a su pregunta: la clase de hombre que hablaba a su novia de aquella forma. No pudo evitar preguntarse por qué la mujer no sólo no se tomaba su comentario a mal... ¡sino que además parecía agradecida!

–Siento haber llegado tarde, pero es que he hecho una buena parte del camino detrás de un tractor. ¿Crees que te dejará cicatriz? –le preguntó, mirando aterrada la herida–. ¿Te han limpiado la herida? Podría infectarse...

Percibiendo que su secretaria estaba a punto de sufrir un ataque de ansiedad, Rafael procuró tranquilizarla con su respuesta. Cuando dominaba sus tendencias obsesivo–compulsivas, Gretchen era la mejor secretaria que había tenido nunca, pero cuando no lo conseguía, la situación podía tornarse cuando menos... interesante. Como aquella ocasión en que la mujer de la limpieza lo llamó a medianoche para informarle de que su secretaria continuaba en su despacho encendiendo y apagando repetidamente las luces, aparentemente incapaz de abandonarlo.

Mirando las cosas en retrospectiva, los síntomas

que habrían debido alertarlo sobre su problema siempre habían estado presentes, sólo que en aquel entonces no se había dado cuenta. No era algo de lo que se sintiera orgulloso. Esperaba quizá demasiado de los que trabajaban para él, pero precisamente por ello sabía que debía ser generoso y estar tan dispuesto a dar como a recibir. Una de las primeras lecciones que Rafael había aprendido en la vida era que la lealtad era un camino de doble dirección.

Se había negado a aceptar su renuncia presentada entre lágrimas, diciéndole que le parecía absurdo que tuviera que perder a la mejor secretaria del mundo sólo porque sintiera la necesidad de pasarse una hora entera lavándose las manos. En lugar de ello, le había recomendado un psiquiatra de prestigio e insistido en que hiciera terapia. La idea se había revelado magnífica pero, como reconocía la propia Gretchen, era un proceso largo.

—Sí, la herida está limpia —mintió.

Libby abrió la boca para refutar su respuesta, indignada, pero cambió de idea ante la mirada asesina que le lanzó.

—Y no te preocupes. No has llegado en absoluto tarde.

Gretchen sacudió la cabeza y miró impaciente su reloj.

—Te dije que tardaría diez minutos y han sido...

—Ya estás aquí, y eso es lo importante —la interrumpió Rafael.

Sí, es verdad —lanzó a su jefe una sonrisa y suspiró profundamente—. Gracias. He avisado a una grúa. He pospuesto la reunión con los rusos y... —se interrumpió, quedándose sin aliento, cuando el labrador le puso una pata llena de barro sobre una pierna, a manera de saludo.

Rafael chasqueó la lengua, irritado.

–¡Abajo! –la mirada desaprobadora que acompañó la orden estaba dirigida a Libby, no al perro–. ¿Es que no puede controlar a este animal?

–Según usted, no.

A un par de pasos de distancia, la despampanante rubia continuaba limpiándose frenéticamente los tejanos, de manera un tanto exagerada en opinión de Libby. La mujer apenas le había dirigido la mirada.

–No es nada, Gretchen. Relájate.

La rubia miró la mano que su jefe acababa de apoyar en su hombro y tragó saliva, nerviosa. Alzó la cabeza después de frotarse con gesto nervioso la mancha ya invisible del pantalón.

–Realmente no me gusta nada el campo.

–Espérame en el coche.

Así lo hizo.

Libby pensó que la obediencia ciega no era una virtud restringida a la comunidad canina, salvo excepciones como la de Eustace. También funcionaba con las rubias guapas de uno ochenta de estatura.

–¿Le obedece la gente cada vez que chasquea los dedos? –esbozó una mueca, inmediatamente arrepentida de lo que había dicho–. He dicho eso en voz alta, ¿verdad?

–Sí, y la respuesta a su pregunta es no.

–Me sorprende usted –replicó, sin muestra alguna de asombro.

–Suelo producir ese efecto.

Libby sintió que el corazón le daba un vuelco ante la ardiente mirada que le lanzó, mientras una oleada de vergonzante calor se apoderaba de su cuerpo. Un calor que parecía acumularse de manera especial entre sus muslos. Ruborizada, su furia estaba dirigida en parte contra su propia debilidad, que la hacía reaccionar de aquella forma.

–No estoy interesada. Quizá debería intentar impresionar más bien a su novia.

Rafael arqueó las cejas, en respuesta a su mirada hostil.

–Gretchen es mi secretaria, no mi novia. Y yo no mezclo nunca el trabajo con el placer –se interrumpió de pronto, como sorprendido de sí mismo por haber roto la costumbre de toda una vida para dar explicaciones sobre su persona.

Libby, por su parte, se encogió de hombros para hacer ver que no albergaba ningún interés por la relación que pudiera tener con la rubia. Pero el inteligente brillo de los ojos de Rafael sugería que no había sido lo suficientemente convincente.

–No debería hacer esperar a... –señaló con la cabeza el coche rojo– su secretaria.

–Cierto –miró ceñudo el deportivo, pensando que tenía razón.

–Por mí no se entretenga… –apenas acababa de pronunciar las palabras cuando lo llamó con tono urgente–: ¡Espere!

–¿Tan pronto me ha echado de menos? Estoy conmovido.

Libby le lanzó una mirada cargada de disgusto mientras se sacaba un pedazo de papel de un bolsillo.

–¿Tiene un bolígrafo?

Rafael sacó un bolígrafo del bolsillo interior de su chaqueta, que le entregó. Vio que garabateaba algo en el papel.

–Ya está –dijo Libby, tendiéndoselo.

–¿Qué es? ¿Su número de teléfono?

–Mi nombre y dirección –le espetó, negándose a dejarse provocar por su tono burlón. Desvió la mirada hacia el vehículo siniestrado–. Envíeme la factura de la reparación.

Rafael bajó la vista a las palabras que había escrito en el papel.

–Puede ser bastante alta.

–Yo siempre pago mis deudas –le informó toda orgullosa–. ¿Pasa algo? –inquirió al ver que fruncía el ceño, extrañado.

–¿Se apellida usted Marchant? ¿Tiene algo que ver con la empresa Marchant Plastics?

–Mi abuelo la fundó y actualmente la dirige mi padre. ¿He dicho algo divertido? ¿Qué está haciendo? –añadió al ver que estrujaba el papel entre sus largos dedos–. Lo digo en serio: pienso pagar la reparación.

–No le tomaré la palabra. Pero no se preocupe: tengo una memoria excelente.

Libby se quedó viendo asombrada como se alejaba y subía al deportivo con la rubia, sin volverse ni una sola vez para mirarla. Lógico. Probablemente a esas alturas ya la había expulsado de su mente.

Eustace se mantuvo muy quieto en su asiento con la cabeza fuera de la ventanilla mientras Libby recorría el kilómetro escaso hasta llegar a la casa de campo de Chloe.

El viaje fue corto, y lo habría sido aún más si no hubiera sentido la necesidad de detenerse a medio camino para esconder la cara entre las manos y gruñir, mortificada: «Querías besarlo. ¡Y te gustó!». Cuando se miró en el espejo retrovisor, le pareció que llevaba la vergüenza escrita en el rostro. Chloe adivinaría lo que le pasaba en el instante en que la viera y, en su presente estado de ánimo... ¡tenía el incómodo presentimiento de que averiguaría también la causa exacta!

Sus temores se revelaron infundados porque fue el marido de Chloe, Joe, quien le abrió la puerta. Presentaba un aspecto más desastrado de lo normal: además tenía ojeras y parecía agotado. Libby se olvidó momentáneamente de sus propias preocupaciones mientras lo contemplaba compasiva.

–Hola, Joe.

Eustace saltó sobre su amo nada más verlo, haciendo que Libby soltara la correa.

–¡No ladres, que despertarás al bebé! –le dijo Joe al perro, agachándose para recoger la correa y recibiendo un lametazo en la cara antes de sonreír cansado pero agradecido a Libby–. Gracias. Podía haber pasado a recogerlo yo... hoy salí temprano del trabajo.

«Y me lo dices ahora», pensó Libby, forzando una sonrisa.

–No hay problema... –salvo que acababa de descubrir que no era una chica decente. Y que, por lo que se refería a los hombres arrebatadoramente guapos, era incluso fácil–. El veterinario dijo que lo llevaras el martes para que le quitaran los puntos y que le dieras esto –se llevó una mano al bolsillo y sacó un frasco de pastillas–. Dos veces al día, creo que me dijo...

–No te preocupes, no es la primera vez... por desgracia –se guardó el frasco con gesto cansado.

–¿Qué tal van las cosas?

–Un poco... mal, la verdad. Creo que es la falta de sueño. Chloe está durmiendo la siesta. Sé que le encantaría verte, pero si no te importa que no la despierte...

–No te preocupes. Yo también estoy bastante cansada. Tengo ganas de llegar a casa y ver a mis padres...

–¡Claro, por supuesto! –un brillo de compasión asomó a los ojos de Joe–. Me he enterado, Libby. Lo siento muchísimo. Si hay algo que... –se interrumpió, gruñendo cuando el inequívoco sonido del llanto de un bebé llegó hasta ellos. Ajeno a la alarmada expresión de Libby, se encogió de hombros a modo de disculpa–. Perdona, pero tengo que ir antes de que Chloe se despierte y...

–Tranquilo, y dale un beso de mi parte a...

–Eres un cielo.

Si no se hubiera apartado a tiempo, le habría dado con la puerta en las narices. Al recular, se torció el tobillo con los guijarros que rodeaban la casa. Apretando los dientes para soportar la punzada de dolor del tobillo, volvió sobre sus pasos con las palabras de Joe resonando todo el tiempo en su cerebro: «Me he enterado. Lo siento muchísimo...». ¿De qué se había enterado? ¿Qué era lo que sentía?

Tuvo que luchar contra el impulso de regresar a la casa, golpear la puerta y exigir a Joe que se explicara. Pero los ladridos del perro y el continuado llanto del bebé sugerían que tenía ya bastantes preocupaciones. Además de que era posible que hubiera malinterpretado lo que había dicho. Inmediatamente sacudió la cabeza. No, no había malinterpretado ni exagerado nada. Había sucedido alguna desgracia. ¿Y cómo reaccionaba ella ante una potencial crisis familiar? ¡Deteniéndose a besar a un desconocido de camino a casa!

Resistiendo el impulso de pisar el acelerador, toda vez que ya había causado un accidente por ese día, atravesó el pueblo devolviendo de manera automática los saludos que recibió de unos cuantos vecinos. ¿Estaba pecando de paranoica o creía leer la compasión en aquellos saludos? Aquella era una comunidad muy pequeña y todo el mundo se conocía bien, hasta el punto de que los secretos no existían.

Probablemente ella era la única persona en un radio de treinta kilómetros a la redonda que no sabía lo que acababa de suceder, pensó mientras se esforzaba por refrenar su imaginación. Fracasó miserablemente. Para cuando redujo la velocidad para colocarse una horquilla del pelo particularmente molesta, a un par de kilómetros ya del pueblo, estaba literalmente enferma de preocupación.

–Por favor, que todo esté bien, que no sea nada grave...

Faltaban menos de doscientos metros para el desvío que llevaba a Maple House. La gente que no conocía la zona solía saltárselo. No era de sorprender: antaño había tenido una entrada impresionante pero, al igual que el edificio, había conocido mejores días...

Pálida, continuó conduciendo a lo largo del sendero flanqueado de árboles. La vista del monovolumen por el que su hermano y su mujer habían cambiado su deportivo hacía ya dos años, después del nacimiento de sus hijos gemelos, no contribuyó a tranquilizarla. Definitivamente, aquello no era una buena señal. Se alegraba de que su hermano estuviera allí, pero sabía que con el inminente parto de Meg y los problemas de presión sanguínea que estaba teniendo durante su embarazo, jamás la habría dejado sola con los gemelos para viajar desde Escocia si no hubiera tenido un motivo bien justificado.

Habitualmente, la vista de los viejos sillares de la fachada de su hogar le transmitía una sensación de paz y bienestar. Fueran cuales fueran los problemas que tuviera, aquellos añejos muros simbolizaban la firmeza, la seguridad y un cierto sentido de continuidad. Pero todos aquellos sentimientos estaban ausentes para cuando bajó del vehículo.

Sintió como si un dedo helado le acariciara la espalda mientras subía los escalones de piedra que daban a la puerta principal. Con mano temblorosa, sacó la llave del bolso y abrió. El único sonido que se oía en el vestíbulo forrado de maderas nobles era el tictac del reloj de su abuelo.

—¡Mamá! ¡Papá! ¿Ed? —llamó al tiempo que cerraba la puerta con el pie. Fue en ese momento cuando se abrió la puerta del salón y apareció su cuñada, una morena menuda, en avanzado estado de buena esperanza... con su habitualmente risueño rostro oscurecido por un ceño de preocupación.

—¿Meg? —parpadeó Libby varias veces, asombrada. Un viaje de setecientos kilómetros en su estado y con dos gemelos de dos años no era precisamente lo que ella entendía por descanso, que era lo que el médico le había prescrito—. ¿Qué estás haciendo aquí?

—¡Libby, oh, Dios mío, me alegro tanto de verte! Es terrible, no sé qué hacer y Ed está tan... —se interrumpió, meneando la cabeza y mordiéndose el labio.

—¿Qué ha pasado, Meg? —sorprendentemente, su voz sonó tranquila y serena.

—¡Es horrible! —sollozó.

Libby suspiró profundamente y cuadró los hombros, preparándose para lo peor. El nudo de terror que le atenazaba el pecho se cerró con fuerza mientras pasaba de largo a su lado para dirigirse al salón. Entró cojeando, por culpa del tobillo que se había torcido.

Nadie dijo nada cuando entró. El escalofrío que experimentó nada tuvo que ver con la ausencia de fuego en la chimenea de mármol. Pese a ello, la primera reacción de Libby fue de alivio: ¡al menos todo el mundo estaba vivo!

—¡Gracias a Dios! —susurró.

El comentario le acarreó una mirada de incredulidad de su hermano mayor y otra de asombro de su padre. Extrañamente, su madre se entretenía cortando los tallos de unas cuantas rosas mientras preparaba un ramo para el escritorio: el contraste de aquel acto normal y rutinario añadía un toque surrealista a la escena. Libby ni siquiera estaba segura de que hubiera registrado su presencia.

–¿Me dirá alguien de una vez qué es lo que ha pasado?

Por un instante pareció como si nadie fuera a hacerlo, hasta que su padre se levantó lentamente. Mientras lo observaba, Libby pensó: «sí que está viejo papá». Y el pensamiento la dejó sobrecogida. Nunca había pensado eso de él, ni siquiera después del ataque cardiaco que había sufrido.

–Aldo Alejandro ha muerto.

Libby frunció el ceño. El nombre convocó en su mente la vaga imagen de un hombre grande levantándola de los pies y elevándola en el aire... capaz de confundir sus chillidos de terror con gritos de deleite.

–Es una triste noticia –triste, sí, pero que no explicaba la atmósfera de la habitación–. Lo siento, papá. ¿Estabais muy unidos? –imaginaba que no lo suficiente para explicar el color gris de su semblante.

–Era un buen amigo. Siempre lo fue –se le quebró la voz y Libby contempló horrorizada las lágrimas que empezaron a rodar por sus mejillas.

Su hermano abandonó su puesto de guardia al pie de la ventana para colocarse al lado de su padre.

–El nieto ha heredado, y ahora reclama el crédito.

Libby parpadeó varias veces, confusa.

–¿Qué crédito?

Philip Marchant se aclaró la garganta.

–Tuvimos algunos problemas de liquidez... y cuando el banco no me dejó contratar una segunda hipoteca por la casa... Aldo me ayudó con un crédito.

¿Una segunda hipoteca? Libby ni siquiera se había enterado de que había habido una primera. Se volvió hacia Ed.

–¿Lo sabías tú? –al ver que asentía con la cabeza, volvió a preguntar, tanto a su padre como a su hermano–. ¿Y entonces? ¿En qué situación nos deja eso?

A su espalda, Meg dijo de pronto:

–Voy a ver cómo están los chicos –y salió corriendo de la habitación.

–No debería haberle permitido que me acompañara –se lamentó Ed mientras la seguía fuera del salón.

Libby clavó entonces los ojos en el rostro de su padre.

–¿Qué significa todo esto, papá?

–Significa que vamos a perder la empresa y la casa. Me declararé en quiebra.

–¡La casa! –Libby sacudió la cabeza, mirando a su alrededor–. No, no puede ser... ¿Cómo es posible? Tienes que hablar con el nieto, explicarle que hay gente que depende de ti, que...

Kate Marchant dejó de arreglar las flores, que acababa de colocar en un gran florero sobre el escritorio, para volverse hacia su hija:

–¡Siéntate, Libby, y cállate de una vez!

Asombrada, obedeció sin rechistar aquella orden tan insólitamente brusca. Hundiéndose en una silla, se esforzó en vano por recordar la última vez que le había oído levantar la voz.

–Demasiado le está costando a tu padre explicarse para que encima tú tengas que interrumpirlo. ¿Crees que ahora mismo te estaría contando todo esto si no hubiera intentado antes cualquier posible solución?

–¿Pero qué pasará con la plantilla? –tragó saliva–. ¿Acaso no sabe ese hombre que todos perderán sus empleos? ¿Es que no le importa?

–Por supuesto que no le importa –replicó su madre con un tono de amargura–. ¡Ese hombre es un auténtico monstruo!

Philip Marchant se reunió entonces con su esposa y la estrechó en sus brazos.

—Ayer mantuve una reunión con él, Libby, y me temo que no existe la menor posibilidad de que cambie de idea.

—Pero entonces... ¿qué vamos a hacer? —inquirió mientras escuchaba aturdida los desgarradores sollozos de su madre.

—Nada —respondió Philip, cansado—. Ahora mismo, ya no está en nuestras manos.

Libby meneó la cabeza, frustrada por aquella actitud tan derrotista. No había nada imposible: tenían que luchar.

—Pero quizá si hablamos con el banco...

Se interrumpió cuando su hermano regresó corriendo a la habitación con una absoluta expresión de pánico en el rostro. Una expresión que Libby sabía que recordaría para siempre.

—Rápido, es Meg... ¡el bebé está a punto de nacer!

Capítulo 5

LAS negras cejas de Rafael Alejandro se juntaron en un sombrío ceño cuando las airadas voces del vestíbulo de su despacho lo hicieron interrumpirse por segunda ocasión.

–¡Esto es ridículo! –irritado, se levantó del sillón y caminó decidido hacia la puerta, deteniéndose para ofrecer unas breves palabras de disculpa al hombre mayor que tenía sentado al otro lado del escritorio.

Rafael no se oponía a que Gretchen programara sus sesiones de terapia en horas de oficina. Su problema era más bien con la mujer que la sustituía durante las dos horas que debía estar ausente. La semana anterior no le había pasado un importante recado... ¡y esa semana estaba tomando parte en lo que parecía, o al menos sonaba como tal, una pelea de gatos!

–No te preocupes –dijo Max Croft, encogiéndose de hombros–. Parece que alguien está bastante enfadado –añadió casi para sí mismo mientras Rafael abría la puerta.

Las voces femeninas subieron de volumen y el hombre mayor experimentó una punzada de compasión por la desconocida o desconocidas responsables del mal humor de Rafael Alejandro. No por casualidad la gente evitaba como la peste contrariarlo. El hecho de que nadie supiera cómo había amasado su inmensa fortuna, aunque circulaban varias teorías al respecto, sólo servía para amplificar la aureola casi mítica que lo envolvía.

A punto de salir al vestíbulo, Rafael se detuvo y ladeó la cabeza en el instante en que identificó una de las furiosas voces. El rostro de belleza exquisita que se correspondía con aquella voz ronca acudió a su memoria, y la subsiguiente explosión de testosterona que empezó a circular por sus venas le dejó la mente en blanco. Tardó un par de segundos en recuperar el control de sus facultades mentales. Renunciando al esfuerzo de ejercer un dominio similar sobre su cuerpo, se volvió hacia el hombre mayor:

—Max, ¿te importaría que dejáramos los últimos detalles para la semana que viene? Ha surgido una emergencia.

—No hay problema.

Rafael atravesó el despacho y le abrió la puerta posterior. La de la salida de incendios.

—Estaremos en contacto.

Max pasó de largo frente a él y abandonó el despacho sin hacer el menor comentario, como si estuviera acostumbrado a utilizar todos los días la salida de incendios. Rafael cerró la puerta y asintió satisfecho. En su experiencia, más importante que saber cuándo hacer una pregunta era saber cuándo no hacerla.

La pregunta, pensaba Rafael mientras asistía callado a la escena que se estaba desarrollando en el vestíbulo de su despacho, era la siguiente: ¿qué había ido Libby Marchant a hacer allí?

Apostado en la puerta, procurando que no lo descubrieran, observó cómo la azorada sustituta de Gretchen contemplaba con evidente desagrado a la joven pelirroja que había decidido sentarse en el suelo, en medio de la habitación.

—Lo siento, señorita Marchant, pero ha venido

hasta aquí para nada, porque como ya le he explicado...

–No necesito ni sus disculpas ni sus explicaciones.

–¿Qué es lo que necesita entonces?

Al sonido de su voz, ambas mujeres se volvieron para mirarlo. Rafael no pudo menos que admirar aquellos ojos azul cobalto que lo miraban con un feroz desprecio... antes de que se pusieran a parpadear de puro asombro. Y de que sus labios se entreabrieran para emitir un gemido horrorizado.

Aquel gemido hizo que Rafael bajara la mirada a sus labios llenos y sensuales. Sintió que su cuerpo se excitaba en inevitable respuesta a las imágenes que empezaron a asaltar su mente. Imágenes de aquellos mismos labios deslizándose por su piel, por su cuerpo...

–¿Usted...? –Libby sacudió varias veces la cabeza, esforzándose por disipar la neblina que parecía aturdir su cerebro–. No entiendo...

Pero Rafael sabía que acabaría entendiéndolo, y cuando lo hiciera, saltarían chispas. Esperó resignado a que llegara ese momento.

–¿Qué es lo que necesita, querida? –repitió la pregunta.

Pero ella no respondió, y Rafael se sorprendió a sí mismo pensando en lo que necesitaba él. Necesitaba mucho. Todo. Se quedó inmóvil por un instante, literalmente paralizado por la ola de primario deseo que lo anegó, un deseo tan básico y primitivo, que en el lapso de varios segundos borró cualquier otro pensamiento de su cerebro.

Esforzándose por dominarse, se pasó una mano por el pelo e intentó racionalizar su propia reacción. Sabía que su vida no retornaría a la normalidad hasta que hiciera algo al respecto... en la forma de una corta aunque apasionada aventura con aquella mujer. Por supuesto, la conexión con los Marchant complicaría la situación, pero el problema no sería insuperable. Mientas tales pensamientos se agitaban en su mente, en algún lugar de su visión periférica Rafael fue consciente de que la sustituta, cuyo nombre no recordaba, había abandonado su puesto detrás de su escritorio para acercársele.

—Esta persona... —blandió un dedo acusador contra Libby—... yo le pedí que se marchara, pero ella...

—No, usted me dijo que él no estaba en el edificio —sintiéndose como si estuviera viviendo una pesadilla, Libby se concentró en el hombre que acababa de salir del despacho. Una vez más, sacudió la cabeza con expresión incrédula—. ¿Es usted Rafael Alejandro?

—Yo soy —asintió con la cabeza.

Libby se llevó entonces una mano a la boca al tiempo que cerraba los ojos, recordando la escena de la noche anterior en el hospital. La triste escena en la que había pasado horas viendo sufrir a la gente que más quería en el mundo, incapaz de hacer otra cosa por ellos que ir a buscar un café de máquina que al final nadie probaba y terminaba por enfriarse...

En aquellos momentos, evadirse por unos segundos y refugiarse en sus fantasías no le había parecido algo tan terrible. Porque el simple hecho de imaginar cierto rostro masculino, o de permitirse evocar el recuerdo del sabor de sus labios, le había posibilitado escapar brevemente a aquella pesadilla y mantenerse lo suficientemente fuerte como para ofrecer a su familia el consuelo que necesitaba.

Una violenta ola de asco y vergüenza la anegó por dentro. El hombre con quien había estado fantaseado era precisamente la razón por la que se encontraba allí en aquel instante. Era la razón por la que el bebé de

Meg y Red se encontraba en una incubadora, incapaz de respirar sin la ayuda de una máquina. Abrió los ojos. Lo odiaba.

Rafael observó las sucesivas expresiones que fueron desfilando por su rostro hasta acabar en una de furia y desdén.

—Ayer, cuando lo del accidente... ¿sabía usted quién era yo? —por supuesto que lo había sabido. Se tragó el sollozo de histeria que le subía por la garganta—. ¡Es usted un ser despreciable!

—Eso es un poco fuerte —enarcó una ceja con gesto sardónico.

—¿Un poco fuerte, dice? —repitió—. Usted arruinó a mi padre.

—Yo no arruiné a su padre —un tic de irritación tensó las comisuras de sus labios—. Su padre... —se interrumpió, sacudiendo la cabeza—. No importa, eso fue un asunto de negocios.

—¿Negocios? —se lo quedó mirando incrédula—. ¡Pues a mí me parece algo muy personal!

La sustituta se volvió entonces hacia Rafael:

—He avisado a seguridad, señor. Así se lo dije y ella se sentó en el suelo. Creo que está un poco... —mirándola recelosa, se llevó un dedo a la sien en un elocuente gesto— no está muy bien.

Los ojos de Rafael no abandonaron el rostro de Libby mientras ordenaba, rotundo:

—Anula el aviso. Diles que no vengan.

—Pero señor... —la mujer se lo había quedado mirando boquiabierta.

Rafael se volvió para mirarla y arqueó una ceja. La sustituta comenzó a asentir con la cabeza, pálida. Para entonces él ya se acercaba a donde estaba sentada Libby.

—Esta sentada es completamente innecesaria —le informó, tendiéndole la mano.

Libby miró su mano, resopló desdeñosa y se levantó sin su ayuda, cojeando visiblemente. Con las manos en las caderas, echó la cabeza hacia atrás para mirarlo desafiante. El silencio se prolongó mientras clavaba la mirada en las tiritas que le cubrían la herida de la frente: su color blanco destacaba nítidamente contra su tez olivácea.

—La herida me sigue doliendo, si eso le sirve de consuelo.

—De algo sí que me sirve —admitió, pensativa. Aunque dudaba que aquel hombre conociera el verdadero significado del dolor. Dolor era lo que había visto en los ojos de su hermano mientras velaba al pie de la cuna de su bebé—. ¿Sabe de dónde vengo ahora mismo?

—¿Por qué no me lo dice usted, ya que tantas ganas tiene?

—Del hospital —al menos eso sirvió para borrar de su cara aquel gesto engreído—. Por su culpa, mi cuñada ha tenido un parto prematuro. ¡Si algo le sucede a ella o al bebé, la responsabilidad será suya! Y si eso ocurre... —le prometió, mirándolo con desprecio— le juro que se arrepentirá de haber nacido.

Rafael tomó nota mental de la información pero no reaccionó a la amenaza; en lugar de ello, se dedicó a observarla. El atuendo manchado de barro del día anterior había sido sustituido por unos tejanos ajustados y un suéter de cachemira, de un azul algo más claro que el de sus increíbles ojos. Sin maquillaje, parecía como si acabara de salir de la ducha, con su salvaje melena cobriza, todavía húmeda, envolviendo su rostro de tez cremosa.

Pero también parecía agotada, casi a punto de desmayarse. Nada contento con la emoción que le atenazó el pecho, le preguntó:

–¿Se puede saber en qué estaba pensando su familia para dejarla venir aquí en ese estado?

–Mi familia... mi familia está destrozada –lo que Libby interpretó como una falsa muestra de preocupación no hizo sino irritarla aún más–. ¡Mi padre es un hombre roto, destrozado! ¡Imagine cómo se siente ahora mismo! ¿Sabía que el año pasado sufrió un ataque al corazón? ¿Que tiene un triple bypass? –le preguntó con voz temblorosa, evocando el día en que entró en el despacho de su padre y se lo encontró tendido en el suelo, agarrándose el pecho con las manos.

Nunca olvidaría la sensación de absoluto terror e impotencia que sintió mientas le tomaba la mano fría, a la espera de que llegara la ambulancia. Los minutos le habían parecido horas. Soñaba regularmente con aquella escena en sus peores pesadillas.

–No, no lo sabía.

–Aunque tampoco habría supuesto ninguna diferencia, ¿verdad? –lo acusó, desdeñosa–. A usted no le importa a quién pueda hacer daño –el agotamiento le hacía arrastrar las palabras–: Mi hermano aún sigue en el hospital.

–¿Se adelantó mucho el parto?

–¡No pienso hablar de mi familia con usted!

–Yo creía que era precisamente eso lo que estaba haciendo –observó antes de volverse hacia la secretaria sustituta, que seguía asistiendo atónita a la conversación–. Cuando regrese Gretchen, dile que cancele todas mis citas de esta tarde –y luego, dirigiéndose de nuevo a Libby–: Vamos, entre. Necesita sentarse –le señaló la puerta del despacho.

Pero Libby negó con la cabeza, terca.

–Ya estaba sentada. Usted me ha hecho levantarme.

–Se lo diré de otra manera: o entra por su propio pie o me la cargo a hombros.

Se lo quedó mirando horrorizada.

–No se atrevería.

–Respuesta equivocada –y la levantó en brazos, como si fuera una pluma.

Libby respondió con patadas alternadas con gritos de indignación. Rafael no tardó en bajarla al suelo, ya dentro del despacho.

–Le diría que se sentara si no me expusiera a otro acto de resistencia pasiva por su parte. ¿Sabe una cosa? Creo que debería haber llamado a la prensa si lo que quería era explotar a fondo la situación.

Libby se quedó donde estaba, jadeando.

–¿Cómo se atreve a avasallarme así? ¿Y cómo sabe que no he llamado a la prensa?

–¿Lo ha hecho?

–He avisado a la cadena de televisión local –mintió al tiempo que miraba su reloj con gesto ostentoso–. Yo diría que llegarán... en este mismo momento –alzó la cabeza y sonrió–. Les encantará ver a una mujer llorosa atropellada por sus modales violentos.

–Que no se le ocurra nunca jugar al póquer: perdería –Rafael contempló el rostro que se alzaba hacia él, desafiante. Sus ojos azul cobalto estaban secos–. No está llorando, por cierto.

–Pero lloraré, se lo aseguro –le prometió, sombría. Acto seguido, por si no le había creído, procedió a realizar su truco. Dejó que los ojos se le llenaran de lágrimas y parpadeó para dejar que se le escapara una, antes de enjugársela con el dorso de la mano. Y de lanzar una nueva y desafiante mirada al hombre que había traído la ruina a su familia.

¿Cuántas otras familias habría destrozado de la misma manera? Estaba claro que no le importaba. Se sentó en la silla que él le había acercado, mordiéndose la lengua para no darle las gracias. Las buenas maneras eran tan difíciles de romper como los malos hábitos, y a veces incluso más molestas e inoportunas. Aunque no tanto como la deplorable reacción de su propio cuerpo ante aquel hombre.

Rafael alzó las cejas en una expresión de burlona admiración:

—Impresionante truco el de las lágrimas, aunque tiene el defecto de que solamente puede hacerlo una vez.

De repente Libby dejó caer los hombros en un gesto de abatimiento. ¿A qué había ido allí? ¿Qué había esperado realmente conseguir?, se preguntó, aturdida.

—Esto es absurdo. No debería haber venido. Se estarán preguntando... –se interrumpió de nuevo. Ni siquiera había dejado dicho a dónde pensaba ir.

—Antes me pareció ver que cojeaba.

—No es nada –se miró indiferente el pie, que le dolía.

—Déjeme que eso lo juzgue yo.

—Me torcí el tobillo, eso es todo –le parecía que había transcurrido una eternidad desde entonces.

—Permítame examinarlo.

Vio la oscura cabeza del hombre arrodillado a sus pies y volvió a preguntarse cómo había podido suceder... Cerró los ojos, pero la habitación seguía dando vueltas a su alrededor.

—Su pie.

Libby estiró el pie inflamado. Fue incapaz de reprimir un gesto de dolor cuando él le quitó el zapato.

—Debe de dolerle bastante.

Ignorando sus protestas, se concentró en moverle lenta y suavemente el tobillo de un lado a otro, para evaluar la lesión. Su contacto era frío, casi profesional, pero sorprendentemente tierno y delicado. Tardó unos minutos en aventurar una opinión.

–No creo que tenga nada roto.

–Eso ya podía habérselo dicho yo.

–Pero creo que estaría mucho más cómoda con algo que le sujetara el tobillo –clavó la mirada en su rostro, extremadamente pálido–. Espere aquí.

Rafael descubrió aliviado que Gretchen se había reincorporado a su puesto. La rubia arqueó una ceja con gesto interrogante. ¿Quién sabía qué clase de retorcida historia le habría contado la otra mujer? Pero no podía perder el tiempo haciendo preguntas, así que le dijo exactamente todo lo que necesitaba.

De regreso en el despacho, encontró a Libby allí donde la había dejado sólo que todavía más pálida. Sus expresivos ojos lo miraron, pero casi como si no pudiera verlo. Maldijo entre dientes. El odio y la adrenalina la habían hecho reaccionar, pero se había quedado sin fuerzas.

–Ahí estará más cómoda, creo yo –sugirió, señalándole uno de los dos sofás que había al fondo del despacho.

La estaba ayudando a tumbarse cuando Gretchen entró con todo lo que le había pedido.

–Creo que sería una buena idea que trajeras también un té.... bien dulce.

–Ahora mismo lo preparo. ¿Un par de aspirinas también? –inquirió Gretchen, y miró a Libby–: Hola de nuevo.

Libby tuvo que esforzarse por enfocar bien el rostro de la mujer. Se preguntó por qué aquella rubia le resultaba tan familiar...

–Voy a ponerte hielo –le informó Rafael–. Eso te aliviará la inflamación.

Libby esbozó una mueca al sentir el contacto del hielo. Después de ponerle una gasa, Rafael eligió una venda apropiada del botiquín que había llevado Gretchen. La secretaria regresó un momento después portando una bandeja.

–El té ya está... Vaya, veo que llega demasiado tarde –miró a la joven, que se había quedado dormida–. Tiene un aspecto lamentable. ¿Sabes lo que le ha pasado?

Rafael contempló su pálido rostro dormido, negándose a identificar como ternura la emoción que lo asolaba por dentro.

–Tengo alguna idea al respecto.

–¿Te sugiere algo esto? –sacó un papel de un bolsillo.

Era un billete de avión. Un vuelo transatlántico. Rafael examinó la fecha y la hora.

–De modo que aterrizó procedente de Nueva York a las... –soltó una maldición. Un rápido cálculo mental sugería que la vengativa pelirroja llevaba despierta y en pie un montón de horas.

Negándose a reconocer el sentimiento que continuaba arrasando su pecho, se volvió bruscamente. Se había prometido que jamás se colocaría en situación alguna que lo obligara a responsabilizarse de nadie. Y, hasta el momento, había evitado con éxito todo tipo de vínculos emocionales.

Aquella mujer necesitaba alguien que la cuidara. Pero ese alguien no podía ser él.

Capítulo 6

LIBBY se despertó de un profundo sueño, despe-
rezándose como una gata mientras se preguntaba dónde estaba y cómo era que había llegado
hasta allí.

Rafael identificó el instante exacto en que hizo memoria.

—¡Oh, Dios mío! —susurró ella, sentándose de golpe.

—Hola.

—¿Qué es lo que me ha hecho?

—¿Aparte de drogarla y abusar de usted, quiere decir? —Rafael, sentado en su sillón giratorio, cerró su
portátil y se levantó.

Libby sintió que se le encendían las mejillas: decir
que se encontraba en desventaja habría sido un eufe-
mismo. Vio que se ponía la chaqueta que había dejado
en el sillón y se acercaba a ella exudando un aura de
energía. ¿Habría estado allí sentado todo el tiempo,
viéndola dormir? La simple posibilidad la hacía sentirse vulnerable. Se llevó una mano a la boca, incapaz
de reprimir un soñoliento bostezo.

—¿Qué ha pasado?

—Nada del otro mundo. Se quedó usted dormida.

—¿Pero por qué? Yo…

—Buena pregunta —arqueó una ceja—. Reflexione-
mos juntos sobre ello, ¿de acuerdo? ¿Podría quizá tener que ver con el jet lag o la falta de sueño o de co-

mida? –al ver que se ruborizaba, añadió–: A lo que habría de añadir una prolongada dosis de conflicto emocional.

–¡Oh!

–Está recuperando la memoria, ¿verdad?

Libby asintió con la cabeza y le lanzó una mirada asesina.

–Siento mucho haberle causado tantas molestias… –bajó los pies al suelo, pero se detuvo cuando vio el vendaje que llevaba en el tobillo.

–Antes de que me lo pregunte, se lo puse yo. Creo que hice un buen trabajo, aunque yo que usted haría que se lo revisara un médico.

–¡Usted es…!

–Ha sido mi buena obra del día –sonrió.

Libby tuvo que recordarse que bajo aquella sonrisa seguía siendo el mismo depredador implacable.

–¿Se supone que tengo que darle las gracias? –le preguntó ella, adoptando un aire de estudiado desinterés.

–Preferiría que me explicara claramente y sin prisas lo que pretendía al venir aquí.

–Ya se lo dije, pero me temo que fue como si hubiera estado hablando con una pared. De todas formas, aunque usted no quiera escucharme, estoy segura de que son muchos los que lo harán.

A la gente le gustaban los escándalos de la gente rica y famosa. El problema era que no tenía intención de someter a su propia familia al escrutinio y la mirada públicas, una información que por cierto no veía razón alguna para compartir con él.

Rafael le lanzó una mirada helada.

–Voy a darle un consejo.

Libby se levantó toda entumecida. Apoyando las manos en las caderas, lo miró desafiante.

–¿Sabe dónde puede meterse sus consejos? –no pudo menos que sorprenderse de su propia grosería. Apenas se reconocía a sí misma.

–Tengo una ligera idea –el brillo de diversión asomó nuevamente a sus ojos, para desaparecer casi de inmediato–. Iba a decirle que si piensa difamar a alguien, asegúrese de que no haya testigos. Eso la haría extremadamente vulnerable a cualquier acción legal.

–¿Pretende intimidarme? –sacudió la cabeza, riendo–. Sólo sería «vulnerable», como usted dice, si mi pretensión no fuera cierta... ¡que lo es! –lo acusó con un dedo–. Estoy segura de que a los medios les encantará la historia –añadió mientras se pasaba una mano por sus ojos cansados.

Por un fugaz segundo, sus miradas se encontraron. Y de repente el aire que los separaba pareció reverberar de tensión. El corazón de Libby se aceleró. Justo antes de que Rafael se volviera bruscamente, distinguió un destello de sorpresa en sus ojos... y supo que él también lo había sentido.

Vio que se sentaba sin prisas en el otro sillón giratorio que había junto a su mesa. La involuntaria mirada de admiración que le lanzó la llenó de vergüenza. Podía soportar sus amenazas, pero su cruda, galopante sexualidad era otra cosa.

Apretó los dientes. Odiaba que todo aquello estuviera sucediendo, y odiaba a Rafael Alejandro. Procuró analizar la situación con un mínimo de objetividad. No se trataba tanto del hombre mismo como de su intenso magnetismo físico. ¿Quién habría imaginado que algún día podría llegar a sentir aquello? ¿Que podría mirar a un hombre al que aborrecía e imaginarse al mismo tiempo sus manos recorriendo su piel, sus labios en los suyos...?

Bajó la mirada cuando él se desabrochó el botón

de su impecable chaqueta gris. Debajo llevaba una camisa blanca con finas rayas plateadas. Su estrecha corbata de seda tenía el mismo tono plata apagado. Aquel hombre podía ser un auténtico reptil, pero indudablemente tenía estilo, pensó Libby mientras lo veía alzar un mano para pasársela por su liso cabello negro con preocupada expresión. Preocupada... ¿por qué? ¿Acaso estaba pensando en la próxima víctima a la que pensaba pisotear?

El silencio parecía adensarse mientras Rafael Alejandro, ajeno a la tensión reinante, se repantigaba en el sillón, estiraba sus largas piernas y juntaba las puntas de los dedos bajo la barbilla. Su reacción inicial a las amenazas de aquella mujer había sido de indignación. Pero mientras ella había continuado lanzándole acaloradas acusaciones, la indignación había dado paso al anhelo igualmente intenso de borrar aquella desdeñosa expresión de su rostro... para sustituirla por otra de deseo.

No dudaba de su propia capacidad para provocar aquel cambio, pero... ¿por qué habría de hacerlo? Ella pertenecía exactamente a la clase de mujeres que solía evitar. Eran muchas las mujeres que se mostraban halagadoramente agradecidas por cualquier atención que se dignara concederles, mujeres que estaban siempre demasiado dispuestas a decirle lo encantador que era. En aquel preciso instante, Rafael experimentó la avasalladora necesidad de escuchar eso mismo de los labios de aquella fogosa pelirroja. Era algo casi tan poderoso como el deseo de sentir su cuerpo bajo el suyo, de escuchar sus delicados gemidos mientras le entreabría los labios para explorar el dulce interior de su boca.

Libby podía sentir el impacto de su mirada recorriendo con insoportable lentitud todo su cuerpo, como un hierro candente. Necesitó de toda su fuerza de voluntad para quedarse donde estaba y soportar aquel insolente escrutinio, hasta que finalmente le espetó:

–¿Por qué me mira así? ¿Pretende ponerme una nota del uno al diez? –en el instante en que el malhumorado comentario abandonó sus labios, tomó conciencia de que se había arriesgado a recibir un buen desaire.

–Tengo que admitir que estoy impresionado. Y yo no soy un hombre que se impresione fácilmente.

–¡Qué felicidad me da escucharlo! Ya puedo morirme contenta.

–Me gusta especialmente la manera que tienes de ignorar las cosas que puedan molestarte... como los hechos puros y duros –la tuteó por primera vez. Ante su furiosa mirada, se apresuró a añadir–: Ya lo sé, querida. Para ti soy el engendro del diablo –esbozó una sonrisa muy propia del diabólico papel que se había otorgado–. Y responsable de todo tipo de males. Desde el calentamiento global hasta el déficit nacional.

–Responsable –lo corrigió ella con tono sombrío– de la destrucción de mi familia.

–Pues tú no pareces muy destrozada que digamos –bajó la mirada hasta sus labios–. Aunque sí un tanto temblorosa –frunció el ceño mientras reparaba nuevamente en su intensa palidez y en sus ojeras.

La vulnerabilidad de aquella mujer resultaba evidente en su insolente actitud. El odio y el orgullo eran lo único que la mantenía en pie, pensó Rafael mientras luchaba contra un intenso y absolutamente inusual impulso por estrecharla en sus brazos. A lo largo de su vida había aprendido, si bien no lo suficientemente rápido para librarse de unos cuantos golpes y salir indemne, a reprimir todo instinto de compasión. Dejarse conmover por una historia lacrimógena y una cara triste, por muy bonita que fuera, nunca había sido un buen recurso de supervivencia para un adolescente obligado a arreglárselas por sus propios medios.

Finalmente, en lugar de abrazarla, sacó una silla. Era mucho más seguro, y además ya no era un chico con sus ideales caballerescos intactos.

Pese a que le temblaban las rodillas, Libby ignoró su tácita invitación.

–¿Te apetece beber algo? ¿Un té? ¿Un café?

Libby se tragó el nudo de emoción que le subía por la garganta. Apretando la mandíbula, se prometió en silencio que no le daría la satisfacción de verla llorar.

–No he venido aquí a tomar un té.

–¿A qué has venido entonces?

Parpadeó varias veces y pensó: «buena pregunta».

–Ya hemos hablado de eso, y lo dramático de la situación es que sigues sin tener la menor idea –sacudió lentamente la cabeza con expresión incrédula–. ¿Te has preocupado alguna vez de alguien que no fueras tú mismo? Ni siquiera has tenido el coraje de admitir que estás equivocado –lo acusó, asqueada–. Eres un completo, redomado... –se interrumpió de pronto. ¿Qué sentido tenía decirle todo aquello?

–Completo y redomado... ¿qué? –arqueó las cejas.

–Olvídalo.

–Es un poco tarde para que te preocupe herir mis sentimientos. Dime lo que piensas, no te reprimas, querida.

Sus palabras burlonas le provocaron una nueva descarga de adrenalina.

–¡No me preocupan tus sentimientos! –para Libby era una novedad suponer que podía tenerlos–. ¡Está bien! ¡Si quieres saberlo, te lo diré! Creo que serías capaz de cualquier cosa, incluido vender a tu propia madre, para sacar un beneficio. No te importa a quién puedas hacer daño con tal de conseguir lo que quieres, desconoces completamente el significado de la palabra «escrúpulo» y... –de repente la asaltó una tremenda sensación de cansancio, mayor aún que antes– ¡y deja de llamarme «querida»! –terminó, agotada.

Rafael enarcó una ceja y se levantó rápidamente del sillón. Libby retrocedió un paso, asustada.

Él bajó la mirada a la base de su cuello, donde latía su pulso a toda velocidad, y se imaginó lamiéndole precisamente aquel lugar, paladeando el sabor salado de su piel... Parpadeó para ahuyentar aquella turbadora imagen, incapaz de recordar la última vez que se había sentido tan violentamente consumido por el deseo.

Y sin embargo, aquello no era ningún misterio: sólo sexo. Y el sexo nunca había significado ningún problema para él. Eran las relaciones lo que siempre había temido Rafael: al principio porque requerían el tiempo y la energía que tanto había necesitado para alcanzar el éxito, y después, una vez situado, porque se había convencido de lo que más le convenía era una vida sin compromisos ni dramas emocionales.

Buena parte de su vida la había pasado viajando. Rara vez se había quedado en un mismo lugar durante más unos pocos meses, nunca lo suficiente como para echar raíces o hacer amistades, y la vida doméstica le atraía bien poco. Siempre había sido llano y directo con las mujeres, nunca había fingido desear otra cosa que no fuera una relación puramente física. Con el tiempo se había convertido en un experto en interpretar los síntomas, el momento en que una mujer empezaba a sentirse la única, la elegida. Era por todo eso por lo que la reacción de aquella mujer lo divertía tanto.

–Tranquila, querida, que no muerdo –sonrió–. A no ser que me lo pidan.

Libby experimentó un escalofrío, pese a que la última frase había subido varios grados su temperatura corporal. Quería obedecer a la voz interior que le gritaba: «¡corre!», pero el orgullo no se lo permitía. De hecho, avanzó un paso para recuperar el terreno perdido por su retirada literal y figurada, decidida a demostrarle que no estaba dispuesta a dejarse intimidar.

Un brillo de diversión asomó a los ojos de Rafe mientras murmuraba con una sonrisa:

–Así me gusta. Buena chica.

Tal vez fuera una niña rica y mimada, pero si Marchant hubiera tenido tantos arrestos como su hija, jamás habría ocurrido lo que había ocurrido.

–¡Muchas gracias! Después de contar con tu aprobación, me siento realizada –replicó, sarcástica.

CREO que has ido demasiado lejos. Y yo que tú no me dedicaría a ir por ahí culpando a la gente. Porque entonces terminaría saliendo a colación la manera tan alegre que tiene tu padre de saltarse las reglas más básicas de los negocios.

–¡Mi padre vale mucho más de lo que tú valdrás nunca!

–Es posible –concedió, imperturbable ante su acusación.

–Y no es culpa de papá. Un montón de empresas están sufriendo con la crisis actual, él sólo necesitaba tiempo...

–¿Para hacer qué? ¿Para seguir yendo a jugar al golf?

–Mi padre se culpa a sí mismo de lo sucedido. Se siente responsable de la gente que perderá su empleo.

–Y lleva razón al culparse –le espetó Rafael, que había estudiado bien la contabilidad de la empresa.

–Si mi padre era para ti un perdedor... ¿por qué tu abuelo sí que tuvo fe en él?

–Seguro que tenía sus razones.

El desprecio que se dibujaba en sus rasgos hizo enrojecer de rabia a Libby.

–Que seguro que tú jamás entenderías. Tu abuelo era un hombre decente. Lástima que tú no hayas heredado su integridad.

Durante el tenso silencio que siguió a su exabrupto, Libby vio que un músculo le latía en la mandíbula. Con expresión imperturbable, Rafael se volvió para acercarse al gran escritorio que dominaba la habitación. Sin pronunciar una palabra, se sacó una llave de un bolsillo y la introdujo en uno de los cajones.

Curiosa, Libby vio que se detenía a echar un vistazo al primero de los papeles que había extraído del cajón. Y se sobresaltó ligeramente cuando él giró sobre sus talones y atravesó de nuevo el despacho hacia ella, con el fajo de documentos en la mano.

—Ésta es la integridad de tu padre —le espetó mientras dejaba caer los papeles sobre su regazo—. Lee eso —la urgió—. Seguro que te parecerá muy ilustrativo.

Libby se quedó mirando los documentos.

—No entiendo. ¿Qué es?

—Un contrato entre mi abuelo y una compañía constructora.

—¿Qué tiene eso que ver conmigo?

Rafael se inclinó sobre ella y, buscando la segunda página, le señaló el dedo la frase más relevante de todo el texto.

—¿Te resulta eso familiar?

Apartándose los rizos de la cara con una mano, bajó de nuevo la mirada al pasaje que él le había señalado. Uno de las frases llamó inmediatamente su atención.

—¿Cómo... cómo es posible? La casa... ¿Qué.... —inquirió con voz temblorosa—... es esto?

—Es un acuerdo de contrato entre mi abuelo y una constructora —repitió—, sellado y a la espera de las correspondientes firmas. Desgraciadamente para él, Aldo murió antes de que pudiera reclamar a tu padre el crédito que le había concedido… algo que siempre tuvo intención de hacer.

Pálida como el papel, Libby negó enérgicamente con la cabeza:

—¡No!

Un músculo volvió a latir en la mandíbula de Rafael y se le dilataron las aletas de la nariz. Su negativa a dudar de la integridad de su padre, así como su disposición a asignarle a él las intenciones más perversas lo llenaban de indignada frustración. Vio que le temblaban los dedos mientras volvía la página y leía la abultada cantidad del crédito.

—Pero si la propiedad nuestra no vale tanto... ni de lejos —protestó ella mientras luchaba contra un ataque de náusea.

—Teniendo en cuenta que la tramitación para construir un complejo comercial en las afueras de la ciudad no es más que una pura formalidad, valía esa cantidad... y más.

Libby, toda lívida y temblorosa, se esforzó por asimilar toda aquella información. La casa que tanto adoraba... ¿estaba destinada a convertirse en un centro comercial?

—¿Quieren demoler nuestra casa? —si eso era cierto, ¿pretendería Rafael seguir adelante con aquel diabólico plan?—. Pero esto no puede ser verdad. Tu abuelo ayudó a mi padre... era su amigo.

—Mi abuelo jamás en toda su vida antepuso la amistad al beneficio económico. Cuando le ofreció el crédito a tu padre, sabía perfectamente que sería incapaz de devolvérselo, y tu padre se negó a analizar en profundidad sus motivaciones porque lo único que quería era una salida fácil del apuro, algo que no requiriera ni sacrificios ni esfuerzos por su parte. Es un hombre perezoso y negligente que heredó un próspero negocio para luego dejarlo caer. Nunca tuvo entusiasmo alguno por su trabajo.

–Mi padre siempre antepuso su familia a su trabajo –al contrario que tantos padres de sus amigas, siempre había tenido tiempo para ella. Jamás se había quedado a trabajar hasta tarde.

–Tu padre lo anteponía todo a su trabajo. Cualquier cosa era mejor que trabajar.

Libby, sacudiendo la cabeza, bajó la vista. Un cierto brillo de lástima asomó a los ojos de Rafael mientras la observaba.

–Y tú sabes que lo que te estoy diciendo es la verdad.

–¡Pero al menos no es un granuja! –entrecerró los ojos–. Ni un insensible canalla como tú.

–Bueno, la verdad es que mi abuelo no hizo nada ilegal –replicó Rafael, consciente de que la acusación había sido dirigida contra él, no contra su abuelo... y no la había negado.

–¿Y crees que basta con eso? Qué orgulloso se habría sentido tu abuelo de ti. De tal palo, tal astilla –se burló.

Nada la preparó para su reacción. Se encogió literalmente ante la rabia que vio arder en sus ojos. Y más inquietante todavía resultó el gruñido bajo, casi animal, que brotó de su garganta: consiguió erizarle el vello de la nuca.

–Yo nunca signifiqué nada para él, y él tampoco para mí... –chasqueó expresivamente los dedos–. Menos que nada.

Consciente de que había tocado una fibra sensible, Libby comprendió que lo más sensato era retirarse. Y sin embargo, se oyó a sí misma replicar con tono agresivo:

–Pues a mí me parece que no has tenido ningún empacho en heredar sus tácticas.

–Yo no he heredado nada de mi abuelo.

Libby, que parecía incapaz de callarse, hizo un gesto con el brazo abarcando la habitación:

–Ya, nada excepto todo esto –clavó de nuevo en él su desdeñosa mirada–. ¡Eres un hipócrita! –lo acusó–. ¡Un patético hipócrita!

Una expresión de absoluto asombro se dibujó entonces en los rasgos de Rafael. Tan exagerada que, en otras circunstancias, habría resultado hasta cómica.

–¡Dios mío...! –dijo en español.

–¿Qué pasa? –se burló–. ¿Puedes insultar, pero no aguantas que te insulten a ti?

–Ponme a prueba –entrecerró los ojos, y acompañó las palabras con un gesto, como animándola a que se acercara.

Libby, entrecerrando también los ojos, así lo hizo.

–¿Cómo te atreves a criticar a mi padre, mirándolo por encima del hombro porque heredó el dinero que tiene, cuando comparado con la vida de niño mimado que tú has debido de llevar...

–No soy fui ningún niño mimado.

–¡Ja! –soltó una carcajada–. Me extraña.

–Pues da la casualidad de que es cierto. Mi abuelo no se dignó reconocer mi existencia hasta hace dos años.

–¿Por qué? –se había quedado asombrada–. ¿Qué es lo que hiciste para que...?

–Nacer, supongo –enarcó una ceja con expresión sardónica–. Pero eso, a ojos de mi abuelo, parece ser que fue algo imperdonable.

Libby se esforzó por desterrar la persistente imagen mental de un niño solo y rechazado... Compasión era el último sentimiento que deseaba experimentar por aquel hombre. Aparte del ciego, indiscriminado deseo.

–Así que fuiste...

Al ver que se interrumpía, ruborizándose incómoda, Rafael terminó la frase por ella:

–Un bastardo, efectivamente. Fui el resultado de una aventura que tuvo mi madre con un hombre casado a la edad de diecisiete años –Rafael nunca había sentido el menor deseo de buscar al hombre que se había negado a reconocerlo. Ni siquiera había sabido su nombre hasta que un día, rebuscando entre los escasos efectos personales de su madre, encontró su partida de nacimiento–. Y mi abuelo la echó de casa, se desentendió completamente de ella. Cuando hace un par de años se puso en contacto conmigo, ni siquiera sabía que ella había muerto. Hasta ese punto le interesaba tanto su persona.

Aquella información la dejó horrorizada, tanto más por el tono despreocupado con que se la soltó.

–Sólo tenía diecisiete años, era su propia hija... ¿cómo pudo hacerle algo así? –su asombro era genuino.

Rafael sacudió la cabeza, aparentemente divertido.

–Tienes una idea muy romántica de lo que es una familia.

–Soy consciente de la suerte que he tenido con la mía.

La ternura de su voz se reflejó en la mirada de sus ojos. Y Rafael identificó estupefacto el genuino sentimiento que latía en el fondo de sus pupilas.

–Parece que fiarse de la suerte es una debilidad característica de tu familia.

Asintió satisfecho al comprobar el efecto de su comentario, que no fue otro que el de apagar la compasión que antes había vislumbrado en su mirada. Porque la compasión de cualquier tipo, y menos aún la de aquella mujer, era algo que no podía soportar.

–Yo creo en la importancia de las raíces y la lealtad familiar, aunque por supuesto no espero que tú puedas comprenderlo –lo acusó, desdeñosa.

–¿Acaso el hecho de ser un bastardo me incapacita para apreciar todas esas cosas?

–No pongas en mi boca palabras que no son mías. Por cierto, si alguna vez te llamo «bastardo»... ¡no será en referencia a las circunstancias de tu nacimiento!

Su furiosa respuesta atrajo su mirada hasta sus labios. Esa vez, Libby optó por rehuir el brillo depredador de aquellos increíbles ojos: el corazón le latía tan fuerte, que seguramente él podía oírlo. Resultaba humillante verse obligada a reconocer que se sentía sexualmente atraída por un hombre al que tanto odiaba y despreciaba.

–Me han llamado cosas peores, aunque no recientemente.

Libby se quedó entonces perpleja ante la expresión de auténtica diversión que de pronto se dibujó en sus rasgos. ¿Por qué tenía que reaccionar siempre de la manera opuesta a la que esperaba?

–Ah, y en relación a lo de antes, tengo que decirte que he heredado bien poco que no fuera ya mío. Cuando murió mi abuelo, yo ya me había hecho con la mayoría de las acciones de su empresa y por tanto con su control –esbozó una cínica sonrisa–. Su muerte simplemente me ahorró molestias.

Libby se estremeció, horrorizada.

–Deliberadamente llevaste a la ruina a tu propio abuelo.

–Difícilmente se habría quedado sin un céntimo.

–¿Entonces solamente querías humillarlo?

En absoluto descompuesto por su sugerencia, Rafael se pasó una mano por el cuadrado perfil de su mandíbula perfectamente afeitada.

–Digamos que la ganancia económica no fue mi única motivación.

Libby pensó, con el corazón encogido, que de un hombre que demostraba semejante comportamiento con su propia familia nunca podría esperar que tuviera piedad por la suya.

–¿Llegó a pedirte perdón?

–Eso habría sido muy difícil, teniendo en cuenta que jamás llegó a verme –en aquel momento, el propio Rafael se preguntó por qué le estaba contando todo aquello.

–¿No llegaste a conocerlo?

–No.

–Pero tú mismo dijiste que intentó entrar en contacto contigo hace un par de años...

–Lo hizo, pero no porque tuviera deseo alguno de corregirse o compensarme por su actitud. Me sugirió una operación de negocios, una fusión financiera –la propuesta había sido ridícula, apenas merecedora de una respuesta. Pero Rafael había respondido, si bien a través de un intermediario.

–No entiendo cómo alguien pudo hacer algo así...

–¿Acostarse con un hombre casado, quieres decir?

–No –le espetó ella, molesta por la interpretación que había hecho de sus palabras–. Repudiar a su propia hija. ¿Tu padre y ella fueron al menos...? –se interrumpió, avergonzada.

–¿Quieres saber si su historia tuvo un final feliz? –meneó la cabeza–. Fuera de las novelas y los cuentos, los finales felices no existen –observó, cínico–. No hubo nada de eso. El tipo no quiso saber de...

–Tu padre, quieres decir.

–Se necesita algo más que fecundar a alguien para convertirse en padre –replicó él–. Mi madre abandonó Europa para marcharse a Sudamérica con un amante.

–¿Tu padrastro?

–Ya sé que mi familia es un tema apasionante, pero no era de esto de lo que teníamos que hablar –el recordatorio servía tanto para ella como para él mismo.

–Rafael –se interrumpió. Era la primera vez que lo llamaba por su nombre. Y le producía una sensación extraña–. Por favor, dale tiempo a mi padre para que...

–Yo nunca antepongo los sentimientos a los negocios.

El duro tono de su voz hizo que Libby apretara los dientes en un esfuerzo por disimular su desesperación.

–No te pido caridad. Te pido... no, te exijo que nos concedas tiempo.

Un brillo de involuntaria admiración asomó a sus ojos.

–La mayoría de la gente me lo habría suplicado, pero tú me lo exiges. ¿Es así como funcionan las cosas contigo? –sin darle oportunidad a que respondiera, añadió–: ¿Tiempo para qué?

–Para que arreglemos las cosas.

–¿Arreglemos? ¿Quiénes? ¿Tú y yo?

–Mi hermano, yo... Yo no...

–Tú no tienes interés alguno por los negocios. Tu padre heredó una empresa boyante, y si la echó a perder, fue porque se mostró o poco dispuesto o incapaz de adaptarse a los nuevos tiempos. Cuando empezó a tener problemas, no buscó consejo, ni alteró su lujoso estilo de vida: ni el suyo ni el de su familia. En lugar de ello, se dedicó a pedir dinero prestado.

–No todos podemos ser unos genios de las finanzas.

–No todos nacemos con la vida resuelta –replicó él, clavando la mirada en sus labios–. Esto es el mundo real, querida. A la gente buena le ocurren desgracias, y también a la que no lo es. Por no hablar de la gente estúpida... sí, me refiero a tu padre. ¿De qué otra manera llamarías a un hombre que confía en los milagros? Él no se tomó la molestia de recortar sus gastos. Por cierto... ¿por qué estás tan empeñada en que conserve el negocio? Tu hermano no tiene mayor interés en la empresa, y tú...

–¿Yo qué?

–Tú no estás implicada en el asunto. De hecho, no tenías la menor idea de los apuros económicos de tu padre, ¿verdad?

Libby alzó la barbilla ante la crítica que traslucía su pregunta.

–Por supuesto que no.

–Pero de haberlo sabido, te habrías ofrecido a ayudarlo.

–¡Por supuesto que sí!

–¿Y si yo te ofreciera ahora esa oportunidad?

–¿Oportunidad de qué? –frunció el ceño, confusa.

–De trabajar aquí, conmigo. De aprender cómo se debe llevar un negocio, de aprender de expertos...

–¡Yo trabajando para ti! –exclamó, estupefacta–. Si estás bromeando... –sacudió la cabeza.

–Querías una oportunidad, ¿no? –se encogió de hombros–. Pues yo te estoy dando una.

–Eso ya me lo has dicho, pero... ¿una oportunidad de qué, exactamente?

–De que me demuestres que eres algo que más que una cara bonita.

–No tengo nada que demostrarte –apretó los labios–. Tengo una carrera. Un empleo.

Rafael enarcó una ceja con gesto sardónico.

–¿Un empleo que te reporta dinero suficiente para ir y volver de Nueva York en primera clase? Impresionante.

–Ese viaje fue un regalo de mis padres.

–Y ese empleo tuyo... ¿no sería por casualidad otro regalo de papá y mamá?

–¡No! –pronunció, indignada.

–Así que superaste un proceso de selección...

Una oleada de rubor culpable le subió por el cuello mientras se negaba a bajar la mirada por segunda vez.

–El director del periódico para el que trabajo...

–Vaya, ignoraba que estaba hablando con toda una periodista…

–Es un periódico gratuito, de tirada local –le confesó, sincera–. Me encargo de cubrir eventos menores: fiestas benéficas y representaciones teatrales de colegio, partidos de fútbol... Mi abuelo fundó el periódico. Quería ayudar y contribuir de alguna forma a la comunidad.

–Así que, teniendo en cuenta quién eras, seguramente los solicitantes al puesto pensaron que jugabas con ventaja...

–Está bien: no había más candidatos y no hubo ninguna entrevista ni proceso de selección. Mike, el director, me conocía desde que era niña. Tengo una licenciatura en Literatura Inglesa. Sabía que podía hacer el trabajo hasta con los ojos cerrados.

–Claro, por supuesto –murmuró Rafael–. Dime una cosa. ¿Alguna vez te has esforzado en la vida? ¿Has intentado algo fuera de tu ámbito de… confort, por llamarlo de alguna manera?

–¡Muchísimas veces!

–¿Como ese trabajo que sabes hacer hasta con los ojos cerrados?

Libby apretó los dientes. Aquel hombre había utilizado una de sus expresiones precisamente para humillarla.

–No pretendía que lo interpretaras literalmente.

–¿No te aburres nunca?

El rubor de sus mejillas se intensificó ante la burla de su tono.

–No tengo un trabajo de gran categoría, ¿y qué? En la vida, hay más cosas que ganar dinero. Carecer de grandes ambiciones no es ningún delito.

–Nunca has tenido que esforzarte a nada, ¿verdad? Todo te fue entregado en bandeja por unos padres que...

Lo interrumpió, echando chispas por los ojos:

–Ríete todo lo que quieras de mí, pero deja en paz a mis padres. Por supuesto que se mostraron protectores conmigo. ¿Qué padres no lo habrían hecho con una hija que pasaba más tiempo en el hospital que en casa?

–¿Estuviste enferma de pequeña?

Libby evocó las frecuentes salidas en ambulancia, los numerosos ingresos en urgencias de pediatría y las innumerables estancias en la sala donde llegó a ser conocida de todos los médicos.

–Padecía asma.... Era difícil de controlar –lo miró, recelosa–. Pero con el tiempo aprendí a superarlo.

Sorprendiéndola, se limitó a comentar:

–Sí, a veces sucede –y dejó en paz el tema–. Demuéstrame tu potencial. Convénceme durante el próximo mes de que eres capaz de trabajar intensamente... y financiaré el rescate de la empresa de tu padre.

Libby se quedó estupefacta ante semejante oferta.

–¿Pero por qué?

–Digamos que me siento generoso –se encogió de hombros.

–Ya –repuso, desconfiada–. Porque eres todo un filántropo, ¿verdad?

–¿Piensas acaso que albergo alguna intención oculta?

Si no hubiera sospechado de él, se habría equivocado de medio a medio. Porque lo mejor que podía decirse de sus motivos era que eran ciertamente complejos. Era verdad que había sentido un pequeño remordimiento de conciencia, pero no hasta el punto de arrepentirse de sus actos. Por otro lado, estaba decidido a acostarse con ella, y lo había estado desde el instante en que la vio por primera vez y experimentó la reacción más primaria que había experimentado nunca por una mujer.

–Creo que eres el ser más retorcido que conozco –imaginando que acogería aquella pulla con una indignada protesta, se quedó sorprendida cuando soltó una ronca, sensual carcajada.

Se lo quedó mirando fijamente, esforzándose por ignorar el cálido brillo de sus ojos, en los que se reflejaba un genuino humor.

Capítulo 8

A VER si lo entiendo bien... ¿me estás ofreciendo un empleo?

Libby se esforzó por concentrarse. Cuando había irrumpido de aquella forma en el despacho de Rafael, sus objetivos no habían ido más allá de darse la satisfacción de decirle exactamente lo que pensaba de su persona. Lo que no había esperado era que él diera la vuelta a la situación. ¡Y menos aún que le ofreciera una segunda oportunidad!

–Uno temporal. Considéralo una especie de trabajo en prácticas.

Libby asimiló aquella información mientras reprimía la fuerte tentación de gritarle «sí, por favor», antes de que pudiera cambiar de idea. Pero no podía mostrarse demasiado deseosa. Como tampoco podía lanzarse de cabeza al peligro con los ojos cerrados. Porque aquel hombre era el peligro personificado.

–¿Esperas que trabaje gratis para ti?

–¿Gratis, dices? –la miró con expresión socarrona–. ¿Postergar la posible bancarrota del negocio de tu familia no te parece suficiente compensación? –sacudió la cabeza, haciéndose el asombrado–. Tengo que decirte, querida, que mis trabajadores están muy cotizados en el mercado laboral.

–No lo dudo. Es sólo que...

–No tienes ambición, ni... –con los párpados entornados, bajó la mirada hasta sus labios– anhelos.

–¡Claro que tengo anhelos!

–Me encanta oír eso.

Rafael no podía esperar a sentir sus anhelantes manos por su cuerpo, sus hambrientos labios recorriendo su piel. Encogiéndose de hombros, giró sobre sus talones y atravesó la habitación para acercarse a la ventana... con el secreto objetivo de disimular la evidencia de su excitación.

Una distraída expresión se dibujó en los rasgos de Libby mientras observaba los reflejos del sol en su pelo, de un negro brillante.

–¿Quieres hacerlo? –preguntó él.

¿Querer? Lo que quería era salir corriendo en dirección opuesta.

–Cuando hablas de trabajo temporal, ¿qué quieres decir exactamente?

–Quiero decir una temporada de aprendizaje, inicialmente a la sombra de...

–¿De ti? –lo interrumpió. Si sólo llevaba cinco minutos en su compañía y ya estaba hecha un manojo de nervios, no quería ni pensar en lo que supondría trabajar a todas horas para él.

–Ya conoces el refrán: mantente cerca de tus amigos... –una sonrisa depredadora asomó a sus labios, mientras bajaba la voz hasta convertirla en un ronco susurro– y más cerca aún de tus enemigos, querida.

El estómago le dio un traicionero vuelco. Todo aquello del trabajo... ¿escondería acaso un doble sentido?

–¿Cuánto de cerca? –le preguntó de pronto.

–No sé a qué te refieres.

Libby frunció el ceño ante aquel despliegue de asombro tan descaradamente falso.

–¿Esperas que me acueste contigo a cambio de que le concedas a mi padre una segunda oportunidad?

–Alguna gente podría calificar esa pregunta de descarnada, aunque a mí me parece muy atractiva tu sinceridad. Sin embargo, en cuestión de sexo no me gusta chantajear a nadie. Prefiero que las mujeres vengan a mí voluntariamente –su sonrisa se profundizó mientras observaba el tono grana, que no rosado, que habían alcanzado sus mejillas.

–Yo sólo... yo pensaba...

Apiadándose de su incomodidad, interrumpió su avergonzado murmullo:

–Pero dado que estamos siendo tan sinceros... la respuesta a tu pregunta es sí, espero acostarme contigo. Vaya, pareces sorprendida.

Libby se lo había quedado mirando atónita.

–¿Cómo no iba a estarlo? ¿Te parezco acaso una mujer aficionada a conceder favores sexuales para conseguir lo que quiere? Hay un nombre para la gente que hace esas cosas.

Un relámpago de impaciencia atravesó los rasgos de Rafael.

–No exageres... aquí nadie está hablando de eso. Desde el mismo instante en que nos conocimos, resultó obvio que acabaríamos en la cama.

Por un instante, la pura y genuina arrogancia de aquel hombre la dejó aturdida. Cuando recuperó la voz, lo hizo con una leve ronquera, casi sin aliento.

–¡Tú necesitas ir al psiquiatra!

No, lo que necesitaba era sexo. Tres meses eran demasiado tiempo para un hombre con la libido sana, y la excesiva presión del trabajo no era una excusa válida. Su vida sexual podía calificarse si no de aburrida, sí de poco sorprendente. Y sabía que Libby Marchant no le aburriría. Ella no era la única que necesitaba un punto de desafío en su vida.

–Veo que eres de la clase de hombres que se sienten obligados a demostrar su virilidad insinuándose con cualquier ser que lleve falda. Detesto echar a perder tu fantasía... –pronunció con un tono helado, cargado de desprecio–, pero no soy aficionada al sexo frívolo.

–Ni yo, querida. Yo siempre me he tomado muy en serio las cuestiones de sexo. Pero veo por tu expresión que te refieres a que no te gusta el sexo sin sentimientos de por medio. Muy bien, te seré sincero. Yo solamente practico el sexo sin sentimientos.

–¿Qué se supone que tengo que hacer ahora? –replicó ella–. ¿Aplaudirte?

–Estoy seguro de que llegaremos a algún tipo de arreglo –rió.

–Ríete si quieres, pero el hecho es que no pienso acostarme contigo.

–Eso ya lo veremos, pero relájate: mi oferta laboral no tiene nada que ver con eso. Llámame anticuado, si quieres. Por norma prefiero no mezclar el trabajo con el placer. Y, por muy buena que seas en la cama, no me convencerás de que rescate la empresa de tu padre si no demuestras que estás a la altura de la responsabilidad de dirigirla.

Libby cerró los puños a los costados.

–¡No me acostaría contigo ni aunque fueras el último hombre sobre la tierra!

–¡Qué vehemencia! –exclamó, admirado–. ¿Pero a quién intentas convencer? ¿Es posible que tu enconada resistencia proceda precisamente del temor a que no puedas resistirte?

Contuvo el aliento, furiosa, y alzó la barbilla. Consciente de que había sido desvergonzadamente manipulada, y a pesar de ello, anunció con tono firme:

–Acepto el trabajo. ¿Cuándo empiezo?

–Lunes por la mañana, a las nueve en punto.

Capítulo 9

LIBBY colgó en el armario la falda de tablas que hasta entonces siempre se había negado a ponerse porque su madre solía calificarla de «anticuada». La colocó al lado de la chaqueta de grandes botones dorados que finalmente había elegido para acompañarla.

En realidad, el conjunto no era tan horrible. Simplemente tenía un cociente sexy de menos diez... que era justo el efecto que buscaba. Porque esa no era la clase de ropa que habría elegido una mujer que estuviera decidida a acostarse con su jefe, sobre todo cuando ese jefe tenía el físico de Rafael Alejandro, un tipo habituado a tener a espectaculares minifalderas haciendo cola para subirse a su cama.

«Puede tener a la mujer que se le antoje... y me desea mí». Cada vez que aquel pensamiento asaltaba su cerebro, que eran muchas, Libby sentía como un chorro de calor líquido en el vientre. Y la enrevesada mezcla de contradictorios sentimientos que acompañaba a aquel vergonzante calor no hacía más que incrementar su miedo. ¿O era excitación?

Aferrándose al principio de que los actos, o en su caso la ropa, eran más elocuentes que las palabras, Libby esperaba que el atuendo elegido le ahorrara tener que pronunciar el discurso que había estado ensayando. Un discurso que incluía todo un apartado específico sobre la protección legal de las empleadas frente a las lascivas atenciones de sus jefes. El hecho de tener un plan la hacía sentirse algo más segura. Aunque la pregunta fatídica persistía: «¿qué es lo que te protegerá de tus propias hormonas, Libby?».

Todo el fin de semana había sido una pura pesadilla. Su madre había intentado sonreír y poner buena cara, pero sin lograr disimular el rastro de las lágrimas. Su padre se había pasado la mayor parte del tiempo encerrado en su despacho, y cuando por fin salió, apenas había pronunciado una palabra. Con la ayuda de Ed, Libby habría podido abordarlo, pero su pobre hermano no se había movido del hospital y no había estado en condiciones de atenderla.

Había gente que, cuando tenía un problema, buscaba refugio en el alcohol: Libby lo buscaba en la cocina. De repente se encontró con las manos llenas de harina hasta los codos, aunque en esa ocasión el aroma del horno no estaba obrando el habitual efecto terapéutico. Había hecho suficientes galletas y bollería casera para alimentar a un ejército, y al final seguía sin estar nada segura de la decisión que había tomado.

La oferta laboral que le había hecho Rafael... ¿sería verdadera? ¿Quería ella que lo fuera? Y, de ser así, ¿podría superar la prueba, consciente como era de que tendría que verlo todos los días, ser educada con él y simular al mismo tiempo que no se le había insinuado de la manera más descarada posible?

¿Podría simular que no había considerado seriamente su deshonesta propuesta, si bien había llegado a preguntarse, porque la carne era débil y ella no era una excepción, cómo sería dejarse tocar y acariciar por un hombre así? No era que tuviera intención de averiguarlo, no... Iba a tener que dejarle clara su posición desde el principio. Si se le ocurría ponerle un solo dedo encima... ¡lo denunciaría!

Libby se concentró en elaborar su plan, consciente durante todo el tiempo de que sus precauciones podrían terminar resultando innecesarias, ya que existía la posibilidad más que probable de que se presentara en el Edificio Alejandro y descubriera que la oferta había sido una farsa. Pero mientras existiera una mínima posibilidad de salvar a su familia de la ruina, no le quedaba otra opción que arriesgarse.

Nada deseosa de despertar las esperanzas de su familia hasta que las cosas estuvieran más claras, les había contado que el periódico la había enviado a cubrir una importante feria comercial en Londres. No había sido un gran alarde de inventiva, aunque tanto su hermano como sus padres habían estado demasiado preocupados por su propia situación como para extrañarse de que una publicación tan modesta le hubiera encargado semejante tarea.

Cuando aquella mañana llegó al Edificio Alejandro, las manos le habían temblado con una mezcla de terror y excitación. En ese momento, sin embargo, le temblaban de furia mientras se alisaba el pantalón por el que había cambiado su anticuada falda.

Se miró una vez más en el espejo de cuerpo entero del vestuario y revisó las horquillas con que se había sujetado la melena, en un sencillo moño. Esbozó una mueca de disgusto. ¿Por qué había sido tan ingenua como para creer en la sinceridad de la oferta de Rafael?

–Lo soportaré –masculló entre dientes–. Y podría haber sido peor –se recordó, reemplazando mentalmente el pantalón oscuro, el chaleco a juego y la camisa blanca de seda que llevaba por un delantal de doncella y una falda corta...

La imagen le hizo soltar una carcajada peligrosamente cercana a la histeria, en un esfuerzo por encon-
trarle el lado cómico a la situación. Porque el sentido
del humor, reflexionó sombríamente, bien podría ser
lo único que la ayudara a superar aquel día sin llegar a
enloquecer. Un sentido del humor del que había care-
cido Melanie, de Recursos Humanos, cuando apenas
unos minutos antes había oído exclamar a Libby:

—¡Tiene que estar bromeando!

Un tanto exasperada, la mujer había consultado su
cuaderno antes de mirarla ceñuda:

—Yo creía que ésa era tu talla.

Libby había mirado la etiqueta cosida a la camisa,
y luego la del pantalón.

—Sí, la talla es la correcta. El problema no es ése.

En aquel momento, enfrentada a la interrogante
mirada de la mujer, todavía había albergado la inocente esperanza de que se hubiera tratado de algún error.

—Yo no formo parte de ningún equipo de catering.
Es mi primer día aquí y...

La mujer había continuado mirándola asombrada.

—¿Y?

Sólo entonces Libby había comprendido lo que pasaba:

—¿Espera que sirva bebidas?

—Oh, nada de alcohol —se habría apresurado a acla-
rarle la mujer, como si el problema hubiera sido simplemente el tipo de bebidas—. Es un almuerzo de trabajo, muy informal. Sólo una muestra de
agradecimiento del señor Alejandro hacia el equipo
responsable de la organización de su primera cumbre
comercial.

Por alguna razón Libby se había quedado donde
estaba, oyendo parlotear orgullosa a la mujer sobre el
importante acontecimiento internacional en que estaba

destinada a convertirse aquella cumbre... y no se puso a chillar ni a romper los muebles. ¡Estaba descubriendo nuevas posibilidades de su capacidad de autocontrol! En realidad, habría salido en aquel preciso instante disparada del edificio... de no haber sabido que era precisamente eso lo que el muy sádico de Rafael Alejandro quería que hiciera. Consciente de que la mujer continuaba esperando su respuesta, se había obligado a pronunciar, forzando una sonrisa:

–No lo sabía –con lo que había quedado como una ingenua y una imbécil.

«Ya reiré yo la última», se había prometido antes de alejarse hacia el vestuario. Evidentemente Rafael había esperado una reacción de aristocrática indignación por su parte... que habría corroborado su convicción de que era una especie de niña mimada y caprichosa. El muy retorcido estaba acostumbrado a manejar los hilos y a hacer bailar a la gente a su son. «Pero esta vez no lo conseguirás», pensó, furiosa.

Ya no se trataba solamente de salvar la empresa familiar. Se trataba también de una cuestión de orgullo, y por eso estaba dispuesta a ser la camarera más eficiente del mundo.

Cuando Libby llegó a la última planta, la gente ya había empezado a llegar, sola o en grupos. Algunos ya se estaban sirviendo comida de las bandejas. Rafael todavía no había llegado.

La persona a cargo del catering, un hombre de pelo plateado ataviado con un elegante traje negro, apareció de pronto a su lado. No hizo el menor comentario sobre su retraso mientras le explicaba que su cometido era asegurarse de que no faltara el café.

–Ofrécete a rellenarles las tazas, pero sin molestarlos.

¡Y ella que había temido no estar a la altura del trabajo! Mientras se ocupaba de su tarea, no dejaba de mirar la puerta de reojo. Estaba tan nerviosa, que incluso derramó media jarra de café sobre el inmaculado mantel de una de las mesas del bufé. Ruborizada y deshaciéndose en disculpas, recogió una servilleta y se esforzó por limpiar la mancha, que se fue haciendo cada vez más grande... hasta que el líquido fue a gotear justamente sobre sus zapatos.

El denso silencio que se hizo de repente no se debió, como pensó Libby en un principio, a que los presentes la estuvieran mirando, asombrados de ver cómo convertía la tarea más sencilla del mundo en algo tan complicado como una operación de cirugía. El verdadero motivo era que Rafael había aparecido a tiempo de asistir a su humillación.

Para empeorar las cosas, cuando su mirada tropezó con la alta figura que se recortaba en el umbral... la mano le tembló tanto que una taza medio llena salió volando. Soltó un grito, seguido de cerca por el estrépito de la porcelana rota y la risa burlona de algún joven y engreído ejecutivo. En aquel momento sí que pudo decir que todas las miradas estaban fijas en ella. Se quedó paralizada de horror y de vergüenza.

–¿Te importa apartarte?

Reaccionó a la tranquila invitación y vio cómo el mantel manchado era rápidamente retirado y sustituido. En cuestión de segundos, todo rastro de desastre había desaparecido y se reanudaban las conversaciones.

–No te preocupes. Todo el mundo tiene un accidente.

«¡Yo no, hoy no!». Libby reprimió un sollozo y lanzó una sonrisa genuina al hombre de pelo plateado que había dirigido la operación.

–Lo siento muchísimo...

El hombre le sonrió, saludó con la cabeza a alguien que se encontraba detrás de ella y se retiró. Libby cerró los ojos. Sabía antes de volverse a quién vería allí: su intuición no la traicionó. Forzando una tranquila sonrisa con tal de disimular la oleada de vergüenza que ardía en sus venas, se volvió y se encontró con la alta, imponente figura de Rafael Alejandro. Debía de haber disfrutado mucho viendo cómo ella sola se ponía en ridículo.

–¿Café, señor? –inquirió, dirigiéndose a alguien que había aparecido detrás de él.

Rafael enarcó una ceja mientras se volvía hacia el joven en quien la propia Libby no había reparado hasta ese momento. Lógico, ya que su atención había estado exclusivamente concentrada en el hombre al que en vano había pretendido impresionar con su eficacia y diligencia...

–¿Qué te parece, Callum? ¿Nos arriesgamos?

Pese a su leve tono burlón, Rafael no había disfrutado en absoluto viendo cómo Libby se ponía en ridículo. Más bien se había quedado impresionado ante la manera en que había alzado la barbilla cuando aquel imbécil se había reído de ella. En aquel preciso instante había tenido que refrenar un nada característico impulso de acudir presuroso a su lado para protegerla.

Toda azorada, Libby oyó la risa del joven... que no fue cruel, sino simpática.

–Sí, gracias, tomaré más café. Ah, y no te preocupes. Todos la hemos pifiado alguna vez.

«Excepto Rafael», pensó Libby, sonriendo agradecida mientras le rellenaba la taza. No conseguía imaginarse a Rafael estropeando nada que no fueran las vidas de los demás.

El joven sonrió también, y añadió haciéndose eco de lo que estaba pensando ella:

–Todos menos Rafael, por supuesto.

–Los rumores sobre mi infalibilidad son ciertamente exagerados –señaló Rafael–. Yo también tomaré café.

Y le sostuvo la mano, que le temblaba, mientras acercaba su taza. Su mirada viajó de su muñeca temblorosa hasta la tensa expresión de su rostro... y se sintió como un absoluto canalla. Una opinión compartida por la culpable voz de su conciencia.

¿Pero por qué se sentía así? Aquella mujer estaba allí por propia voluntad, y él la estaba tratando como trataba a todos los trabajadores en prácticas. Era un método que había empezado a usar con un joven particularmente pretencioso que le había ocasionado más de un problema. A partir de aquel momento, y para cualquier candidato, empezar por lo más bajo era un paso obligado en su primer día.

Libby suspiró de alivio cuando se vio obligada a apartarse de Rafael, que acababa de ser abordado por una mujer alta y guapa, ataviada con un traje rojo brillante. Que la mujer más atractiva de toda la sala se hubiera dirigido directamente hacia él difícilmente podía constituir ninguna sorpresa. ¡La sorpresa habría sido que no lo hubiera hecho!

Pese a que estuvo a punto de cometer otro error cuando oyó a la mujer de rojo reír a carcajadas por algo que le había dicho Rafael, Libby consiguió desempeñar su trabajo sin mayores problemas. Tal vez fuera porque el propio Rafael sólo se quedó cinco minutos más. Fuera como fuere, incluso recibió unas palabras de elogio del hombre de pelo plateado que volvió a acercarse a ella para anunciarle que su servicio había terminado. Sin pérdida de tiempo, debía asistir a la preceptiva sesión de salud y seguridad en el trabajo.

De camino hacia su destino, se dio cuenta de que

en aquel momento se sentía feliz... ¡sólo porque alguien le había dicho que se le daba muy bien servir cafés! Se rió en voz alta de sí misma.

–Siempre es bueno ver a alguien feliz y contento.

Libby, que ya había dejado de reír, se detuvo en seco.

–¿Sabes? –le dijo Rafael–. En la sala tuve la sensación de que deseabas decirme algo.

–Sólo que eres un bastardo –inmediatamente cerró los ojos. «¿Por qué no has podido mantener la boca cerrada, Libby?», se reprendió.

–En ese caso, no puedo menos que admirar tu contención.

Abrió los ojos y pensó: «al diablo con la contención. No puedo estropear las cosas más de lo que están».

–Yo también estoy admirada de mí misma. Mi contención es verdaderamente impresionante. Me he mostrado increíblemente respetuosa con una panda de imbéciles trajeados que ni siquiera han advertido mi presencia y además ni siquiera me han pagado por ello... además de que servir cafés no es tan fácil como parece –se interrumpió para tomar aliento. «Esta vez sí que la has hecho buena, Libby», pensó. «Ya no hay marcha atrás».

–Yo sí que me fijé en ti.

Se le quedó mirando asombrada. De todas las cosas que había imaginado que diría en respuesta a su desquiciada diatriba, aquélla había sido la última. Atrapada por el hipnótico ardor de su mirada, dejó hasta de respirar.

El deseo arrasaba su cuerpo como un incendio descontrolado, haciendo que los pezones se le endurecieran dolorosamente. Soltó un largo y tembloroso suspiro y alzó la barbilla, bloqueando el implacable alud de abrasadoras imágenes que convocaba su traicionera mente.

–Te fijarías en mí esperando verme fracasar estrepitosamente, supongo.

–No. Pensando en que lo que estabas haciendo muy bien.

Una vez más, su respuesta no fue la que había esperado.

–Lo siento, pero no me gusta nada tu sentido del humor. ¿Alguna vez pensaste en serio en ponerme a trabajar para ti, más allá de obligarme a servir cafés? No, ¿verdad?

–¿Esperabas acaso que te tratara de manera distinta al resto de los trabajadores en prácticas? ¿Que te concediera un trato de preferencia?

Libby soltó una carcajada de incredulidad.

–Oh, desde luego que no. Estoy segura de que pones a todos tus trabajadores en prácticas a servir cafés... –replicó, irónica.

Consciente de su involuntario tono de resentimiento, se mordió el labio para reprimir el sollozo que amenazaba con subirle por la garganta.

Rafael se quedó horrorizado cuando vio asomar las lágrimas a sus ojos, pero se negó a suavizar su actitud. No tenía la menor duda de que aquellos enormes ojos azules y aquellas lágrimas habían conseguido siempre ese efecto, y él no estaba dispuesto a seguir ese mismo camino.

–Lo creas o no, así es. ¿Te acuerdas de Callum, el joven con el que estuviste hablando? –al ver que asentía con la cabeza, añadió–: Entró con un contrato de prácticas... y su primer día lo pasó en el cuarto de la correspondencia, clasificando cartas.

Libby se lo quedó mirando fijamente, sin saber si creérselo o no.

–En esta empresa trabajamos en equipo. El respeto a los demás es esencial. Muchos de los que llegan

aquí lo hacen con una opinión demasiado elevada de
sí mismos, y en ocasiones faltan al respeto a sus com-
pañeros menos cualificados.

—Y tú les pones a servir cafés.

—Entre otras tareas

—¿Así que se trataba de una especie de prueba?

—Podría decirse que sí —arqueó una ceja.

—De modo que todo esto no es una farsa... Tu oferta iba en serio. Vas a darme la oportunidad de que
ayude a mi familia —recordó que apenas unos minutos
atrás le había llamado «bastardo» y palideció.

—Tu padre recibirá información de mi departamento jurídico comunicándole que no voy a exigir la de-
volución del crédito mientras se revisan las cuentas.

—Así que todo dependerá de mí.

—Sí.

—Ya —alzó la mirada hacia él—. Y tú piensas que no
lo conseguiré, ¿verdad?

—Olvídate de lo que piense yo. ¿Qué piensas tú?

Libby levantó la barbilla:

—Que seré la mejor trabajadora en prácticas que
hayas tenido nunca.

Capítulo 10

AUNQUE no se convirtió en la mejor trabajadora, durante su primera semana Libby Marchant demostró ser... diferente. Lejos de comportarse como la altanera niña mimada que Rafael la había acusado de ser, había demostrado, según los informes recibidos, una gran disposición y entusiasmo en las tareas encomendadas.

No podía encontrar falta alguna en su ética laboral y en su actitud hacia el trabajo: eran más bien ciertos estrafalarios detalles personales los que le hacían dudar. Le gustaba que el ambiente de su oficina fuera lo más despersonalizado posible: que sus empleados dejaran sus problemas en casa. Y no sólo sus problemas: también las galletas y la bollería casera.

La situación con toda aquella producción casera se estaba desmadrando. En las mesas de todos sus trabajadores veía manjares de aquella clase. Rafael se esforzaba por mantener una mente abierta y desprejuiciada sobre el tema. Prohibir esas cosas habría resultado contraproducente, y siempre y cuando las consecuencias afectaran únicamente al peso y la línea de sus empleados, el problema no era tan grave.

La situación con el fútbol no era tan inocente. ¿Cómo habría podido serlo cuando estaban implicados jóvenes deportistas cargados de testosterona? Rafael se había llevado una buena sorpresa, no precisamente agradable, cuando descubrió apenas esa misma mañana que su nueva trabajadora en prácticas había sido adoptada como enseña del equipo de fútbol de la empresa... dado que su primera aparición en la línea de banda coincidió con el primer partido que habían ganado nunca.

El equipo, que en opinión de Rafael tenía más testosterona que talento entre sus filas, la tenía por una especie de fetiche de la buena suerte. No le cabía duda de que, en los vestuarios, la llamarían muchas otras cosas... ¿Sería consciente Libby de que se había convertido en la referencia obligada de toda suerte de chistes y comentarios sexistas?

Para cuando llegó el lunes de su segunda semana en la empresa, Libby fue convocada al despacho de Rafael.

De pie en el vestíbulo del despacho, fue invitada a sentarse por la despampanante secretaria. En el edificio, las opiniones sobre si la relación de Gretchen con Rafael se extendía hasta su dormitorio estaban divididas. Esperó pacientemente, sintiéndose como una traviesa colegiala a punto de recibir una reprimenda del director de su colegio.

«El monstruo»: así era como su familia llamaba a Rafael. Supuestamente nunca habría existido un buen momento para decírselo, pero la indignación con que reaccionaron cuando la noche anterior les soltó la noticia la había dejado ciertamente sorprendida. Se recostó en la silla mientras evocaba diversas escenas de la conversación.

Desde luego que no había querido sacar el tema en la mesa, durante la cena. Su padre, feliz de que Rafael Alejandro le hubiera comunicado que no le urgía que le devolviera el crédito, había mantenido que Rafael se había dado cuenta de su error. Y que había sido por eso por lo que había reculado:

—No tiene la experiencia necesaria. No es el hombre adecuado para sustituir a Aldo. El puesto le viene grande.

Escuchándolo, Libby había tenido que morderse la lengua para no revelarle la verdad. Apenas una semana atrás ella misma habría podido mostrarse de acuerdo con él, pero a esas alturas ya sabía que era injusto achacar toda la culpa a Rafael.

—Había pensando en acercarme a ver las carreras el lunes.

—Excelente idea. Podríamos ir todos —había sugerido Kate Marchant—. Así nos relajaremos un poco.

Libby se había sorprendido pensando, con cierto sentimiento de culpabilidad, que su padre siempre se había caracterizado por su capacidad para relajarse. Y para desentenderse de sus responsabilidades.

—¿Y tú, Libby? Podría hablar con Mike para que te diera el día libre.

—No.

—Oh, a Mike no le importará —le había asegurado su padre, palmeándole cariñosamente la mano.

—Presenté la dimisión la semana pasada —sabía que era un riesgo, pero por una vez en la vida, Libby quería trabajar sin una red de seguridad.

—¿Pero por qué? —habían preguntado sus padres al unísono, consternados, pero aún no furiosos. El enfado había venido después.

—La verdad es que tengo otro trabajo... bueno, en realidad es una especie de contrato en prácticas, pero...

—Bueno, eso es magnífico. Bien hecho, cariño, pero... ¿por qué no nos lo dijiste antes?

—Estoy trabajando para Rafael Alejandro.

—¡No estarás hablando en serio!

—Cuidado con tu hipertensión, cariño —había advertido Kate Marchant a su marido—. Es una broma, ¿verdad, Libby? Anda, díselo...

–Es cierto. Toda la semana pasada estuve trabajando allí.

A partir de aquel momento la escena había subido varios grados de temperatura. Su padre la había acusado de deslealtad, la había llamado «niña estúpida»... y su madre se había echado a llorar.

–Pero esa experiencia podrá servirme para conseguir un bien trabajo –temerosa todavía de despertar en ellos falsa esperanzas, se había cuidado mucho de revelarles el beneficio que su labor podría terminar reportándoles.

–Ya tenías un buen trabajo –había protestado su padre.

–Pero papá, si cubría concursos de razas caninas... Estaba aburrida.

–¡Aburrida! ¿Desde cuándo?

«Desde siempre», fue su silenciosa respuesta. Sólo entonces se había dado cuenta de ello, para su propio asombro.

–Ya puedes pasar.

La voz de Gretchen la devolvió bruscamente a la realidad.

–Gracias –aspiró profundamente y aceptó la invitación a entrar en el despacho del jefe. «La última vez entré con él... cargada en sus brazos». El pensamiento casi la hizo tambalearse. Afortunadamente, su vacilación pasó desapercibida... porque Rafael no la estaba mirando.

Ni siquiera alzó la vista. Esperó, cada vez más inquieta, mientras él continuaba leyendo el papel que tenía sobre el escritorio. Le parecía irónico que al principio hubiera temido algún tipo de acoso sexual por su parte. Lejos de acosarla, en la única ocasión en que se habían cruzado sus caminos desde aquel primer día, ella se había quedado con una estúpida sonrisa en la cara y él ni siquiera la había mirado.

–Esta semana harás de acompañante –dijo de pronto Rafael, levantando la cabeza... y se interrumpió.

Viéndola en aquel momento delante de él, con aquella postura tan recatada y sin embargo tan sensual como siempre, se olvidó de lo que estaba diciendo. El deseo volvió a arrasar su cuerpo con inusitada intensidad.

–Acompañante... ¿tuyo?

Rafal intentó luchar contra la imagen que lo había asaltado de pronto: Libby tendida sobre su escritorio, su corta falda levantada... Se aclaró la garganta. ¡Que estuviera con él todo el día! No, no confiaba lo suficiente en sí mismo.

–No.

–Me alegro –fue mirarlo y ruborizarse–. Quiero decir que...estoy segura de que eres demasiado importante para molestarte con una trabajadora en prácticas y...

La profunda voz de Rafael interrumpió su parloteo.

–Bueno, hay una que me molesta especialmente.

Libby tragó saliva.

–¿Yo?

Por un fugaz instante, la recorrió con su ardiente mirada antes de bajarla de nuevo para volver a concentrarse en el papel, fingiendo que no la había oído.

–Gretchen te pondrá al tanto de los detalles.

Dolida por su actitud, confusa por las contradictorias señales que le estaba enviando y devorada por la culpa por sentirse tan fatalmente atraída por el hombre que tanto daño había hecho a su familia, Libby se volvió lentamente.

Rafael la observó alejarse: erguida, con la cabeza

bien alta. Esperó a que cerrara la puerta antes de pasarse una mano por el pelo y soltar un gruñido. Pensó que habría podido poseerla allí mismo, sobre el escritorio. Era un estúpido. Su regla consistía precisamente en no mezclar el trabajo con la vida privada: había sermoneado sobre los males del acoso sexual a todos y cada uno de los miembros del equipo de fútbol, pero cuando tanto costaba mantener los propios principios… ¿acaso no había llegado el momento de cambiarlos?

El problema era que él no era solamente su jefe: también tenía el destino de su familia en sus manos. ¿Se atrevería ella a rechazarlo? Sonrió mientras pensaba que se atrevería a cualquier cosa, pero la duda persistía… ¿podría eso echar a perder una futura relación?

Una expresión de asombro se dibujó en su rostro: «futuro» y «relación» eran dos palabras que jamás usaba con las mujeres. Salir en aquel momento tras Libby significaría admitir que estaba tan obsesionado con ella, que ni siquiera podría esperar tres semanas. Necesitaba un periodo de enfriamiento. Pulsó el botón intercomunicador y ladró:

–Me voy a Río. Encárgate de todo, por favor.

Una semana después, la llegada de Rafael a media tarde a la sede de Londres coincidió con la salida del edificio del director regional, que se extrañó de verlo tan pronto de regreso.

–¿Ha habido algún problema? –se apresuró a preguntarle con gesto preocupado.

Rafael le estrechó la mano. El problema, el único que le había hecho volver cinco días antes de lo programado, medía uno sesenta y cinco de estatura y era pelirrojo.

–¿Qué tal la familia? –Rafael, nada habituado a llenar un silencio cuando no tenía nada que decir, se oyó a sí mismo soltar la manida frase de cortesía. ¿Por qué? ¿Para disimular quizá un azoro que ni él mismo se atrevía a reconocer? Podía racionalizarlo todo lo que quisiera, pero nada cambiaría el hecho de que estaba respondiendo a sus hormonas con la contención de un adolescente.

Cierto asombro se dibujó en la sonrisa del hombre cuando contestó:

–Muy bien, gracias, aunque James está... –se interrumpió, incómodo, y añadió con una carcajada–: No creo que quieras saber la última de sus...

–¿James...? –Rafael frunció el ceño–. ¿No es el que cumplió los veintiún años por Navidad?

Simon se quedó momentáneamente estupefacto. Le asombraba que su jefe se acordara de que tenía hijos, y más todavía de que supiera la edad del mayor.

–Ya sabes cómo son los chicos. Ya pueden cumplir años, que uno no puede dejar de preocuparse... –se encogió de hombros, arrepintiéndose de su comentario. La opinión de su jefe sobre la inconveniencia de llevar los problemas personales al lugar de trabajo era bien conocida.

–No, lo sé –admitió Rafael, lacónico.

¿Cómo habría podido saberlo? Nunca había existido en su vida figura paterna alguna que se hubiera molestado en ayudarlo u orientarlo, aunque tampoco podía echar en falta algo que nunca había tenido. Prefería concentrarse en los beneficios que le habían reportado su infancia y adolescencia tan poco convencionales. Su capacidad para tomar una decisión y asumir las consecuencias, fueran buenas o malas, era algo que había adquirido durante aquellos primeros años. ¿Acaso una familia normal le habría dado la clase de confianza en sí mismo que había constituido el motor de su éxito? Lo dudaba seriamente.

Si aquellos primeros años hubieran sido distintos... ¿tendría en aquel momento un retrato de su hijo el día de su graduación sobre la mesa de su despacho, como Simon? Especular carecía de sentido. Un hombre tenía que conformarse con lo que era y no con lo que habría podido ser. Y ser padre era algo que jamás se había planteado.

¿Lo sería alguna vez? Disfrutaba de su libertad. Alguna gente podría considerarlo un rasgo de egoísmo, pero en su opinión era todavía más egoísta asumir un papel para el que no estaba capacitado. «Y que tanto miedo me da...», añadió para sus adentros.

–No hay ningún problema –mintió en respuesta a la primera pregunta de Simon–. Simplemente las cosas han ido más rápidas de lo esperado. Lucas lo tiene todo bajo control.

Irónicamente, su equipo de Brasil había interpretado su falta de interés como una especie de retorcida táctica para despistar a la competencia. Pero Rafael sabía perfectamente que no podía permitirse despistarse. Y en aquel momento le costaba concentrarse porque no podía dejar de pensar en Libby: en lo que estaba haciendo, si estaba esperando ansiosa su retorno, si sonreiría a los otros hombres...

Aquella clase de preocupación le era completamente ajena. Su capacidad para compartimentar los diferentes aspectos de su vida era algo que nunca le había fallado. Ver cómo perdía esa capacidad, sorprenderse a sí mismo divagando y pensando únicamente en cierto rostro... le había hecho preguntarse si no la estaría perdiendo.

Pero no, en realidad no estaba perdiendo nada. ¡Simplemente le faltaba algo! Era una simple cuestión de sexo. Él era un hombre sano y fuerte, con apetitos, poco acostumbrado a esforzarse para conseguir el objeto de su deseo. A pesar de su reputación, Rafael era el perseguido, no el perseguidor: siempre había sido así. Desde que era un adolescente, siempre había atraído como un imán a las mujeres.

Se dijo que la caza era algo que sentaría muy bien a su apetito, a esas alturas ya un tanto harto y falto de entusiasmo. Y le proporcionaría tiempo para saborear el placer de su inevitable rendición final. Pero el placer de la caza era una cosa... y otra muy diferente aquel ansia que le devoraba las entrañas como si fuera ácido. ¡Aquello no era placer, sino tortura!

Libby había disfrutado de su segunda semana en el trabajo. Rob Monroe, un paternal escocés con un irónico sentido del humor, la había acogido con los brazos abiertos.

—Rafael quiere que conozcas todos los aspectos de este negocio mientras estés con nosotros.

—Intentaré hacerlo lo mejor que pueda —le había prometido Libby, entusiasmada ante la perspectiva.

Fue aquel mismo día cuando, incapaz de contenerse, sacó a colación el tema que le había estado rondando la cabeza durante toda la mañana.

—El señor Alejandro, esto... ¿se pasará en algún momento por aquí... en esta semana?

Nada más hacer la pregunta, casi había deseado que le contestaran que no era asunto suyo. Que la pusieran en su lugar era infinitamente preferible a tener que mirar por encima del hombro cada dos segundos, esperando verlo aparecer.

—Rafael está fuera del país.

—¿De veras? —consciente de que su reacción a la

noticia había sido sospechosamente ambigua, había procurado concentrarse en la tarea que tenía entre manos.

—Creía que lo sabías.

—¿Yo? ¿Por qué habría yo de...?

El hombre mayor se había mostrado un tanto incómodo.

—Bueno, tú y él sois... amigos, ¿no?

Había querido decir «amantes». Se había puesto roja como la grana. Pese a ello, se había esforzado por sostenerle la mirada mientras le preguntaba:

—No lo somos.

Se hizo un silencio antes de que Rob sonriera y asintiera con la cabeza.

—Perdona entonces. Rafael estará fuera del país durante un par de semanas por lo menos.

Libby había acogido aquella revelación en silencio. Evidentemente era una buena noticia... lo que sugería una curiosa pregunta. Si realmente lo era... ¿por qué había experimentado una sensación tan deprimente?

—Como sabes... —Rob se había interrumpido para añadir— o quizá no sepas, la empresa tiene importantes intereses en Sudamérica.

Libby había esperado fervientemente que su mentor sacara del error al resto de la plantilla sobre su relación con Mike. No supo si llegó a hacerlo o no, pero la actitud de los demás trabajadores hacia ella fue en su mayor parte positiva... hasta ese día, cuando le informaron de que Rob estaba enfermo. Nada grave, sólo una gripe, pero suficiente para mantenerlo en cama durante el resto de la semana. Quien lo sustituyó en esa tarea fue su inmediata subordinada, una morena de unos treinta y pocos años, guapa y elegante.

La semana anterior Libby había alcanzado aquel punto en que, contra todo pronóstico, había empezado a acudir al trabajo llena de ganas y entusiasmo. Pero a esas alturas ya estaba temiendo que llegara el día siguiente. Porque su nueva mentora desempeñaba su tarea con evidente disgusto, ignorándola durante la mayor parte del tiempo y presentándola a los demás únicamente cuando ella misma se lo pedía.

Libby se sentía como un cero a la izquierda. Cada vez que había abierto la boca para decir algo, la mujer se había ocupado de recordarle que ella estaba allí para observar, no para participar. Y al final había dejado de abrir la boca. Perder de aquella manera todo aquel valioso tiempo de aprendizaje resultaba frustrante, pero... ¿qué otra opción le quedaba? Decidida a demostrar sus capacidades en respuesta al desafío de Rafael, sólo podía rezar para que Rob Monroe se recuperara pronto.

Su reacia mentora ni siquiera se había molestado en pedirle que la acompañara en sus gestiones. En lugar de ello, ese mismo día, a media mañana, le había dejado un montón de documentos en el escritorio y le había pedido que los analizara y repasara las cifras... dándole a entender que no se diera demasiada prisa en hacerlo.

Se había aplicado con ahínco a la tarea. Pero para las cuatro la cabeza le dolía terriblemente. Reconociendo los síntomas, salió al pasillo en busca de un vaso de agua fría para tomar su pastilla contra la migraña. Fue allí cuando, con una mano en la cabeza y la cabeza todavía llena de números, casi chocó con Jake Wylie, el abogado que Susie le había presentado en Nueva York. Su sorpresa cuando la reconoció igualó a la suya.

—Esto tiene que ser el destino… —comentó él después de que Libby le hubiera dado una breve explicación de su presencia allí.

No era el destino, pero era agradable ver un rostro conocido en un ambiente donde todavía se sentía como un pez fuera del agua. Empezaron a charlar. Jake sabía escuchar. Con él, no había siniestras insinuaciones ni dobles sentidos de los que preocuparse... o atracciones sexuales, con lo cual se sentía perfectamente relajada.

Dado que se había saltado la hora de la comida, y que necesitaba desesperadamente un café, Libby invitó a Jake a tomar una taza con ella. Y se alegró enormemente de que aceptara. Ya en su escritorio, acababa de servirle café de la jarra cuando le sonó el móvil. Con una sonrisa de disculpa, aceptó la llamada. Era su hermano.

–¿Qué tal es...?

–¿Es cierto? –la interrumpió.

Sus padres le habían dicho que no pensaban decírselo a Ed porque ya tenía suficientes preocupaciones, añadiendo que esperaban que hubiera recuperado la cordura para entonces.

–Sí, estoy trabajando para Rafael Alejandro, pero tengo mis razones y...

–No me interesan tus razones, Libby. Lo único que me interesa es oírte decir que vas a abandonar ese edificio ahora mismo.

–No puedo.

–¿Tienes idea de lo muy afectada que está mamá? No puedo creer que estés siendo tan egoísta.

Libby sintió que los ojos se le llenaban de lágrimas.

–Quizá lo sea –era una pregunta que se había hecho más de una vez. Sobre todo desde que se había dado cuenta de que no estaba haciendo todo aquello únicamente por su familia: lo estaba haciendo también por sí misma.

Esbozó una mueca cuando su hermano cortó de golpe la comunicación.

—¿Te encuentras bien?

Libby se mordió el labio y meneó la cabeza.

—Cosas de familia —nada más quebrársele la voz, se llevó una mano a la boca. Se le escapó un sollozo.

Jake la miró con expresión compasiva:

—No te preocupes... ¡las cosas que yo podría contarte de la mía!

Y acto seguido se dedicó a hacerlo. La anécdota de la desastrosa cena familiar del último Día de Acción de Gracias arrancó a Libby una carcajada.

—Gracias —le dijo—. Y perdona la escena...

El atractivo americano le lanzó una sonrisa cargada de ternura al tiempo que le acariciaba un hombro.

—Tengo cuatro hermanas y una ex. Tengo experiencia en ver llorar a la gente. Hazlo si quieres, desahógate. Es lo mejor —le apretó cariñosamente el hombro.

Aquello hizo que se le volvieran a llenar los ojos de lágrimas. La intención de Jake era buena, por supuesto, pero no tenía intención de seguir su consejo. Si lo hacía, si por un momento bajaba las defensas y desahogaba la tensión que había acumulado durante las últimas semanas, el resultado sería un torrente de lágrimas que no cesaría nunca.

—Eres muy amable —lo miró, pensando: «y también guapo e inteligente». ¿Por qué no había podido sentirse atraída por él y sí en cambio por Rafael Alejandro?

Jake vio que estiraba una mano hacia la caja de pañuelos que tenía sobre el escritorio y se apresuró a acercársela.

—Con que amable, ¿eh? Es una palabra que, en mi

experiencia, no suele preceder al momento en que una mujer se abalanza sobre mí...

Libby esbozó una sonrisa de disculpa.

–Es que yo no busco... –se interrumpió, incómoda.

El americano se encogió resignadamente de hombros.

–Pensó que no pasaba nada por intentarlo... De todas maneras, ¿qué te parece si cenamos juntos? Me quedaré en la ciudad durante todo lo que queda de semana. Te prometo no agobiarte con mis anécdotas familiares. Así tú podrás contarme cómo es el legendario Rafael Alejandro en la vida real.

–¡Rafael Alejandro!

Aspiró profundamente, dilatadas las aletas de la nariz. Había desarrollado una respuesta casi pavloviana ante la simple mención de aquel nombre. Lo cual la llenaba de desprecio hacia sí misma. Apenas registró la sobresaltada expresión de Jake cuando una amarga carcajada escapó de sus labios.

–Eso puedo decírtelo ahora mismo. Es arrogante, pagado de sí mismo, sin escrúpulos, malvado...

–Vaya. Deduzco que no estoy hablando precisamente con una admiradora suya.

LIBBY, consternada y avergonzada de su propio exabrupto, se esforzó por recuperar la compostura.

–Es un hombre que inspira sentimientos más bien extremos –admitió, soltando una risita.

–¿Interrumpo?

Sin aliento, Libby giró bruscamente la cabeza... y su semblante experimentó varios rápidos y variados cambios de color nada más ver la figura recortada en el umbral. Rafael Alejandro, destilando arrogancia por todos sus poros, esbozaba una blanquísima sonrisa con expresión sardónica.

Rebobinó mentalmente su exabrupto, ya que resultaba obvio que había escuchado cada palabra, y se mordió el labio para reprimir el gruñido que le subía por la garganta. E incapaz de controlar al mismo tiempo el calor líquido que anegó su cuerpo…Vio que se apartaba del marco de la puerta y se erguía en su imponente estatura antes de acercarse hacia ellos con la gracia y la elegancia de un puma.

–Yo sólo...

–Sí, ya lo he oído.

Tragó saliva, toda ruborizada, y bajó la vista. Había creído a pie juntillas en cada palabra de la resumida descripción que de su persona le había hecho a Jake. Sólo había faltado el detalle de que además era el hombre más guapo del planeta.

–Insisto: ¿interrumpo algo?

–No... sí... esto... –y le espetó, de puro incómoda–: ¿Qué estás haciendo aquí? –al ver que se limitaba a mirarla arqueando una ceja, se sintió una absoluta imbécil–. Quiero decir que me ha sorprendido verte... Nadie me dijo que venías.

–No sabía que tuviera que darte cuentas.

Jake, que no había abierto la boca hasta el momento, intervino para llenar el tenso silencio que siguió a aquellas palabras.

–Hola, soy Jake Wylie...

Por un estremecedor momento, Libby temió que Rafael no fuera a estrechar la mano que el americano amablemente le había tendido. Al final lo hizo, pero el contacto fue muy breve. Después de lanzarle una mirada helada, lo ignoró por completo para concentrar su atención en ella.

–Bueno, esto... tengo que irme –balbuceó Jake–. Me alegro mucho de haberte encontrado, Libby. Ha sido estupendo que nos hayamos puesto al tanto cada uno de la vida del otro... –la miró como disculpándose.

Se hizo un silencio después que la puerta se hubo cerrado detrás de Jake. Y fue Rafael quien lo rompió.

–Veo que has estado aprovechando bien el tiempo. Aunque me temo que te has hecho una idea un tanto equivocada de las habilidades que se requieren para manejar una empresa de manufacturas ligeras como ésta –esbozó una mueca desdeñosa.

–¡Es injusto que me digas eso!

–¡En este edificio nadie me dice lo que tengo que hacer o decir! De hecho, creo que en las presentes circunstancias, me he mostrado admirablemente contenido. Tenías que seguir a Rob como si fuera una sombra y, en lugar de ello, te encuentro besuqueándote con un tipo en tu escritorio. Supongo que ya te habrás cansado del equipo de fútbol...

–No estaba haciendo eso que dices. Y el señor Monroe... Rob... está enfermo –sacudió la cabeza, recordando de pronto lo que le había dicho–. ¿El equipo de fútbol?

Un músculo latió en la mandíbula de Rafael.

–¿Quién te ha dado esta porquería? –recogió uno de los documentos de la pila que tenía sobre la mesa.

Libby ignoró la pregunta.

–¿Por qué? ¿Piensas avasallarla a ella también, como has hecho con Jake? –ciertamente no le caía nada bien la subordinada de Rob, pero tampoco estaba dispuesta a exponerla en la línea de fuego de Rafael Alejandro.

–¿Has dicho avasallar? –se la quedó mirando, incrédulo.

–Ya me has oído –alzó la barbilla. Distinguió un oscuro y peligroso brillo en sus ojos y tragó saliva, humedeciéndose los labios repentinamente resecos con la punta de la lengua.

–Continúa, por favor. Me fascinas.

–¿Quieres saber cuál es mi definición de la palabra?

Rafael arqueó las cejas con expresión interrogante al tiempo que cruzaba los brazos sobre el pecho.

–Estoy seguro de que vas a decírmelo.

–Alguien que avasalla a otro es alguien que intimida y humilla a alguien que no se encuentra en situación de defenderse –pudo ver cómo iba palideciendo por momentos–. ¡Y sus víctimas preferidas son gente que no sabe o no puede luchar!

–Nada… –masculló Rafael, apretando los dientes– nada me habría gustado más que ese tipo amigo tuyo me hubiera lanzado un puñetazo...

–Mi amigo es un caballero... ¡pero el puñetazo te lo habría dado yo! De hecho, debería hacerlo ahora mismo. Me encantaría saber lo que dijiste para que media plantilla de esta empresa pensara que si estoy trabajando aquí es porque tú... porque nosotros... –el rojo de sus mejillas evolucionó casi al violeta y sacudió la cabeza–. No importa.

Rafael bajó el documento que había recogido antes y se dedicó a hojear los demás que estaban sobre su escritorio. Frunció el ceño, distraído.

–¿Qué es lo que no importa? –se volvió de nuevo para mirarla, con expresión interrogante.

Libby suspiró, arrepentida de haber sacado el tema a colación.

–Piensan que nos acostamos juntos.

El brillo sardónico de sus ojos se desvaneció de golpe.

–¿Quién te ha dicho eso?

–Nadie me ha dicho nada, pero se percibe en el ambiente.

–Es una paranoia tuya –dijo mientras recogía una taza de cartón vacía del escritorio, la estrujaba entre los dedos y la lanzaba a la papelera.

–¡No es ninguna paranoia!

–Así que temes que tu amante piense que te acuestas con otro hombre.

Libby reaccionó a la pulla inmediatamente, sin pensar:

–Jake no es mi amante.

Una lenta sonrisa se dibujó en los rasgos de Rafael.

–Me alegra saberlo, porque no tengo por costumbre compartir a mis mujeres.

–¿Tienes idea de lo ridículo que suena eso? Ya sé que llevas un Neanderthal dentro, pero... ¿has dicho mis mujeres? ¿Me consideras a mí una de ellas? Incluso aunque eso me gustara, difícilmente podría sentirme especial teniendo que compartirte a ti con tantas, ¿no te parece? ¿De qué te sonríes ahora? —le preguntó, desconfiada.

—Yo también me he sentido muy frustrado —admitió de golpe.

Libby volvió a ruborizarse mientras sacudía la cabeza.

—Te engañas a ti mismo. ¿Sinceramente piensas que cada mujer que se cruza en tu camino tiene por fuerza que desearte?

—Bueno, tú te cruzaste en mi camino... y por poco me matas.

—Te encanta recordármelo, ¿verdad?

No hacía falta que lo hiciera. Su mente había recordado y grabado para siempre cada segundo del tiempo que había pasado con él, junto con algunos otros que no habían tenido lugar... ¡todavía! Consciente de ello, reprimió un gemido de horror y bajó la mirada.

—¿Quieres dejar de mirarte los zapatos y mirarme a mí?

—No.

Los labios de Rafael dibujaron una reacia sonrisa.

—Pareces una niña enfurruñada. Escucha —se pasó una mano por el pelo mientras se le acercaba—. Ninguno de los dos ha elegido esto, pero el caso es que ha sucedido.

—No ha sucedido nada.

Poco inclinado como era a adornar los hechos con bellas palabras, abrió la boca con la intención de decirle una frase del tipo «quiero tener sexo contigo», pero al final no lo hizo. En lugar de ello, se oyó a sí mismo pronunciar:

–Me gustaría conocerte mejor.

Sólo entonces lo miró Libby. El asombro que reflejó su expresión ni siquiera se acercó al que él mismo estaba sintiendo. Por alguna ignota razón, acababa de dar voz a inconscientes pensamientos que hasta el momento le había resultado más cómodo ignorar, pero que habían terminado aflorando.

Sin que se hubiera dado cuenta de ello, su interés por aquella mujer había sobrepasado el plano físico. No solamente había despertado en él un deseo primario, sino que además se le había metido en el alma.

–Eso es porque estás interesado en mi mente... no en mi cuerpo.

Rafael le lanzó una impaciente mirada.

–Ya. Y ti mi cuerpo tampoco te interesa nada, supongo –se soltó el botón de la chaqueta y, con una sonrisa burlona, abrió los brazos.

Una distraída expresión se dibujó en el rostro de Libby mientras se veía incapaz de rechazar la tácita invitación de su gesto. Ése fue su primer error: mirarlo. El siguiente fue permitirse imaginar el pecho duro y bronceado que se adivinaba bajo aquella camisa de seda.

Estaba horrorizada. Nunca antes había experimentado semejante fascinación por el cuerpo de un hombre. Estaba terriblemente enfadada consigo misma por ser tan débil, y con él por mostrarse tan condenadamente seguro de sí mismo.

–¿No te gusta lo que ves?

–Veo a un hombre que tiene un serio problema de autoestima.

Su sarcástico comentario le arrancó una carcajada.

–Mira, lo cierto es que existe una química entre nosotros.

El propio Rafael sabía que «química» era una palabra patéticamente inadecuada para describir el deseo que lo había arrasado desde la primera vez que puso los ojos en ella.

–Sabes que me siento atraído hacia ti.

Libby volvió la cabeza, avergonzada de la punzada de excitación que sintió en el vientre.

–Y no finjas que el hecho de saber eso no te excita –añadió él.

–Puede que exista esa... química –admitió ella, pronunciando la palabra con disgusto–. Pero tengo cerebro, ¿sabes? –no tenía ningún sentido mencionar que ese órgano no le estaba funcionando en ese momento–. Entre nosotros no sucederá nada. Porque incluso aunque quisiera, no podría...

–¿Por qué? Yo no veo nada que pueda impedirnos disfrutar de una relación sexual.

Libby soltó una carcajada mientras se esforzaba por aparentar tranquilidad.

–¿Y si yo no quiero acostarme contigo?

–Eso no es verdad.

–Incluso aunque quisiera tener una aventura contigo, yo nunca podría acostarme con el hombre a quien mi familia considera responsable de...

–Yo no quiero acostarme con tu familia, sino contigo.

Libby reprimió el pueril impulso de dar un pisotón en el suelo.

–¡Pero ese sería como dormir con mi enemigo! –la incapacidad de Rafael para comprenderla resultaba frustrante... casi tanto como mirar su boca y no poder besarlo–. Yo nunca podría hacerles eso... Bastante tengo ya con la manera en que me miran ahora –reflexionó, suspirando–. Imagínate que... –se estremeció sólo de pensar en lo traicionados que se sentirían–. ¡Imagínate que se enteran! ¡Me moriría si eso llegara a saberse! –cosa que sabía que inevitablemente ocurriría.

No era que Rafael fuera aficionado a anunciar a bombo y platillo detalles de su vida personal. Pero nunca antes se había encontrado con una mujer que sintiera vergüenza de que se supiese que compartía su cama.

–¿Qué le has contado a tu familia?

–Les he contado algo, pero no todo –admitió–. Todavía no saben que podrías no cerrarles la empresa.

–¿No lo saben? –inquirió, asombrado.

–No. Quizá reaccionen bien cuando se lo diga, pero ahora mismo no podría asegurarlo. No después de la reacción que tuvieron cuando les dije que estaba trabajando para ti. No sé, no me pareció prudente contárselo todo de golpe.... y arriesgarme a estropear el plan.

–Pero si precisamente estás intentando salvarlos.

–Puede que ellos no lo vean así.

–Así que les mentiste.

–Es lo que tienen las mentiras y las medias verdades: una vez que empiezas, es difícil dejar de decirlas.

Lo miró, ceñuda. Para ser un hombre que sabía esconder tan bien sus sentimientos, en aquel momento no lo estaba haciendo en absoluto. No necesitaba acercarse a él para certificar que estaba inexplicablemente enfadado. Furioso.

–Tranquilízate. No pienso convertirme en el secreto pecaminoso de una mujer, de manera que ya puedes dar por cerrado el tema de nuestra hipotética aventura.

La presión había desaparecido, con lo que debería sentirse contenta... pero no era así en absoluto. De manera perversa, en el preciso instante en que Rafael se retractó de su oferta, casi inmediatamente antes de que la puerta se hubiera cerrado a su espalda, Libby tomó conciencia de lo mucho que había anhelado aceptarla. De lo mucho que había ansiado haberse dejado persuadir, arrojar por la borda toda precaución... y ser egoístamente irreflexiva.

Capítulo 12

LIBBY se calzó los deportivos y guardó los zapatos de tacón en el bolso. Siempre iba con el tiempo justo y, como ya sabía por experiencia, los retrasos imprevistos podían significar perder el tren y llegar tarde a casa.

El retraso imprevisto de aquella tarde era la alta y despampanante rubia, la amante de Rafael. En dos ocasiones desde que había empezado a trabajar en el edificio, se había cruzado con ella en algún pasillo. Esa vez no tuvo la opción de pasar corriendo de largo a su lado: en sus prisas, chocó contra ella. Como resultado, a la mujer se le cayó su carísimo bolso... cuyo contenido quedó regado por el suelo.

–Oh, lo siento muchísimo –balbuceó Libby, arrodillándose de inmediato para recoger sus cosas.

–No te preocupes –dijo Gretchen, abriendo el bolso para que Libby lo fuera metiendo todo–. No, el lápiz de labios va en ese compartimento, y los pañuelos en el otro... estupendo, gracias.

La amable sonrisa que le lanzó la llenó de asombro.

–Precisamente estaba esperando la oportunidad de poder hablar contigo fuera de la oficina –añadió la mujer–. Sé que la primera vez que nos vimos debiste de pensar que era una grosera y una gritona, que ya sé que lo soy... bueno, al menos lo de gritona, sí –miró la cara que había puesto Libby y se echó a reír–. No tienes la menor idea de lo que estoy diciendo, ¿verdad?

Libby negó con la cabeza, esforzándose por reconciliar la imagen mental que tenía de la escultural rubia que la había ignorado olímpicamente con aquella mujer cálida y vital.

–Yo creía que alguien te había puesto al tanto de la situación, y lamento no haberme podido explicar en su momento. Padezco lo que los médicos llaman trastorno obsesivo-compulsivo, y dos de mis peores pesadillas son mancharme y llegar tarde. Pero la mayor parte del tiempo me las arreglo para llevar una vida normal.

No sabiendo qué responder a aquella confidencia, Libby murmuró incómoda:

–Lo siento...

–Oh, no lo sientas, no te imaginas lo bien que estoy. El psiquiatra al que me hizo ir Rafael es simplemente fan... –sacudió la cabeza–. Pero basta de hablar de mí. Me alegro de haber coincidido contigo. Ah, y ya me he enterado de lo que pasó.

Libby sintió que el estómago le daba un vuelco. A esas alturas, ¿se habría enterado todo el edificio de la discusión que había tenido con Rafael? La rubia se apresuró a palmearle cariñosamente una mano.

–No te preocupes. No eres la única a la que ha tratado así.

–Bueno es saberlo –¿significaba eso que Rafael proponía indiscriminadamente aventuras a toda la plantilla o sólo a sus miembros femeninos?, se preguntó, reprimiendo una carcajada histérica.

–Tiene esa manía de no mezclar las cosas personales con el trabajo. Y esa tolerancia cero a las relaciones y aventuras en la oficina. Sí que fue mala suerte que entrara y te sorprendiera con tu novio.

–No es mi novio.

–¿De veras? –arqueó una ceja–. No es propio de Rafael apresurarse a sacar conclusiones, la verdad, aunque después del mal humor que ha exhibido durante la tarde, me creo cualquier cosa. Espero que no te fastidiara mucho. Acuérdate: no eres la única. En otras ocasiones hasta se ha molestado conmigo por las llamadas que recibía de mi pareja, Cara, lo cual indudablemente es ir demasiado lejos...

–Cara, bonito nombre –de repente tomó conciencia y abrió mucho los ojos–. Una chica, entonces eres... Oh, perdona...

–No te preocupes –rió Gretchen, mientras Libby se ruborizaba–. Suele pasar. Hay gente que incluso piensa que Rafael y yo estamos juntos.

–¡Increíble! –suspiró de alivio.

–A veces pienso que si me dio el trabajo fue precisamente porque sabía que no existía posibilidad alguna de que me enamorara de él. Bueno, ya lo has visto, así que no necesito decirte cuántas mujeres se mueren por sus huesos.

–No... sí... Quiero decir que... Bueno, a mí no me parece tan atractivo –Libby cerró los ojos y pensó: «¡por favor, que me muera ahora mismo!».

–¿Ah, no?

–No –insistió, ruborizándose. ¿Realmente las mujeres del mundo se dividirían en dos categorías? ¿Las que se enamoraban de Rafael y las que eran lesbianas?–. Y no es que no me gusten los hombres. Me gustan, pero no los que... –juzgando que había llegado el momento de escapar de la trampa en la que ella misma se había metido, miró su reloj y le dijo a Gretchen que tenía que marcharse corriendo si no quería perder su tren.

Mientras corría por el pasillo, todavía oyó a la rubia gritar.

–Ah, a propósito... ¡Yo también adoro la bollería casera!

Una vez fuera, Libby se encogió de frío debajo de su fino abrigo. La temperatura había descendido varios grados y el viento mordía literalmente. Volvió a mirar su reloj y se puso a trotar. No oyó acercarse el coche hasta que se detuvo justo a su lado.

Rafael se estiró para abrirle la puerta. Libby, con el corazón martilleándole el pecho, se lo quedó mirando de hito en hito.

–Llevo prisa. Mi tren...

–Sube.

Libby se sorprendió a sí misma obedeciendo la lacónica orden sin la menor protesta.

–¿Cuánto tiempo tardas en llegar a tu casa en tren?

–Depende de si llega a tiempo o no –se preguntó por qué diablos estaban teniendo aquella conversación–. Y si no pierdo el primer trasbordo y...

–Yo puedo dejarte en casa mucho antes.

–Sí, podrías –repuso sin aliento–. ¿Pero por qué deberías hacerlo?

–¿Acaso no soy un tipo amable y considerado?

Libby no respondió a la ironía, ni reparó en el brillo de sus ojos: demasiado ocupada estaba con una tarea tan sencilla como respirar. Su imaginación corría desbocada. ¿Pretendería repetirle la proposición que le había hecho en la oficina? Sólo de pensarlo se le secaba la garganta. ¿Se le presentaría la oportunidad de cambiar de idea? ¿De hacer el más completo de los ridículos?

Rafael enarcó una ceja y estudió su tensa expresión. El fuego interior que siempre percibía tras su serena fachada parecía acercarse a la superficie.

–¿No lo soy? –impaciente, añadió–: En todo caso,

¿qué importa? El hecho es que estoy dispuesto a dejarte sana y salva en casa. Garantizarte que llegas bien y a tu hora, o incluso algo antes.

—Detecto un «pero» en esa frase —replicó Libby. También oía campanas de felicidad, pero ése era un sonido que prefería ignorar.

—Abróchate el cinturón —Rafael se abrochó el suyo al tiempo que le lanzaba una mirada irritada—. Si seguimos aquí parados, me pondrán una multa. Y no hay ningún «pero».

Escrutó el rostro de Libby, leyendo el escepticismo en sus ojos y reparando en sus profundas ojeras. Aunque él no era el responsable directo de aquella apariencia de cansancio, su instinto de protección se despertó. Aquella mujer tenía algo capaz de provocarle todo tipo de respuestas emocionales.

—Incluso te quedará algo de tiempo para cenar conmigo —pensó que parecía incluso haber perdido algo de peso.

—No tengo hambre.

—¿Cuántas comidas te has estado saltando últimamente? Estás trabajando muy duro.

—Pero tú dijiste...

—Olvídate de lo que dije. Obviamente estás comiendo fatal.

—¡Como perfectamente! —protestó ella.

—Me lo creeré cuando lo vea —repuso él con tono suave.

Sacudiendo la cabeza, Libby se dispuso a desabrocharse el cinturón.

—Tomaré el tren —maldijo en silencio el temblor de sus dedos—. No debería haberte hecho caso. ¡Qué idiota soy! ¿Cómo iba a saber que querías hacer tu buena obra del día conmigo?

—Quédate quieta.

Si obedeció la orden fue porque no habría podido resistirse. No habría podido moverse de allí ni aunque su vida hubiera dependido de ello, por la sencilla razón de que la estaba tocando. La estaba tocando y ella se había olvidado hasta de moverse.

Bajó la mirada a su mano grande y morena apoyada sobre su regazo, donde le había inmovilizado las muñecas. El leve movimiento de su pulgar en la piel no podía excitarla más.

—¡Dios, estás temblando!

Aturdida por su cercanía, abrumadoramente consciente del limpio y masculino aroma de su cuerpo, cerró los ojos.

—¿Qué te habías pensado, Libby? ¿Por qué creías que te pedí que subieras al coche?

—¿Pedir? No me has pedido nada, me lo has ordenado.

—No intentes despistarme. Responde, Libby.

—¡Está bien! —estalló, incapaz de soportar la presión de sus preguntas—. Si quieres saberlo, pensé que ibas a proponérmelo otra vez... aquello que me dijiste en la oficina —escondió el rostro entre las manos—. Creía que ibas a pedirme que me acostara contigo —murmuró.

—Y si lo hubiera hecho... ¿cuál habría sido tu respuesta?

Libby alzó la cabeza para mirarlo recelosa. El ávido brillo que distinguió en sus ojos la dejó sin aliento. La mezcla de excitación y entusiasmo que empezaba a correr por sus venas casi le impedía pronunciar las palabras.

—Te habría dicho que sí —admitió.

—Entonces te lo pido ahora.

Tragando saliva, volvió a mirarlo. Temblaba febrilmente, pero su voz era firme cuando contestó:

—¡Sí!

Para entonces, la cautelosa voz racional de su conciencia había callado: lo único que Libby podía escuchar era el ansia que rugía en sus venas como un voraz incendio. No sabía si la decisión era acertada pero, por encima todo, no le importaba.

–No me mires así o puede que no lleguemos nunca a mi apartamento –gruñó él antes de arrancar el coche–. Haces que me comporte con tanta torpeza como un adolescente –ni siquiera se dio cuenta de que estaba hablando en español–. Pero no seré tan torpe en la cama, querida. Te lo aseguro.

No intercambiaron una sola palabra durante el corto trayecto hasta el edificio de apartamentos donde Rafael ocupaba un ático de lujo. Hasta entonces, había tenido la sensación de que todos los semáforos conspiraban contra él.

Para Libby, sentada en silencio a su lado, el viaje había transcurrido como en una neblina. En aquel momento renunció a todo intento de racionalizar lo ocurrido para concentrarse en los aspectos prácticos de la situación. Acababa de recibir una invitación a acostarse con un hombre altamente experimentado en cuestiones de sexo. El tema no había surgido, pero Libby estaba segura de que no esperaba llevarse a una virgen torpe e inexperta a la cama.

¿Debería advertírselo o debería callarse? Si se lo decía... ¿se largaría corriendo? No tenía ni idea, lo cual era normal, ya que apenas lo conocía. Por fin renunció a encontrar lógica alguna en sus decisiones, porque evidentemente no había ninguna.

Cuando la puerta del ascensor se abrió directamente al apartamento, Libby no se atrevió a salir. La paciencia de Rafael llegó al límite. Hasta ese momento ella no había dicho una sola palabra, y ahora se quedaba allí quieta, como una mártir a punto de ser arrojada a los leones.

−¿Qué pasa?

−Nada −sacudió la cabeza−. Es que... ¿hay alguien en casa?

−No, vivo solo. No tengo a nadie interno. No necesito criados, si es eso lo que quieres decir.

−Oh −salió por fin del ascensor, entrando en el inmenso espacio diáfano del ático−. Alguien me dijo en la oficina que tenías un castillo que había pertenecido a tu familia durante generaciones. Yo pensé...

−Ya, pensaste que necesitaba a alguien que me pusiera la pasta en el cepillo de dientes. Yo no me crié en ningún castillo. Ni siquiera en una casa, sino en una serie de... −se interrumpió−. Digamos que mi estilo de vida era más bien nómada. El castillo era de mi abuelo. Yo ni siquiera lo conozco. Nunca llegué a visitarlo.

−Nómada... eso suena muy romántico.

El ingenuo comentario le arrancó una amarga carcajada.

−Pues no lo fue −le espetó, brusco−. Para cuando cumplí los doce años yo había vivido en cinco países de Sudamérica, y te aseguro que eso no tuvo nada de romántico −se interrumpió, viendo la asombrada expresión de Libby−. No fue ni romántico ni pintoresco, aunque sí que fue una buena escuela de supervivencia.

La curiosidad de Libby se secó en el instante en que él se volvió hacia ella y le preguntó con toda naturalidad:

−¿Te apetece beber algo o prefieres que vayamos directamente al dormitorio?

Negó con la cabeza; la pulsión de deseo que la había llevado hasta allí se había evaporado.

–Eso suena tan... frío.

–¿Qué esperabas? –pareció sorprendido por su comentario–. ¿Pétalos de rosa en la cama?

Sus palabras le provocaron una punzada de dolor, ya que siempre había pensado que su primera vez sería especial.

–No sé lo que había esperado –admitió, mordiéndose el labio y detestando que se estuviera comportando como una virgen asustada.

«Es que eres una virgen asustada», le recordó una voz interior. Rafael parecía dar por seguro que ella compartía su afición a disfrutar del sexo por el sexo... cosa que no era cierta en absoluto.

–Mira, lo siento –dijo de pronto Rafael, esforzándose por ver la situación desde su punto de vista. Él no salía con mujeres que concedieran importancia a los rituales de cortejo–. Si te parezco que... Nada me gustaría más que pasar la noche entera contigo, pero tú misma has fijado las reglas y yo quería aprovechar al máximo el tiempo de que disponemos. Porque, si te soy sincero... me estás volviendo loco de deseo.

Reconociendo aquel intento por ponerse en su lugar, Libby, se relajó un tanto. Además de que resultaba increíblemente halagador que un hombre tan sumamente sexy le confesara aquellas cosas.

–Tómatelo como si fuera... sexo de compensación, como se suele llamar –le sugirió él–. Sexo para desahogar tensiones entre amantes.

Aquello la llenó de asombro.

–Detesto parecer quisquillosa, pero... para eso tendríamos que haber sido amantes y haber practicado sexo con anterioridad. ¿O es que ya lo hemos hecho y yo me he olvidado?

–Oh, desde luego que no te habrías olvidado, querida –su ronco ronroneo, cargado de promesas, le provocó una oleada de calor por todo el cuerpo. Acto seguido, se inclinó hacia ella para susurrarle, acariciándole la oreja con su aliento–: También podemos llamarlo de otra manera... Sexo para compensar el tiempo perdido, por ejemplo.

Se quedó paralizada mientras sentía sus dedos en la nuca. El corazón le martilleaba con fuerza. Se le secó la garganta. Literalmente sufría de necesidad. Se humedeció los labios nerviosamente con la lengua, atrayendo de esa forma su ávida mirada color canela hasta su boca.

Nada preparó a Rafael para la punzada de ternura que se mezcló con el deseo abrasador mientras contemplaba su rostro, devorando la delicada perfección de sus rasgos. Vio que parpadeaba varias veces hasta cerrar los ojos, conforme él se acercaba hasta acariciarle los labios con los suyos.

Libby perdió el aliento y volvió a abrir los ojos justo cuando sintió sus dedos soltando las horquillas que le sujetaban el pelo. Rafael se apartó entonces para contemplar a placer aquella gloriosa melena derramada sobre sus hombros, tal que una nube de seda.

Ya no estaba asustada. Lo que significaba que, definitivamente, había perdido el juicio. Un ronco gruñido de aprobación brotó de la garganta de Rafael, que continuaba observándola admirado.

–Pura seda –pronunció, deslizando los dedos entre sus brillantes ondas–. Dios, llevaba toda la vida queriendo hacer esto...

–Pero si solamente hace tres semanas que nos conocemos –protestó ella al tiempo que pensaba: «deja de hablar y bésame de una vez»

Y lo hizo. El beso no empezó lenta y tentativamente: fue una explosión. Rafael le entreabrió los labios con implacable eficacia y deslizó profundamente la lengua en el interior de su boca. Al primer contacto, las pocas dudas que pudieran quedarle a Libby desaparecieron. Jadeó mientras sentía el fuego estallar por todas partes, barrer su cuerpo en oleadas. Soltó un ronroneo de aprobación mientras le echaba los brazos al cuello, y le devolvió el beso con igual pasión.

Ni una sola vez durante aquel frenético beso se acordó de que era virgen. Sólo pensó: «más», y cerró los ojos para olvidarse del resto. Podía hacerlo. Estaba besando bien, de hecho: ¿quién lo habría pensado?

Cuando Rafael se apartó por fin, fue para levantarla en brazos. Sosteniéndola fácilmente con una sola mano, le apartó el cabello de la cara con la otra para descubrir su rostro ruborizado de pasión.

—Eres preciosa.

El tono maravillado de su voz la sorprendió. Le parecía milagroso que pudiera afectar tanto a un hombre así, hacer que la deseara.

Ante la mirada de aquellos enormes ojos azules, Rafael sintió que algo en su interior se aflojaba, se disparaba. Sin intentar siquiera identificar aquel nebuloso sentimiento, deslizó un dedo por la delicada curva de su mejilla, fascinado por la textura de su piel sedosa. Fascinado por toda ella. La deseaba como nunca había deseado a ninguna mujer.

—Y tú.

Rafael sonrió, deteniéndose cuando ella giró la cabeza y le lamió el dedo. Lo oyó contener el aliento y esbozó una sensual sonrisa.

—Sabes muy bien. ¿Vas a llevarme a la cama?

—Esa es la idea —admitió con voz ronca–, pero si sigues así, no creo que lleguemos tan lejos… —atravesando a toda prisa la habitación, abrió la puerta del dormitorio con el pie.

Hipnotizada por el fuego de la pasión que ardía en

sus ojos, Libby enterró la cara en su cuello. Rafael retiró el edredón con una mano y la tumbó en la cama. Inclinándose sobre ella, la besó lenta, meticulosamente.

–Mira, creo que debería decirte... –le confesó ella en un impulso– que no soy tan buena en la cama.

–Me gustan los desafíos.

«Bueno, que conste que se lo he advertido», pensó, y arqueándose contra él le echó los brazos al cuello. Enterró los dedos en su pelo, para protestar poco después cuando él se apartó para levantarse.

El brillo de alarma que Rafael había vislumbrado en sus ojos azules se fue apagando conforme se despojaba de la chaqueta y de la camisa. Ella lo observaba casi jadeando mientras veía cómo la tela se abría para revelar su torso bronceado, oscurecido por un fino vello.

El voluptuoso suspiro de placer que escapó de sus labios hizo que la mirara a los ojos. Con su melena rojiza toda despeinada y derramada sobre la almohada, parecía una fantasía hecha realidad.

Excepto por la ropa. El pensamiento de despojar a aquel ángel sensual de toda aquella ropa impregnaba de una extremada urgencia sus actos. Sintió torpes los dedos mientras se desabrochaba el cinturón. El hecho de que lo estuviera observando, la perspectiva de que se estuviera excitando sólo de verlo, incrementaba insoportablemente el nivel de su deseo. Fue un verdadero alivio cuando por fin pudo quitarse el pantalón.

Libby tenía el corazón en la boca cuando él se reunió con ella en la cama. Llevaba únicamente sus boxers, que poco hacían para disimular la potencia de su erección. Deslizó una mano por un muslo, haciéndola estremecerse. Ella le acarició entonces el pecho, apoyando la palma plana contra su piel caliente y dura, sintiendo la leve humedad de su sudor.

–Puedo sentir el latido de tu corazón.

Sin dejar de mirarla a los ojos, Rafael le tomó la mano y, cerrando los dedos sobre los suyos, procedió a guiarla por su cuerpo. Fue un lento recorrido descendente, que siguió la fina línea de vello que dividía su vientre plano para perderse bajo la cinturilla de sus boxers.

Fue entonces cuando apretó su mano contra el llamativo bulto de su erección... y le hizo cerrar los dedos en torno a su duro miembro, de tacto aterciopelado. Un gemido de anhelo brotó de la garganta de Libby al tiempo que un calor líquido comenzaba a correr entre sus muslos.

–¿Ves? Esto es lo que me haces –siseó él, y acto seguido negó con la cabeza–. No, aún no, querida –le subió de nuevo la mano para besársela–. Todavía no poseo el control necesario –le confesó, casi arrepentido.

Libby se le quedó mirando fijamente, con las mejillas encendidas. Apenas registró su comentario. De repente se sorprendió a sí misma anhelando decirle una simple frase: «te quiero». El esfuerzo que supuso reprimir las palabras le arrancó un gemido.

–No tendrás que esperar mucho –le prometió Rafael, besándola.

Se aferró a él, anegada por la marea de aquella pasión al rojo vivo. Abrió la boca para disfrutar de la erótica exploración de su lengua, retorciéndose cuando sintió sus manos sobre su cuerpo. Aquel hombre parecía saber exactamente dónde tocarla para provocar el mayor placer posible.

Lo oyó pronunciar su nombre, sintió su ardiente aliento en el rostro y en los senos, en la suave curva de su vientre, y se entregó a la pura y deliciosa magia de aquellas sensaciones. Ni siquiera se dio cuenta, hasta que sintió la caricia del aire en la piel sobrecalentada, de que Rafael la había despojado de toda la ropa, a excepción del sujetador y de la braguita.

Pensó por un instante en su sensual conjunto de lencería roja, una caprichosa compra que había permanecido sin estrenar en el fondo de su armario, pero segundos después se olvidó de todo cuando él se arrodilló frente a ella... y le quitó el sujetador.

Su gruñido de masculina aprobación le provocó un entusiasmo salvaje, primitivo. Se inclinó para apoderarse de un sensible pezón y ella contuvo el aliento mientras él proseguía la caricia con la lengua. Su gozoso grito se perdió en su boca cuando Rafael reclamó sus labios una vez más.

Libby podía sentir cómo su cuerpo se quedaba sin fuerzas mientras él procedía a bajarle delicadamente la braguita. Rafael respiraba con fuerza mientras veía a la hermosa mujer temblando de necesidad, con el rubor del deseo iluminando su piel cremosa.

–¡Dios mío! –murmuró en el instante en que ella separó los muslos a modo de tácita invitación.

Sobrecogida por su propio atrevimiento, Libby empezó a jadear cuando él deslizó la punta de un dedo por la cara interior de uno de sus muslos. Cerró los ojos con fuerza para concentrarse mejor en aquella levísima caricia de pluma, con el dedo acercándose por momentos a su húmedo calor.

–¿Esto es para mí, querida? –murmuró cuando alcanzó el tenso y sensible nudo oculto bajo su rojizo vello.

Libby sacudió la cabeza, muda, incapaz de hacer otra cosa que reaccionar a su contacto mientras lo oía pronunciar palabras en su lengua materna. No le hizo falta comprender lo que estaba diciendo para encontrar aquel delicioso sonido insoportablemente excitante.

El primer contacto de su piel desnuda contra la suya le arrancó a Libby una exclamación de asombro, pero no por ello se apartó, sino que intensificó la presión, buscando profundizar su contacto. El deseo crecía y crecía con frenética desesperación mientras sentía el pulsante sello de su erección contra su vientre.

Se arqueó hacia delante, deslizando las manos por su sudorosa espalda al tiempo que él se acomodaba mejor entre sus piernas. Fue entonces cuando, de un solo y fluido movimiento, entró en ella. Y Rafael supo que el recuerdo de su sorprendido grito de dolor lo acompañaría por siempre.

Por un fugaz segundo, su mente se vació mientras rechazaba la verdad. Las recriminaciones empezaron a acecharlo, pero logró mantenerlas a raya para disfrutar de aquel cuerpo que lo envolvía con su sedosa suavidad.

En cuanto a Libby, no había palabras que pudieran describir la sensación de tenerlo dentro de su ser, llenándola por completo.

—Eres tan... Oh, Dios mío, Rafael… –repitió su nombre una y otra vez.

—Relájate –intentó tranquilizarla, hundiéndose cada vez un poco más y sintiéndola jadear, luego suspirar. Se retrajo entonces, sintiendo cómo le clavaba las uñas en la espalda, y repitió el proceso, murmurando palabras cariñosas al tiempo que la sentía empezar a moverse con él.

Saber que era el primer hombre en regalarle aquel placer lo llenaba de un entusiasmo básico, primitivo. Decidido a que recordara aquella primera vez para siempre, refrenó su pasión, controlando cuidadosamente los embates de su cuerpo. Libby cerró los ojos y enterró la cara en el hueco de su cuello, sintiendo cómo aquel calor crecía y crecía hasta llenarla por completo. Y justo cuando pensó que no podía soportarlo más... todo explotó. Oyó la voz de Rafael susurrarle al oído:

—Adelante, ángel mío.

Y fue adelante, con todas sus fuerzas, hasta fundirse con el tremendo orgasmo que la barrió como una marea.

Rafael la sintió apretarse en torno a él, oyó el grito de placer que brotó de su garganta y sintió que su control cedía de golpe. Incapaz de esperar por más tiempo, se enterró hasta el fondo en ella y se dejó llevar por un demoledor clímax.

Capítulo 13

RAFAEL yacía jadeante, mirando al techo. A su lado, Libby descansaba acurrucada como un gatito, la cabeza apoyada sobre su pecho, una pierna cruzada sobre sus caderas.

–¿No se te pasó por la cabeza mencionarme que eras virgen?

–Sí que lo pensé –admitió.

–Pero decidiste no molestarte en hacerlo.

Esbozó una mueca ante su tono sarcástico mientras deslizaba las puntas de los dedos por su pecho. Rafael le capturó entonces la mano.

–No lograrás distraerme.

Libby seguía deseándolo. Y aquello, pensó mientras se apartaba, era precisamente lo más difícil. Algo en lo que no había pensado hasta ahora.

–Tengo que irme –le dijo, procurando permanecer tranquila y recordándose que Rafael no albergaba ningún sentimiento profundo por ella: sólo era sexo. Y ya lo había conseguido.

Rafael continuó tumbado en silencio viéndola recoger la ropa regada por la habitación. De espaldas a él, empezó a abrocharse el sujetador con dedos temblorosos.

–No es así como debería ser la primera vez –comentó él de pronto, clavada la mirada en su delicioso trasero.

Su tono de insatisfacción hizo que Libby volviera la cabeza.

–¿Quieres que me disculpe? Siento haber sido tan pésima en la cama –enarcó una ceja–. ¿Satisfecho?

–¡No seas ridícula!

Libby se ruborizó mientras se ponía la falda. Sabía que su pueril respuesta había merecido la reprimenda. Rafael la observó forcejear por un momento con la cremallera, hasta que maldijo por lo bajo y se levantó de la cama para ayudarla.

–Permíteme.

Se quedó rígida mientras él le subía la cremallera.

–Yo no necesito disculpas. Necesito una explicación.

Libby reprimió una carcajada. Ahí estaba él, esperando su respuesta, un magnífico macho desnudo... ¡y ella que hasta tenía problemas para recordar su nombre! Parecía perfectamente cómodo con su estado de desnudez.

–Me extraña que te hayas reservado durante tanto tiempo para al final tener un rápido revolcón conmigo y marcharte sin más a casa –le dijo él. Si lo hubiera sabido, si ella se lo hubiese advertido... Se esforzó por enfadarse, pero no podía.

¿Cómo podía enfadarse cuando ella le había proporcionado el sexo más increíble que había experimentado jamás?

–¿Cómo fue tu primera vez? –le preguntó de pronto Libby, tragando saliva y apartando la mirada de su cuerpo desnudo. El simple hecho de mirarlo le provocaba una marea de ardor hormonal por todo el cuerpo. La intensidad de aquella reacción resultaba casi inquietante.

La miró sorprendido por su pregunta y frunció el ceño.

–Casi no me acuerdo –respondió, con la mirada clavada en su sujetador de encaje, al tiempo que le entregaba la chaqueta que había recogido del suelo–. Tienes un cuerpo precioso.

–Gracias, tú también… –procurando no mirarlo a los ojos, echó de menos la caricia de sus labios–. Debí haberte dicho que era virgen –admitió por fin–. Si no lo hice, fue porque pensé que podías tener una regla de comportamiento como la de la oficina, la de no mezclar el trabajo con el placer. En este caso, habría sido la de no acostarte con vírgenes…

–Me gusta contemplar todas las eventualidades. Pero ésa no la anticipé en absoluto –le confesó a su vez Rafael.

Libby se acercó al espejo de la pared, aliviada de ver que se ponía unos tejanos que sacó de un estante del armario.

–Nunca había hecho esto porque siempre pensé que no podría tener sexo sin… sin amor.

–Pero conmigo has podido.

–Ha sido increíble –le confesó–. Y eso que tú ni siquiera me gustas.

Rafael se detuvo en seco cuando se estaba subiendo la cremallera del pantalón. Libby fue consciente de la inquieta expresión con que la miró.

–No te habré ofendido, ¿verdad? A veces digo cosas sin pensar, sobre todo cuando estoy cansada… –y se llevó una mano a la boca para ahogar un irreprimible bostezo.

Mientras la miraba, Rafael sintió que su furia desaparecía para dejar paso a algo peligrosamente parecido a la ternura. Aquella mujer era el mejor remedio que había conocido nunca para un ego tan inflado como el suyo.

–No, en absoluto. No tengo problema alguno en que me traten como un objeto sexual, fuera de las horas de la oficina –se puso una camisa y recogió las llaves del coche.

–¿Vas a llevarme a casa?

–Ese era el trato. Er... ¿Libby?

Ladeó la cabeza y lo sorprendió mirándola con una expresión casi imposible de interpretar.

–¿Te importaría que volviéramos a hacer esto?

Si su anterior comentario había lastimado su ego, el «sí, por favor» con que ella le contestó lo compensó sobradamente.

Aquella primera noche sentó la pauta de las siguientes. Al final de la jornada, Libby lo esperaba al pie de su coche. Rafael la llevaba a su apartamento y, una vez allí, se desnudaban a toda prisa y se metían en la cama. Todo era muy intenso. Libby se preguntaba si no sería porque ambos intentaban concentrar toda una noche de amor en unas pocas horas.

Rafael la desconcertaba. Libby había pensado que al final terminaría cansándose del arreglo para, conociendo su reputación, perder todo interés por ella. Pero no: de hecho, su apetito sexual parecía crecer cada día. Y ella tampoco había perdido el suyo. Una semana después de su primer encuentro, se había sentido tan consumida por el deseo, que ni siquiera había sido capaz de esperar a que él se desnudara.

Le había entrado un verdadero frenesí por tocarlo, por sentirlo. Ni siquiera se habían besado cuando lo tumbó en la cama y, arrodillándose frente a él, le bajó la cremallera del pantalón. Liberar su abultada erección y ver lo excitado que estaba la había vuelto literalmente loca de deseo.

No había resistido la tentación de saborearlo, de deslizar la lengua por su duro y pulsante miembro tal y como él le había enseñado, antes de metérselo en la boca. Cuando finalmente Rafael se hubo retirado para, después de subirle la falda hasta la cintura, entrar en ella, Libby había tenido un orgasmo tan rápido e intenso que había terminado sollozando.

Ella fue la primera sorprendida de lo que había hecho. Durante el resto de aquella semana, cuando se habían encontrado en el pasillo, no había sido capaz de mirarlo a la cara sin pensar que él estaba pensando en lo mismo que ella… No, Libby no había perdido ni el interés ni el apetito. De hecho, estaba enganchada. Enamorada. Y el descubrimiento le hizo mostrarse más inhibida. Porque temía que, en un arrebato de pasión, terminara confesándole de golpe sus sentimientos… lo que pondría punto final a su idilio.

Rafael había hecho antes regalos a sus amantes, pero siempre delegaba esa tarea en otra persona. Esa vez se aventuró a entrar personalmente en la joyería, sabiendo perfectamente lo que buscaba.

Y lo encontró. Había rechazado numerosas joyas antes de que le presentaran aquellos pendientes de diamantes y zafiros. Inmediatamente supo que a Libby le sentarían de maravilla. Los llevó en el bolsillo durante todo el día, imaginándose la alegría que se llevaría cuando se los entregara. Aquella fantasía duró justo hasta el momento en que ella abrió la caja… y se quedó pálida, consternada.

–¿Qué pasa? ¿No te gustan?

–Son preciosos, pero no puedo aceptarlos –cerró la caja y se la devolvió.

–¿Por qué no? –le preguntó él, incapaz de disimular su disgusto.

–Porque parece como si me estuvieras recompensando por… mis favores.

Rafael enrojeció de furia ante lo absurdo de aquel comentario. Se había esforzado por elegir aquel regalo y ella se lo arrojaba a la cara, esgrimiendo estúpidos principios…

–¡Yo no te estoy pagando por tener sexo!

–Así me lo ha parecido a mí, lo siento.

Estaba tan indignado, que pensó incluso en marcharse. Pero entonces Libby le soltó uno de aquellos originales comentarios que tanto lo fascinaban.

–Yo sería capaz de pagarte a ti –lo miró de pronto con expresión anhelante–. Me paso todo el día pensando… –se interrumpió, ruborizada– en las horas que estoy contigo.

–Olvídalo –repuso él, guardándose la caja en un bolsillo.

No volvieron a hablar del tema. A la noche siguiente Rafael le entregó una carpeta marrón con un documento dentro y la instrucción de no abrirla.

–Esto no es un regalo, sino el documento que te acredita como propietaria de la empresa de tu familia. No es ningún pago. Con ello simplemente cumplo con mi parte del trato.

–Pero ése no era el acuerdo que teníamos… Tú dijiste que si podía demostrar mis capacidades, me pondrías a su frente como directora.

–Creo que me entendiste mal –arqueó las cejas–. Yo siempre tuve la intención de deshacerme de esa compañía para entregártela a ti o a otra persona –se encogió de hombros–. A mí me es indiferente, pero en mi experiencia, cuando algo bueno te cae del cielo, es absurdo rechazarlo. ¿Has oído los rumores que corren por ahí sobre la forma en que hice fortuna?

–Sí, he oído algunos… –admitió.

–Bueno, lo cierto es que uno de los… amigos de mi madre se marchó de repente una noche, rompiéndole el corazón. Pasaron varios días antes de que yo encontrara la chaqueta que había dejado olvidada. En uno de los bolsillos había una piedra preciosa. Era un gran jugador de póquer, así que supuse que la habría ganado en alguna timba. Dudo que supiera lo que era. Yo, en cambio, había leído un libro sobre diamantes y pude reconocer su valor. Ahora pertenece a un oligarca rico que la mandó tallar. Quizá un día vuelva a comprársela.

—¿Así que te quedaste la piedra?

—Desde luego que no la llevé a la comisaría más próxima —se echó a reír—. Varios años después la hice tasar y la vendí por un buen precio. Para entonces mi madre había muerto, de modo que eso me permitió salir del agujero.

—¿Estabas solo?

—Estaba acostumbrado a cuidar de mí mismo.

—No puedo ni imaginar… —pronunció Libby, con el corazón desgarrado.

—Mejor que no lo imagines.

—Pero si yo acepto esto… —bajó la mirada a la carpeta— ¿significa que mi periodo de aprendizaje ha terminado?

—¿Crees acaso que te queda algo más que aprender?

—¡Por supuesto que sí!

—Entonces te sugiero que te quedes hasta que hayas aprendido todas las habilidades que pienses que necesitas.

Libby no sabía si se estaba refiriendo a la cama o la oficina. Pero, en cualquier caso, se sintió inmensamente aliviada de que aquello no acabara aún.

No eran todavía las nueve cuando su temprano desayuno de trabajo terminó por fin. Rafael regresó a pie a la oficina. Se encontraba a menos de cien metros del edificio cuando vio a Libby. El brillo de su melena llamó su atención.

Cambió de rumbo y la siguió al ver que se encaminaba hacia la cafetería. Por la ventana la vio dirigirse a una mesa vacía y ocupar su lugar en la cola. Se puso de buen humor ante la perspectiva de reunirse con ella.

Estaba a punto de hacerlo cuando vio a un hombre acercarse a ella. Alto y rubio, se inclinó para decirle algo, sonriendo. «El clásico ligón de cafetería», pensó Rafael, esperando a que Libby lo despachara. Pero no lo hizo. En lugar de ello, le sonrió y se puso a charlar con él.

Rafael se quedó donde estaba, maldiciendo entre dientes y luchando contra el impulso de entrar allí y darle a aquel joven su merecido. El problema era que no podía hacerlo… porque ella no era su mujer. Tenían un acuerdo, sí, pero no había nada que dijera específicamente que su relación era exclusiva.

Sacudió la cabeza. Se estaba comportando como si Libby estuviera besando al tipo, y no charlando amigablemente con él en la cola de la cafetería. ¿Qué diablos le estaba pasando? Estaba viviendo un sueño; estaba disfrutando del mejor sexo de su vida. Tenía una mujer hermosa en su cama, una mujer que no le presentaba ninguna complicación. Y, sin embargo, ahí radicaba precisamente la fuente de su descontento. Quería complicaciones.

Era un descubrimiento aterrador.

Capítulo 14

G RETCHEN?
Su secretaria alzó la cabeza, vio a su jefe plantado frente a ella y colgó el teléfono con un suspiro.

–De acuerdo, lo reconozco: era una llamada personal.

–¿Cara?

–Sí. Está un poco baja de ánimo.

–Trabaja en Meltons, ¿verdad?

–Trabajaba.

–Están despidiendo a mucha gente en estos tiempos. Así que anda buscando empleo. ¿Cómo le va?

Rafael no se sorprendió de que su secretaria se encogiera de hombros y respondiera, desanimada:

–No muy bien. Ha mandado un montón de solicitudes y, hasta ahora, nada. Si Cara, con el currículum que tiene, no puede conseguir un empleo… ¿qué posibilidades tienen los demás?

–Su especialidad es la tecnología de la información, ¿cierto?

–Fue la mejor de su promoción. Supercualificada.

–Nosotros estamos ampliando el departamento de tecnología de la información.

–Ya lo sé. Yo misma envié el anuncio a la prensa.

–¿Ha pensado Cara en solicitar un empleo en nuestra empresa? No puedo prometerte nada, pero…

Gretchen se quedó tan atónita, que casi tiró al suelo la perfecta fila de bolígrafos que siempre tenía sobre su mesa.

–¿Y qué pasa con tu regla antirrelaciones románticas en el espacio de trabajo?

–Es posible que la esté flexibilizando un tanto.

Una lenta sonrisa iluminó los rasgos de la secretaria.

–Si no te conociera mejor… diría que te has ruborizado.

–No tientes a la suerte… –sonrió Rafael.

Divertido, Rafael seguía oyendo las carcajadas de su secretaria mientras se alejaba por el pasillo. Y no dejó de sonreír durante todo el camino hasta el parque donde sabía que Libby comía su sándwich.

Al menos hasta que vio que no estaba sola ni comiendo. Estaba de pie bajo un gran castaño, rodeada por su padre y los que suponía formaban el resto de su familia. Se acercó sigilosamente, manteniéndose pegado a la línea de árboles, hasta que pudo escuchar la conversación. Era Kate Marchant quien estaba hablando.

–De modo que es cierto, entonces… no intentes negarlo. Te estás acostando con Rafael Alejandro. Eres su amante. Cuando Rachel nos contó que te había visto entrar en su piso, me sentí como si…

Desde donde estaba, Rafael vio a Libby sacudir la cabeza: no podía distinguir bien su expresión, pero no tuvo ningún problema en escuchar su respuesta:

–No, no lo estoy negando, mamá, por favor –suplicó–. No llores.

–¿Llorar? ¿Y qué esperabas que hiciera? ¿Aplaudirte? –gritó su hermano–. Libby, ese hombre… ¿cómo has podido? Después de lo que le pasó a Meg. ¿Es que has perdido el juicio?

–Lo que le pasó a Meg no es culpa de Rafael.

–¡Así que estás diciendo que fue culpa mía! –replicó airado.

Consciente de que dijera lo que dijera, Ed la culparía de haber dejado viajar a Meg, Libby intentó agarrarlo por un brazo:

–Yo no estoy diciendo que haya sido culpa de nadie… –lágrimas de dolor rodaron por sus mejillas cuando su hermano se apartó de ella como si tuviera la peste.

–¿Cómo pudiste traicionarnos de esa manera con el hombre que me arruinó? –le espetó entonces su padre.

–Tú no estás arruinado. Con el acuerdo de rescate de la empresa, todo el mundo conserva su empleo y tú conservas la casa.

–Y esperas que te esté agradecido. ¡Se nos permite quedarnos en la casa como arrendatarios en nuestro propio hogar, fiados a la caridad de ese hombre!

–Ya sé que es duro, pero…

–Tú no sabes nada, Libby. Ese presunto acuerdo de rescate… ¿no te has dado cuenta de que no es más que una cortina de humo? Esto no se trata de caridad. Ese tipo quiere acabar con nosotros. Es incapaz de admitir que se ha equivocado; por eso se ha inventado eso del acuerdo de rescate, para poder quedar como una especie de héroe ante alguien tan ingenuo como tú.

Mientras escuchaba su perorata, Libby empezó a enfurecerse por momentos. ¿Realmente creía su padre todo lo que estaba diciendo?

–Un hombre así no da nada sin recibir algo a cambio.

Libby se mordió el labio, esforzándose por mantener la calma.

–Mira, papá, yo no quiero haceros daño a ninguno

de vosotros –el corazón se le encogió mientras escrutaba sus rostros, reconociendo que sus palabras caían en oídos sordos.

Aquella emboscada no daba pie a explicaciones. Querían su arrepentimiento, su penitencia. Y Libby no podía darles ni una cosa ni la otra. Dos semanas atrás, una incluso, su reacción habría podido ser diferente, pero no ahora. No pediría disculpas, no dejaría que nadie convirtiera lo que tenía con Rafael en algo sórdido, y no participaría tampoco en su linchamiento moral.

–¿Que no quieres hacernos daño? –le espetó Kate Marchant, mirando a su hija con inusitada frialdad–. ¡Pues tienes una manera muy extraña de demostrarlo!

–Mamá, por favor…

Rafael dio un paso adelante. La voz angustiada de Libby era como un cuchillo hundiéndose en su pecho; parecía tan sola, tan indefensa…

–Al menos dinos que te avergüenzas de tu sucio secreto. Que te avergüenzas de haber traicionado a tu familia.

Aquellas palabras la hicieron detenerse. Con los puños cerrados, esperó su respuesta.

–Déjala, Ed, no es culpa suya. Es de ese hombre –intervino Kate Marchant–. Envenena todo lo que toca.

–Sí, me avergüenzo.

La sangre abandonó de golpe el rostro de Rafael. Intentó decirse que aquello no era más de lo que había esperado. ¿Por qué entonces le dolía tanto? Le habían rechazado antes y había sobrevivido. Libby alzó entonces la barbilla, orgullosa:

–Me avergüenzo de haberme avergonzado alguna vez. Me avergüenzo de haber pedido a Rafael que mantuviera en secreto nuestra aventura. Porque ahora

no estoy avergonzada: estoy orgullosa. Él se merece
alguien mucho mejor que yo. Nada de lo que pensáis
sobre él es cierto. Es un hombre increíble, maravilloso.

–Madura de una vez, Libby –la amonestó su hermano–. Ese tipo te ha seducido. No te dejará ver su
lado perverso, pero cuando se haya cansado de ti...
¡ya verás lo bueno que es! –volviéndose hacia sus padres, la acusó con el dedo–. Ese hombre le ha lavado
el cerebro.

–Todo esto tiene que terminar ya –sentenció su padre, severo–. Tienes que prometernos que no volverás
a verlo.

–No me pidas que elija entre vosotros y él, papá
–le rogó Libby.

Rafael observaba la escena, expectante. Clavarse
un cuchillo en el pecho habría sido preferible a
asistir al dolor de Libby. La familia comenzó a retirarse, dándole la espalda. Se alejaron todos juntos,
proporcionándose entre sí el apoyo que le negaban
a ella.

Por mucho que detestara lo que habían hecho con
Libby, Rafael sabía que tendría que hacer a un lado
sus sentimientos personales si quería arreglar la situación.

–He traído el almuerzo, pero veo que ya has comido.

Libby contempló la alta figura que salió de entre
los árboles, con una bolsa de papel en la mano. Su impulso inmediato fue lanzarse a sus brazos. Si no lo
hizo fue porque temía que no los abriera para estrecharla contra su pecho, según la fantasía que se había
imaginado.

–¿Desde cuándo te apetece comer al aire libre?

–Siempre estoy abierto a nuevas experiencias –miró la bolsa que llevaba–. Y esta es una experiencia completamente nueva para mí.

A Libby no le pasó desapercibida la extraña inflexión de su voz. Desvió la mirada hacia el banco vacío, donde los gorriones daban buena cuenta de los restos de su comida olvidada.

–Has oído la conversación, ¿verdad?

Rafael tragó saliva y asintió. Libby lanzó un mortificado gemido y bajó la cabeza.

–Se suponía que no deberías haberlo hecho –murmuró, triste.

–Yo no puedo ser la causa de que rompas con tu familia, Libby.

–No puedes detenerme, Rafael –sonrió, llorosa pero firme–. A no ser que me estés diciendo que quieres que lo nuestro… termine.

–La familias siempre es importante –era consciente de que ella tenía algo de lo que él carecía. No podía consentir que renunciara a ello.

Libby lo miró. Él era su familia. Era una lástima que no se diera cuenta.

–Ya sé que la familia es importante. Yo quiero a mi familia, Rafael, pero necesitaba que supieran…

–¿Que supieran qué?

–La verdad –respondió, bajando la mirada.

Rafael deslizó un dedo por la curva de su mejilla y le pidió con voz suave:

–Mírame, Libby…

Alzó por fin la vista.

–Estaban enfadados. No hablaban en serio y lo sabes. Tu familia te quiere.

Libby tragó saliva mientras le preguntaba en silencio: «¿y por qué tú no?». Pero desterró aquel ilusorio pensamiento. Tenía que conformarse y disfrutar con lo que tenía, sin aceptar nada más. Parecía fácil, y sin embargo, no lo era en absoluto.

–Ya sé que me quieren. Y yo los quiero a ellos –la diferencia residía en que ella no pretendía pedirles que se lo demostraran.

–Si te distancias de tu familia, algo que quizá no ocurra hoy ni la semana que viene, pero si al final terminas distanciándote de ellos… llegará un momento en que me culparás a mí.

–¡Eso no es cierto! –negó con vehemencia.

–Ve a buscarlos, diles lo que necesitan escuchar, ponte de su lado. Yo ya me las arreglaré. Estaré bien.

–Pero nosotros no estaremos bien… –mortalmente pálida, se esforzó por disimular el temblor de su voz mientras añadía, ronca–: Así que me estás diciendo que no quieres que nosotros…

Rafael se pasó una mano por el pelo y se la quedó mirando como si hubiera perdido el juicio.

–¡Dios mío, por supuesto que no es eso lo que estoy diciendo!

–¿Entonces? –suspiró, debilitada de alivio.

–Diles lo que quieren oír, diles que has visto la luz y que yo soy el diablo en persona, y nosotros podremos seguir discretamente con lo nuestro.

–Que les mienta, quieres decir. Que me esconda en un rincón como si estuviéramos haciendo algo malo, ¿es eso? –se le quebró la voz cuando le preguntó, entristecida–: ¿Es eso lo que quieres?

Si eso era todo lo que él estaba dispuesto a darle, Libby estaba dispuesta a aceptarlo. Pero no sin intentar antes conseguir algo más. Retrocedió un paso para contemplar bien su rostro mientras se retorcía nerviosa las manos.

Rafael juró ente dientes y sacudió la cabeza, sin mirarla directamente.

–Por supuesto que no es eso lo que quiero –ansiaba gritar a los cuatro vientos que aquella mujer era suya–. Pero esta situación requiere un compromiso especial...

–¿Tú hablando de compromisos? –rió ella–. ¿Desde cuándo?

Rafael recorrió su rostro con la mirada, esbozando una sonrisa irónica.

–Desde que te conocí –reconoció con amargura.

Libby se quedó paralizada.

–No fui yo quien deseaba mantener en secreto nuestra relación –le confesó él–. Y por lo que a mí respecta, eso no ha cambiado. Quizá tus padres, con el tiempo...

–¡Con el tiempo tú te irás con otra mujer! –exclamó ella sin poder evitarlo.

Una expresión de absoluto asombro se dibujó en el rostro de Rafael.

–Eso no va a suceder. ¿Cómo puedes pensar algo así?

–¿Y cómo puedo no pensarlo? ¡No eres precisamente conocido por tu afición a las relaciones a largo plazo! Mira –añadió, esforzándose por mantener un mínimo de compostura–, yo no me estoy quejando. Tú nunca me engañaste. Nunca fingiste que esto era una cosa distinta de lo que es.

–¡Fui un imbécil!

Libby parpadeó de asombro ante el desprecio que destilaba aquella confesión. Rafael, el epítome de la frialdad, perdiendo la compostura.

–Eso que hiciste...

–¿A qué te refieres? –quiso saber ella.

–Lo que me entregaste, lo que estuviste dispuesta a hacer por mí... significa muchísimo... –volvió bruscamente la cabeza. Tragó saliva, emocionado.

Segundos después, ya recuperado, añadió–: No tienes idea de cuánto significa todo eso para mí. Pero no puedo consentir que pierdas a tu familia por mi culpa.

–No la perderé. Pero a ti tampoco puedo perderte por su culpa, Rafael –alzando la barbilla, le confesó–: Te quiero… –al ver su consternada expresión, gruñó–: Oh, Dios mío, no pensaba decírtelo… y no pongas esa cara de horror, que no te lo repetiré. De verdad. Podemos seguir tal como estábamos y…

Un músculo latió en la mandíbula de Rafael.

–No. No podemos seguir de esa manera.

Libby se mordió el labio, que le temblaba.

–Ya está, entonces… –repuso, resignada. Pero, mientras lo miraba, experimentó un súbito y renovado impulso de rebeldía. No podía renunciar a algo tan maravilloso. No sin antes luchar por ello–. ¡No, no está! Deberías quererme, Rafael Alejandro, soy una buena persona y soy buena para ti, y un día te arrepentirás de haberme alejado de tu lado. ¿Me oyes?

El brillo de furia de sus ojos se apagó con la misma rapidez con que había surgido. Repentinamente agotada, desmadejada como una marioneta a la que de repente hubieran cortado los hilos, miró el dedo que sin darse cuenta le había clavado en el pecho.

–No va a pasar nada de eso –Rafael le tomó el dedo y, llevándoselo a los labios, se lo besó–. ¡Dilo otra vez!

–¿El qué? –la orden le hizo pestañear de asombro.

Tomándola de los hombros, la acercó lentamente hacia sí. El brillo ferozmente tierno de sus ojos la dejaba sin aliento.

–Que me quieres. Necesito oírtelo decir.

Libby estaba fascinada. La cabeza le daba vueltas. ¿Realmente estaba sucediendo todo aquello?

–Te quiero, Rafael –aclarándose la garganta, añadió–: Te amo de verdad, y…

El resto de su apasionada declaración se perdió en
su beso. Teniendo su delicioso cuerpo en sus brazos,
sintiendo sus dulces senos apretados contra su pecho… Rafael sintió que perdía los últimos restos de su
autocontrol. Segundos después la apartaba para mirarla con conmovedora intensidad.

–Yo… –se interrumpió por un momento–. Te he
echado de menos.

«Cobarde», lo acusó una voz interior. ¿Estaría dispuesto a dar aquel paso de gigante y pronunciar la palabra que podía cambiarlo todo? La palabra que significaría derribar muros que había empleado toda su
vida en levantar, y que Libby había ido demoliendo ladrillo a ladrillo desde que irrumpió en su vida.

–Pero si me has visto esta misma mañana… –repuso ella, sorprendida, antes de bajar la mirada. Aquélla
había sido la primera mañana en que se había despertado en sus brazos. Había odiado el subterfugio que se
había inventado para poder quedarse con él esa noche,
pero había merecido la pena. Aunque al final, irónicamente, las mentiras no habían servido de nada, ya que
su familia había terminado por enterarse.

Al menos no tendría que volver a mentir e inven-
tarse excusas… Eso suponiendo que hubiera una segunda vez. La reacción de Rafael a su vehemente declaración de amor no había sido la que había temido,
pero tampoco la que secretamente había esperado. La
cabeza le dolía del esfuerzo de intentar comprender lo
que estaba sucediendo.

–Quiero verte cada mañana.

Se lo quedó mirando fijamente, atónita.

–¿Me estás pidiendo que me vaya a vivir contigo?

–Yo… –con un gruñido frustrado, la acercó hacia

sí–. No, no te estoy pidiendo eso. Lo que estoy intentando decirte es… el motivo por el que venía a buscarte… ¡Ven aquí!

Una Libby completamente asombrada obedeció la imperiosa orden y dejó que la llevara de la mano al banco donde antes se había sentado a comer su almuerzo. Ignorando a las dos jóvenes que se habían sentado al otro extremo, le hizo tomar asiento.

Observó con creciente desconcierto que sacaba algo de la bolsa de papel, donde llevaba su comida.

–No tengo hambre, Rafael… –se le secó la garganta nada más ver la cajita de terciopelo que le mostraba–. ¿Qué es… eso? –no se atrevía a concebir esperanzas.

Rafael se pasó una mano por el pelo con gesto frustrado. Siempre había pensado que las mujeres tenían una intuición especial para aquellas cosas.

–Toma. Ábrela y míralo tú misma.

Le temblaba la mano cuando aceptó la caja. Lentamente, conteniendo la respiración, la abrió. Abrió desorbitadamente los ojos cuando vio, en su lecho de terciopelo, el precioso zafiro rodeado de diamantes.

Rafael la observaba tenso, expectante.

–Si no te gusta, puedo…

–Es un anillo precioso.

–Cásate conmigo, Libby.

Se llevó una mano a la boca. .

–¡Di algo! –le suplicó Rafael. Tomándole la mano, le puso el anillo–. Acéptalo, Libby. Acéptame.

Desde el otro extremo del banco, alguien dio una palmada de impaciencia.

–¡Por el amor de Dios, dile que sí!

Reaccionando, Libby se inclinó hacia él y le acunó el rostro entre las manos.

–Quiero decirte que sí –admitió–. Estoy completamente loca por ti, pero tengo miedo…

–Yo no, porque por primera vez no estoy asustado, Libby, y la culpa es tuya –le tomó las manos y se las llevó a los labios–. Estaba orgulloso de no necesitar a nadie –le confesó–. Tenía miedo de entregarme, de resultar herido… hasta que apareciste tú, tan valiente, tan cariñosa… –su abrasadora mirada recorría su rostro bañado en lágrimas–. Tú me lo has dado todo. Permíteme que yo te dé algo ahora a ti, Libby. Permíteme que te dé mi corazón.

Un desgarrado sollozo brotó de la garganta de Libby. Sabía bien lo mucho que le había costado pronunciar aquellas palabras.

–Sí, Rafael, me casaré contigo.

Capítulo 15

LA luz se filtraba por las contraventanas del dormitorio donde Libby había pasado la noche. Como el resto de las habitaciones de la bella casa de campo de estilo georgiano que Rafael había alquilado para la boda, estaba llena de flores fragantes y amueblada con exquisita elegancia.

Su única queja era que había pasado la última noche en aquella enorme cama... sola. Rafael, que se había revelado sorprendentemente tradicional al respecto, había abandonado el dormitorio pese a sus protestas. Aunque había amortiguado el efecto prometiéndole que aquélla sería la última noche de su vida que dormirían separados. No daba crédito a lo maravillosa que era su vida. Perfecta... bueno, casi. Aquel «casi» proyectó una sombra de tristeza en sus ojos azules. La única nube de su horizonte era la llamativa ausencia de su familia en el día de su boda.

Cada intento por su parte de restablecer el contacto con ellos había sido ignorado, y el silencio había sido la única respuesta que había recibido a las invitaciones enviadas. Ante Rafael había intentado poner buena cara, consciente de que seguía considerándose responsable de la situación. Le había dicho que estaba segura de que al final la llamarían, pero con el transcurso de los días su optimismo se había debilitado.

Libby procuró hacer a un lado aquellos pensamientos mientras se recogía la larga cola de su precioso vestido, a punto de abrir la puerta para reunirse con sus amigas. En el último momento se detuvo para mirarse por última vez en el antiguo espejo de pie. Apenas se reconocía a sí misma. Se llevó una mano al corpiño de perlas, contenta de haberse dejado aconsejar por Susie, que había volado desde Nueva York para hacer de dama de honor. Le había asegurado que el vestido era perfecto para ella. Y no se había equivocado.

Decidida, abrió la puerta y pasó a la habitación contigua.

—¿Qué tal estoy?

Las dos mujeres interrumpieron la conversación y se volvieron al mismo tiempo hacia ella. Como ninguna dijo nada, Libby empezó a sentirse un tanto intranquila.

—Vaya, yo creía que me quedaba bastante bien… —intentó disimular su decepción tras una sonrisa forzada. Había esperado una reacción más positiva—. ¿Creéis que debería haberme dejado el pelo suelto? —se lo había recogido en un sencillo moño del que escapaban algunos rizos, que se balanceaban deliciosamente cada vez que movía la cabeza.

Para su sorpresa, Chloe, la otra dama de honor, se echó a llorar. Incluso los ojos de la dura Susie se humedecieron sospechosamente cuando le comentó, admirada:

—Cuando te vea Rafael… ¡se creerá que ha muerto y ha subido al cielo!

—Oh, Libby —exclamó Chloe—. Estás fabulosa… como un ángel sensual. Oh, no… se me ha corrido el rímel.

—No te preocupes, es a prueba de lágrimas —le aseguró Libby, halagada por tan enfática aprobación.

–La diadema es fantástica –Susie, vestida de rosa claro, admiraba entusiasmada el bello contraste de las perlas y diamantes con el tono cobrizo de su cabello–. Bueno, pues ya está. ¿Dispuesta para el gran momento?

Libby aspiró profundamente.

–Nunca en toda mi vida lo he estado más.

Un golpe en la puerta anunció la llegada del marido de Chloe, que había aceptado encantado su petición de llevarla del brazo hasta el altar.

–Vaya, Joseph –se burló Libby–. Hoy sí que te has acicalado bien…

Sonriendo, Joe se pasó una mano por el pelo untado de brillantina.

–Afortunadamente, con vosotras al lado, nadie se fijará en mí. Estás preciosa, Libby –le ofreció el brazo–. Todas lo estáis.

El corazón le latía a toda velocidad mientras se acercaba a las puertas abiertas de par en par del salón de baile, donde esperaban los invitados. De repente Joe se detuvo en seco, y Libby se le quedó mirando sorprendida hasta que vio salir figura de detrás de una columna.

–¡Papá!

Su padre sonrió y asintió con la cabeza a Joe, que se retiró de buena gana.

–Libby, querida, estás preciosa.

–Has venido… No puedo ponerme a llorar ahora… se me estropearía el maquillaje.

Chloe sacó entonces un pañuelo, que Libby aceptó con una llorosa sonrisa.

–Dudo que al novio le importe eso. Creo que ese hombre sería capaz de hacer cualquier cosa por ti,

Libby. Él nos hizo entrar en razón a todos, y le estoy agradecido por ello.

–Y yo haría lo que fuera por él –admitió ella, sin vacilar–. ¿Mamá está…?

–Ha venido todo el mundo, Libby.

La marcha nupcial comenzó a sonar en aquel preciso instante. Libby vivió un momento de pánico hasta que su padre la tomó del brazo y Chloe, siempre tan pragmática, le quitó el pañuelo usado de la mano. Detrás de ella, oyó a Susie exclamar por lo bajo:

–Cámaras, luces… ¡acción! ¡Entras en escena, Libby!

Sonrió a su padre y avanzó hacia las puertas abiertas. Todas las cabezas se volvieron a la vez cuando entró, su familia incluida. Libby les regaló una sonrisa agradecida antes de concentrar su atención en la alta figura que la esperaba al fondo. Sus miradas se enlazaron y, a partir de aquel momento, todo desapareció. Lágrimas de amor brillaron en sus ojos mientras caminaba hacia Rafael.

Más tarde, varios invitados comentaron admirados la dulce serenidad de la que había hecho gala la novia cuando pronunció sus votos. Unos pocos mencionaron, risueños, el temblor de emoción de la voz del novio y el brillo de orgullo que asomó a sus ojos en el instante en que le puso la alianza en el dedo. Todos convinieron en que la sencilla ceremonia había sido maravillosa.

Antes del almuerzo nupcial, Libby dispuso de unos momentos para reunirse con su familia. Fue un encuentro muy emotivo. No les preguntó por su repentina decisión de asistir, aunque tenía sus sospechas. Así se lo dijo a Rafael en un momento en que consiguió hablar a solas con él:

—Sé que tú has tenido algo que ver en esto —al ver que se quedaba callado, limitándose a lucir una enigmática sonrisa, añadió—: No sé cómo lo has hecho, pero gracias, Rafael —se puso de puntillas y lo besó en los labios.

Su radiante sonrisa lo dejó aturdido. Por enésima vez en aquel día, se dijo que era el hombre más afortunado que existía sobre la tierra.

—Me gustaría llevarme todo el mérito, pero la verdad es que conté con alguna ayuda. Meg ha sido mi aliada en esto. Digamos que ha estado trabajando desde dentro.

—Dios la bendiga.

—Mi papel ha consistido en seducirlos —sonrió—. Aunque he de reconocer que las cosas no salieron exactamente según lo planeado. Parecías tan triste cuando te dejé aquella mañana en el parque… Sé que dijiste que te sentías un poco nerviosa por lo de la boda, pero yo sabía que estabas pensando en tu familia. Cuando fui a buscarlos para entrevistarme con ellos, en todo el camino no pude quitarme de la cabeza la tristeza de tu mirada, así que mi predisposición no era muy buena: en vez de conciliador, estaba furioso. Pero, como dicen que el amor obra milagros, me convertí en el héroe de la situación, cuando podría haber sido el villano. Porque por muy enfadado que estuviera, no podía soportar que te hicieran tan desgraciada… y desaprovecharan al mismo tiempo la oportunidad de formar parte de las vidas de sus futuros nietos.

—Es gracioso que hayas dicho eso…

Rafael la miró arqueando una ceja.

—Lo de los nietos —precisó ella.

–Vaya, te has enfadado otra vez conmigo, ¿no? –suspiró–. Piensas que he ido demasiado lejos.

–No, no es eso. Verás, aquella mañana ya tuve náuseas, y ayer, cuando estaba con Chloe, pues… bueno, yo me decía que eran simples nervios pero ella… el caso es que me pasó un test y lo usé.

Rafael sacudió la cabeza.

–No te sigo.

–Un test de embarazo –suspiró, impaciente, y vio como se iluminaba de pronto su expresión.

–¡Estás embarazada! –exclamó admirado.

Libby asintió con la cabeza. Y la sonrisa que vio en sus maravillosos ojos la llenó de alivio.

–Voy a ser padre…

–Sí, pero dentro de ocho meses –le advirtió–. ¿Crees que tendrás tiempo para acostumbrarte a la idea?

–Libby…–le acarició amorosamente una mejilla con un dedo–. ¿Acaso no estabas segura de que me pondría loco de felicidad?

–Bueno, no lo habíamos planeado y…

–Yo tampoco planeé enamorarme. Ni casarme –la besó en los labios–. Pero ahora planeo amar y venerar tanto a este bebé como amo y venero a su madre.

La cruda sinceridad de su voz hizo que se le llenaran los ojos de lágrimas.

–Son las hormonas –se disculpó, sorbiéndose la nariz.

–Eres encantadora, Y guapísima –la besó en la punta de la nariz–. Nuestro bebé será…

–Sobre el bebé, Rafael… –lo agarró de un brazo–. Todavía es demasiado pronto y a veces las cosas salen mal… ¿te importaría que no se lo dijéramos a nadie de momento?

Rafael la contempló enternecido. Sabía que sólo el

tiempo lograría despejar las dudas que todavía veía en sus ojos.

–Será nuestro pequeño secreto –añadió, poniéndole una mano en el vientre.

–No lo será tanto si te empeñas en hacer esto delante de la gente –a pesar de sus protestas, Libby no le retiró la mano. Le gustaba sentirla allí. La hacía sentirse segura, amada.

Poco después, mientras regresaban con los invitados en el jardín, Rafael alzó la mirada hacia el gran edificio de estilo georgiano.

–Entonces… ¿te gusta esta casa?

–Es preciosa. Con gusto pasaría la luna de miel aquí. Y que conste que no me estoy quejando… –se apresuró a añadir, consciente del esfuerzo que había hecho él por organizar una luna de miel especial–. ¡Un mes entero en nuestra propia isla desierta! Descalzos todo el día…

–Y desnudos –observó Rafael, que antes se había quedado pensativo.

La imagen de su espléndido marido caminando completamente desnudo por una playa bañada por el sol asaltó de pronto su mente.

–Supongo que tendremos intimidad…

–Desde luego que sí, querida. No tengo intención de compartirte con nadie. Respecto a esta casa… me alegro de que te guste. Ésa era mi esperanza cuando la compré.

–¿Que tú qué? –se le quedó mirando con la boca abierta.

–He comprado la propiedad. Toda ella –hizo un gesto abarcando el parque que la rodeaba–. Es tu regalo de bodas. Está en condiciones razonablemente buenas, desde luego, pero quiero que tú la decores y la cambies a tu gusto.

–Pero…

–Un hogar es algo que yo nunca he tenido antes. Ni esperaba tener. Tú lo harás realidad.

–Dios mío, voy a ponerme a llorar otra vez… Adoro esta casa. Pero viviría en una tienda de campaña con tal de estar contigo. Oh, Dios mío… –tomó el pañuelo que él le ofrecía–. ¡Te amo! –le confesó con un sollozo.

Y Rafael se tomó su tiempo para convencerla de que sus sentimientos eran recíprocos…

BIANCA

KIM LAWRENCE

TORMENTA EN LOS CORAZONES

Las revistas del corazón llamaban a Neve Mcleod «la viuda escarlata», pero, en realidad, el suyo había sido un matrimonio de conveniencia.

Seguía siendo virgen, pero eso era algo que nadie creería nunca.

Hasta que se encontró perdida y atrapada bajo una tormenta de nieve con el imponente magnate Severo Constanza, un salvador inesperado.

Cuando el magnífico italiano acudió a rescatarla, no sabía nada de su pasado, sólo que Neve era la mujer más seductora que había conocido nunca.

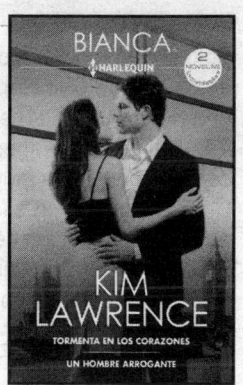

N.º 469

UN HOMBRE ARROGANTE

El primer encuentro de Libby Marchant con el hombre que se convertiría en su jefe acabó con un accidente de coche.

La imprevisible y atractiva Libby desquiciaba a Rafael. Afortunadamente, era su empleada y podría mantenerla a distancia. Al menos, ése era el plan. Pero, muy pronto, su regla personal de no mezclar el trabajo con el placer iba a resultar seriamente alterada. Y lo mismo su primera intención de limitar su relación a un plano puramente sexual...

JAZMÍN

SHIRLEY JUMP
CUENTAS PENDIENTES

El rebelde Matt Webster había regresado para reconciliarse con su familia y su pasado, lo que no esperaba era que acabaría convirtiéndose en el prometido de una mujer vestida de plátano. Pero ¿cómo podría rechazar la proposición de alguien tan valiente como Katie Dole? Especialmente después de que ella lo besara con aquella increíble dulzura en medio del supermercado.

LINDA GOODNIGHT
PLANES DE BODA

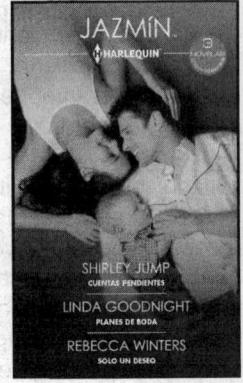

Solo al cuidado de un bebé, el soltero empedernido Colt Garret necesitaba una niñera urgentemente. Por fortuna, Kati Winslow aceptó el empleo con una condición muy sencilla: que Colt se casara con ella para asegurarle la adjudicación de un cuantioso préstamo. Colt accedió, pero sabía que, si se casaba con la encantadora Kati, iba a tener que hacer un enorme esfuerzo para recordar que aquel matrimonio no era de verdad.

N.º 570

REBECCA WINTERS
SOLO UN DESEO

A cambio de que se casara con él, Perseus Kostopoulos estaba dispuesto a concederle a Samantha Telford tres deseos. Un matrimonio práctico, en el que ella solo sería su mujer durante el día. Sin embargo, el cumplimiento de sus tres deseos no era lo que había llevado a Samantha hasta allí. Perseus era el premio que ella estaba buscando.

BIANCA™

Su promesa olvidada...
¡Su reclamo real!

LA REINA
DEL DESIERTO

JACKIE ASHENDEN

N.º 3063

Tras desaparecer de la vida de Sidonie Sullivan, Khalil ibn Amir al-Nazari regresó tan impresionantemente guapo como siempre y convertido en rey. Para sorpresa de Sidonie, insistió en hacer cumplir el pacto matrimonial que ella había garabateado en una servilleta de cóctel cinco años atrás. Khalil se había convertido en el soberano de un reino desorganizado. Necesitaba que Sidonie le ayudara a devolver la sensación de esperanza, de alegría, a Al Da'ira. ¿Bastaría con revelar el singular anhelo que sentía por ella para convencer a la inocente Sidonie de que la deseaba por ella misma, y no solo como su reina?

BIANCA.

Jamás se había sometido a nadie,
y menos a una mujer

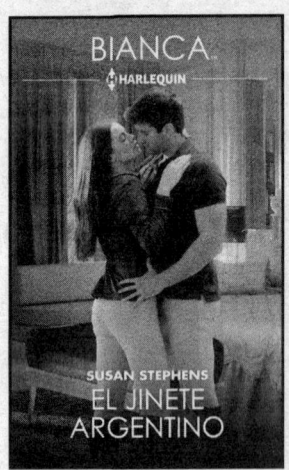

EL JINETE ARGENTINO

SUSAN STEPHENS

N.º 3064

La sangre latina que ardía en las venas del campeón de polo Nero Caracas lo impulsaba a conseguir todo aquello que quería.

Bella Wheeler había seguido los pasos de su padre como adiestradora de caballos. Pero el vergonzoso legado de su progenitor la obligaba a adoptar una postura estrictamente profesional y no intimar con nadie. Sin embargo, había dos cosas que Nero anhelaba de aquella mujer hermosa y altanera... el mejor caballo del mundo y el cuerpo puro e inmaculado que se ocultaba bajo la coraza de hielo.